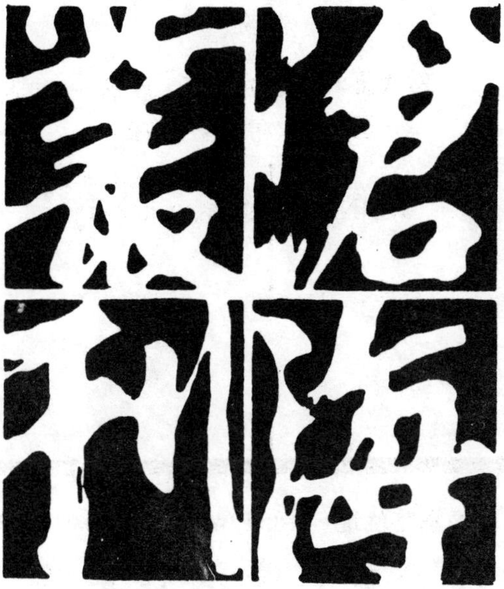

當代臺灣作家論

何　欣著　　東大圖書公司印行

國家圖書館出版品預行編目資料

當代臺灣作家論／何　欣著.--初版.
--臺北市：東大，民72
面；　　公分.--(滄海叢刊)
ISBN 957-19-0639-5（平裝)

191

網際網路位址　http://www.sanmin.com.tw

著作人　何　欣
發行人　劉仲文
著作財產權人　東大圖書股份有限公司
臺北市復興北路三八六號
發行所　東大圖書股份有限公司
地　址／臺北市復興北路三八六號
電　話／二五〇〇六六〇〇
郵　撥／〇一〇七一七五——〇號
印刷所　東大圖書股份有限公司
總經銷　三民書局股份有限公司
門市部　復北店／臺北市復興北路三八六號
重南店／臺北市重慶南路一段六十一號
初　版　中華民國七十二年十二月
二　刷　中華民國八十八年　十　月
編　號　E 78071
基本定價　肆　元
行政院新聞局登記證局版臺業字第〇一九七號

ISBN 957-19-0639-5（平裝）

當代臺灣作家論 目次

三十年來臺灣的文學論戰

1

討論自由中國的文學時，論者泰半自民國三十八年始，因爲在那一年的十二月七日我中央政府遷到臺灣省的臺北市。實際上文學的活動要早於這個日子，因爲自從臺灣光復之後就不斷有文藝界人士來到臺灣，或任職文敎界，或短期居住；他們也偶而爲文，在報紙副刊或期刊發表作品，有些作家還從大陸寄稿來，但零零碎碎，未成氣候。在三十七年和三十八年後，疏散來臺的文化人和作家，人數逐漸增多。這些作家來到這個未經礮火戰亂物價波動直接影響的樂園後，仍舊繼續他們的舊業——寫作。但是他們當時看到的所謂「文藝界」的情形是怎樣的呢？劉心皇先生曾有這樣的一段記載：「……那時，有多少文人噤若寒蟬，不敢說話，也不敢發表文章。有多少文人，大量寫著『大腿、櫻唇、隆胸、豐臀』的色情文學，和胡扯白道的『洋幽默』。」❶或者說，那時根本沒有或很少嚴肅的表現時代精神的文藝作品。直到民國三十八年底，才有忠貞愛國的作家大聲疾呼，提出戰鬪文藝的口號，要求文藝工作者「展開戰鬪！反擊敵人！不隱藏，不逃避，不取巧，不妥協。認識新的自由方向，完成新的民族建設。」此後倡導戰鬪文藝、反共抗俄文藝的文章才開始在報紙副刊和雜誌上逐漸代替了被斥爲灰色和黃色的文藝作品。在提出戰鬪文藝口號之後，當時並沒有人提出其他的主張，例如「爲藝術而藝術」或「藝術與政治無關論」一類的反面意見，所以我們聽到的、看到的只是一方的大聲疾呼，而另一方則是「噤若寒蟬」，雖然被斥爲色情的靡靡之音的作家並未撤退。這個「早期」的文藝界並沒有產生任何文學理論的論爭。

眞正的論爭發生在差不多十年之後。在這十年之間，文學作品大部分都是反映反共抗俄的、戰鬪的主題，小部分仍迷醉於所謂「販賣春情、販賣案頭清供、販賣古董、販賣傳奇、販賣鬼話」❷中；而另一部分較嚴肅的作家對前述兩者均感相當失望，他們覺得文藝作品流於聲音宏亮、內容空洞的八股或消閑玩意均非正途，於是開始探索另一條偏重於藝術的路，也許剛一起步就走錯了方向，也許因爲人的關係，他們沒有回到前一代的傳統——就是自從新文學運動後我們的作家建立的傳統，而直接轉向非屬自己傳統的西方去學習，所學來的東西不但不是自己的讀者

❶ 劉心皇，現代中國文學史話，第五卷，正中書局，民國六十四年十月，二版。

❷ 前書。

所習聞的，而且是在西方也趨衰微，後來被斥之爲墮落的作品，因而招致了相當激烈的反對。就在民國四十八年七月，蘇雪林發表了「新詩壇象徵創始者李金髮」❸，透過對象徵派的分析而指出新詩的「病」，主要是說由李金髮代表的象徵詩體的朦朧晦澀、文白夾雜，把新詩弄得是「隨筆亂寫，拖沓雜亂，無法念得上口」。蘇雪林這篇文章立卽引起詩人覃子豪的反駁。在「論象徵派與中國新詩」❹裏覃先生爲新體詩辯，認爲中國新詩自李金髮起「開始和法國的象徵派發生了密切的關係，新詩也向前大大的躍進了一步；無論在內容攝取上、表現技巧上均有新的開展」，而當年象徵派的詩能應時而起，是「讀者對創造社和新月派的詩正陷於濫調，感覺厭倦之際」的必然現象。覃子豪對於象徵派產生的背景、表現技巧及其優點，均做扼要說明，認爲詩能擺脫自然主義的影響，主張恢復內心活動的及主觀的精神，表現「不可認識」和「無意識」的感覺，強調目不能見的世界的神祕性，也強調音樂性，以引人走向幽玄、神祕、朦朧之境。在技巧方面則強調暗示與「感覺交錯」等。他也介紹了戴望舒的現代派是直接受法蘭西的影響，風格不同於李金髮。在看覃子豪這篇文章時，我們應該注意的是他強調「臺灣詩壇的主流」「既不是李金髮戴望舒的殘餘勢力」，也非「法蘭西象徵派新的殖民」。臺灣新詩不屬於某一主義或某一流派，而

❸ 蘇雪林，新詩壇象徵派創始者李金髮，「自由青年」，民國四十八年七月號。文中有這樣的話：「大陸淪陷，這個象徵詩的幽靈又渡海飛來臺灣，傳了無數徒子徒孫，仍然大行其道。」

❹ 「自由青年」，第廿二卷第三期

是「接受了無數新影響而兼容並蓄的綜合性的創造」；其趨勢「是表現內在的世界，而不是表現浮面的現象的世界」。在藉英國女詩人雪脫維爾（Edith Sitwell）和T・S・艾略特的話解釋現代詩的何以難懂之後，他說「詩愈進步，詩的欣賞者就愈少，『曲高和寡』，是世界詩壇整個現象」；但他也率直承認臺灣當時的詩「由於盲目擬摹西洋現代詩，其結果常以『曖昧』爲『含蓄』，『生澀』爲『新鮮』，『暗晦』爲『深刻』，成爲了僞詩。目前僞詩很多，大有劣幣驅逐良幣之勢，這是新詩的危機。」覃子豪對現代詩的特質雖有較詳盡的剖析，但大部分是拾取早一代西方詩人的意見，並沒有以中國現代詩爲例做分析，也未能深入地解釋何以在那時候這種「曲高和寡」的「發掘人類生活本質及其奧祕」的新詩會被我們的許多詩人接受的背景。蘇、覃二氏寫過互相攻擊對方的文章，但涉及闡釋理論者並不多，大概也未能引起一般讀者的興趣。實際上，他們的文中提及的李金髮、戴望舒們的詩，一般讀者恐怕讀過的也不多，自難引起他們的共鳴了。一位署名門外漢的作者繼他們論爭後發表一篇「也談目前臺灣新詩」於「自由青年」，門外漢的意見可能代表著更多讀者和詩的愛好者的聲音，他說：「我要代表廣大的讀者羣向詩人們呼籲：詩人們啊，請從你們那象牙之塔的塔尖上走下來吧！走出來，走到羣眾之間來！用你們敏銳的才思，生花的妙筆，寫一些爲我們所理解、所欣賞的好詩，愉悅我們，啓發我們，使我們感動，使我們興奮，使我們哭和笑吧！讓我們在快樂的時候，縱情地歌唱它；寂寞的時候，用它來排遣愁思；頹喪痛苦的時候，更從它獲得莫大的安慰與勇氣；讓它像甘泉一樣，來滋潤我們的心田，讓它成爲我們生活中不可缺少的一份精神食糧吧！你也許以爲這會降低了你的身分，貶損了新詩的藝術價值麼？可是，你現在的作品，儘管藝術價值多麼的高，其奈讀者們看不懂何？讀者們是沒有那麼多閒情去鑽你們的迷魂陣的！詩人們，請把『鑰匙』直接交給讀者吧，不要再在文字上故弄那一套曖昧、朧朦的玄虛了！我們不需那些只有『專門讀者』和『門人弟子』才能懂的詩，我們要『平易動人，老嫗都解』的詩；我們不一定要『明白的語言宣告』的詩，但要能懂易懂的詩。請爲我們寫吧！」門外漢這番「呼籲」，實在是斥詩人們的「追求朧朦而神祕的境界」，而希望詩人們從高雅的雲端重返人間，寫「老嫗都解」的詩。這是一般人（不是專家學者和詩的創造者）的要求——就是寫中國讀者要知道要理解的東西，不要只販賣艾略特的「荒原」或E·E·康明斯的怪詩或波特萊爾的「惡之華」，這只是一種近於捉弄讀者的炫耀。這種要求自始至終一直被很多人堅持著，不過有時「顯」有時「隱」，聲音有時強有時弱而已。

約在四個月之後，邱言曦先生發表了他的「新詩閒話」，這篇文章可以說是捅了詩人的蜂窩，激起了詩人羣的圍攻，參加論戰的詩人與非詩人的人數之眾多，「爭」的程度之激烈，可以說是前所未有的。言曦在這篇文章裏[5]持的是傳統的態度，他首先指出並闡釋了詩的構成條件，即㈠造境，㈡琢句，㈢協律。他以我國對詩的傳統觀念爲準繩來衡量今天的「新詩」，兩相比

[5] 邱言曦的「新詩閒話」刊於民國四十八年十一月二十日至二十三日的「中央日報」的副刊。

較，在言曦看來，新詩是弊病百出。他說好的詩是「可歌」的詩，「可歌則必譜之於曲，被以金竹管絃，詩原即起源於語言與音樂的結合，故音樂的成分愈多亦愈感動更多的人」。好詩要有高超的意境，能「造前人未造之境，發前人未發之情」，這是創新。好詩要鍊句琢字，幾經錘鍊，而「寫成之後，則多圓融澄澈，一若渾然天成」，不可「以艱澀的造句來掩蓋其空虛，淺入而深出」。當然言曦這篇短文給人的印象是「厚古薄今」。他又把現代詩均籠統地稱爲象徵主義的詩，而「象徵派詩最大的一種危險是本無可以捕捉的詩境，而不得不再以艱澀的造句來掩蓋其空虛」。「……捕捉『超實感的朧朦的美』亦大非易事，工力不逮者不流於怪誕不倫，即專務隱喻，徒費猜想，猜不出，固浪費雙方的智力，猜得出，亦未必即有詩意。」雖然他指出「詩必須是可以讀得懂的，而不是醉漢的夢囈；必須在造句的習慣上可以通得過的，而不是鉛字的任意的排置，必須是具有韻律的可以擊節欣賞的詩句，而不是詰屈聱牙的散文的分行。」具有了這幾個「必須」，是否詩就能回到「大多數的讀者的身邊」呢？因爲對於現代詩的本質及其表現技巧缺乏深入而統一的認識，其矛不能直刺新詩之心臟部分，所以他這篇「新詩閒話」和繼之而寫的「新詩餘談」均缺乏給現代詩致命一擊的力量。

以諷刺見長的寒爵有「四談現代詩」和「所謂現代派」❻發表，其文不涉及理論，不以引用偉大詩人爲樣本而炫耀，但他的文章如一短七首，頗爲銳利，刀尖直指向扛著波特萊爾的大旗爲

❻ 寒爵，「四談現代詩」「所謂現代派」兩文發表的時間，可能早於言曦者。

現代派吶喊的詩人紀弦。他認爲波特萊爾所代表的是頽廢思想。寒爵說：「當時法國的思想界，曾充滿了幻滅的、厭世的、懷疑的、悲觀的、自暴自棄的氣氛，似乎人類已走進了黑暗的深淵，只有發出無可挽救的絕望的嘆息；人們爲了毀滅個體的存在，便向酒精中求麻醉，向女人身上找耽迷，它反映在文學上的是頽廢的和病態的呻吟。」我們的詩人不應該把這種頽廢意識移植到我們的詩園裏來。寒爵認爲這種背逆時代的「反動行爲」是一種極惡劣的逃避現實。散文家王聿均也寫過一篇「詩人紀弦的道路」，（發表於「半月文藝」），對於紀弦的倡導現代派，也頗有微詞。參加這次論爭者還有很多人，有的作者如桓來、風人、梁容若等是「站在舊詩的立場來說話的」；有的作者如鍾鼎文、羊令野、洛夫等則從新詩的觀點討論，但是戰場上的主要攻擊目標仍指向邱言曦。主將有余光中、黃用、白萩等人，他們都是詩人，因此對保衞新詩也格外熱心，態度也較嚴肅。余光中在「文化沙漠中多刺的仙人掌」和「摸象與畫虎」❼裏自然都是反駁言曦那兩篇文章的。首先他認爲以象徵主義來概括自由中國的新詩是絕對不正確的，「說自由中國的新詩作者師承了昔日象徵派詩人李金髮的遺風，說新詩作者盡是象徵派的末流，對於近十年來的新詩是一種歪曲。自由中國的新詩壇主要三個詩社形成，卽藍星、現代詩與創世紀。其中極少數的作者在早期作品中容或受了李金髮的影響，或者在理論上曾經傾向於法國的象徵派，然而他們在今日已經超越了象徵派，甚且不屑一談象徵派了。」這話是相當公允的，反對現代詩的，自蘇雪

❼ 余光中，「文化沙漠中多刺的仙人掌」「摸象與畫虎。」收入其「掌中雨」文集

林教授起，便以象徵派這頂帽子籠統蓋下來，這樣就忽略了更多其他詩人的作品。然後余光中以其對音樂、繪畫與英美文學的豐富知識針對言曦提出各點，逐一加以反駁。他特別強調現代詩之異於傳統詩「在於整個價值觀念，整個美學原則的全面改變」；現代詩人「更求潛意識的發掘，知性的冷靜觀察，以及對於自我存在的高度覺醒；我們願意了解科學，但是要求超越機械；我們要打破傳統的狹隘的美感，我們認爲抽象美是最純粹的美，我們認爲不合邏輯是美的邏輯……」此外他也反對言曦的主張「把大衆化置於藝術化之上」，「下里巴人」自然不解「陽春白雪」，因此「表現得成功的作品不被讀者接受，則其過在於讀者」。在「摸象與畫虎」一文中，他對「藝術大衆化」問題有更詳盡的說明，我們可以看出，余光中認爲詩之價值並不取決於欣賞者之多寡，「是以『高山流水』之相互默契，『藏之名山』之偉大期待，是藝術情操最高度的表現」。詩人因爲「在氣質上」或多或少是「異於常人」的，「大衆之中，究竟有多少人能在沙中見世界，在鴉背上見昭陽的日影？」要想大衆全然了解詩，是相當困難的。也就是說，余光中認爲詩本身就是產生於象牙塔中，是屬於詩人自己的世界，這個世界不必也不會爲一般沒有藝術訓練與修養的人所接受，詩人也「不屑於使詩大衆化，至少我們不願降低自己的標準去迎合大衆」；「大衆」不解，應該自己提高水準。黃用發表了「論新詩的難懂」和「從摸象說起」，兩文中都曾引用史班德和艾略特的話以支持他的論點，說明現代詩預期一切因襲的價值的崩潰，其目的在創造出現代的藝術，現代的藝術必然要表現所謂的現代精神，而他和他的詩人同伴的現代精神皆是西方的「精神」。繼余光中和黃用的文章之後，白萩發表了他的「從『新詩閒話』到『新詩餘談』」❽，大致仍是反駁言曦的兩篇文章中對新詩的攻擊，對於現代詩的理論並沒有做較深入的探討，但第二部分駁斥「新詩餘談」時，開頭便說：「二元價值觀點對於思想之爲害，使人陷於非黑卽白的固愚與專斷。縱觀言曦先生『新詩餘談』一文……將所有事務歸類爲兩元：非辨卽辯：非悟卽誘；非進卽退；非愛卽恨；此種缺少邏輯與語意的訓練，造成言曦先生文理的大混亂，用語曖昧，論斷偏頗。」白萩就「新詩餘談」中對言曦的偏頗態度有所批判，認爲他舉的詩例多是斷章取義，以偏概全；認爲他把今日的新詩悉歸於象徵派的獨推崇新月派頗爲不當；認爲他的「求藝術完美便與時代脈搏無關」一語不能爲衡量詩的好壞等等，有相當的見地。

新詩論爭，我在前面曾說，參加的詩人與非詩人的人數衆多。夏濟安先生主編的「文學雜誌」上也有這方面的文章發表。覃子豪在「論新詩的發展」一文中便對梁文星、周棄子、夏濟安三位先生的意見有所反駁。梁文星在「現在的新詩」❾裏強調了舊詩的定型的形式和定型的感情，「我們要明白舊詩的立場和新詩的立場是如何不同，它擁有著數目極廣而程度極齊的讀者。他們對於詩的態度容有不同，而對於怎樣解釋一首詩的看法大致上總是一樣的。他們知道什麼典故可以入詩，什麼典故不可以，他們對於形式上的困難和利弊都是瞭如指掌的。」從這段文字，

❽ 白萩，「從『新詩閒話』到『新詩餘談』」。

❾ 梁文星，「現在的新詩」，刊「文學雜誌」。

看到梁文星同情舊詩優於新詩者是作者與讀者「關係是極其密切的，他們互相了解」，易於溝通，這自然歸功於那「媒介」是讀者易於接受的；易於接受，則必須是他們熟習的形式。周棄子在「說詩贅語」⑩裏說新詩的「……詩體一直沒有成功地建立起來……」，其錯誤是「……在於妄想澈底取消原來的詩的固定形式」，也是認爲新詩很凌亂，沒有一種詩的合式的形式。梁、周二位對於新詩都表現了某種程度的不滿意。夏故教授濟安的「白話文與新詩」⑪雖然文章寫得相當長，但是甚少表現個人的對於新詩用語的意見。關於詩的形式，他說，「詩有三點要素是我們不得不特別強調的：一是結構，二是節奏，三是用字。假如這三點上有所不逮，不論你有多少詩意，恐怕還是寫不出好詩來。」當今的詩，他說，「但是就詩論詩，功夫不够，新詩也就比不上舊詩了。」新詩的「功夫不够」，是因爲新詩人們沒有創造出好的形式來，使用的文字缺乏音樂性。覃子豪的「論新詩的發展」這篇文章內容很簡單，並未論及新詩的發展過程。他討論的這三位作者皆是同情傳統詩的，偏重於討論詩的形式與使用的語言，覃子豪認爲「一首詩的成功與否，不在形式之是否固定，而在於詩質是否純淨與豐盈，表現是否完美無缺，形式是隨內容之存在而存在，亦隨內容之變化而變化。詩的內容是流質，詩人將思想和情感的流體，隨意念和情緒的波動，以嚴密法則凝結成文字的固體之後，自然有其完美的形式。」亦就是說，詩的「質」比「固

⑩ 周棄子，「說詩贅語」，刊「文學雜誌」。

⑪ 夏濟安，「白話文與新詩」，一九五七年三月，原刊「文學雜誌」。

定的形式」更重要。對於詩的語言他說，「……現在的語言，由於外來文化的影響，已較白話詩時代複雜與豐富。我們並不希望新詩寫得够『白』，過於簡單而粗俗的語言對於詩並不能曲盡其美，而是要詩人善於運用語言，鍛鍊語言，創造語言。要詩人如何將日常的蕪雜的語言加以蒸餾和淨化，使其爲純淨的詩的語言。」

這次論爭達於白熱化的時期，正值所謂的西化論調與主張在自由中國的整個文化領域內得勢之時，幾個有影響的文學刊物，以「現代詩」、「創世紀」、「文學雜誌」、「筆匯」、「現代文學」、「劇場」、「文星」等爲主，「它們的共同點」，尉天驄在「當代中國新文學大系：小說三集」⓬的「導言」中說，「便是學習西方文學的技巧，介紹西方十九世紀以來的藝術思潮」。西方文藝思潮的介紹半是由於這些刊物的編者的主觀選擇，半是由於客觀的要求。西方的藝術思潮和寫作技巧的爲創作者和讀者所樂於接受，自然有它的客觀條件。在這西化的潮流中，反現代化的傳統的捍衞者居於劣勢，他們的主張在年輕一代的讀者羣中產生的影響可以說是微乎其微。代表現代主義的作家羣則聲勢強大，他們喊著「新的內容，新的形式」，這個「新」字是很具有誘惑力的，所以不論是來自學院中的青年，或是大多數流亡學生出身的社會青年，或是來自軍中的青年，都聚攏在現代主義的旗幟之下。

⓬「當代中國新文學大系」，天視出版事業有限公司出版，一九七九年。

2

在前邊提到的非詩人與詩人間爲傳統詩與新詩的論爭之外，詩人之間對於詩的現代化或現代主義也曾有激烈的爭論，這一爭論的主將是紀弦和覃子豪。紀弦是力倡新詩再革命的主將，他說，「到現在爲止，中國新詩之有資格被稱爲『新』詩的，還是少得可憐。大多數的表現手法還是停留在浪漫主義的幼稚階段；一部分人皮毛地接受了象徵派的影響，而不敢再向前進一步了；只有現代詩人羣敢於高舉現代主義的火把，堅強地站在時代的最尖端，以新詩的再革命爲已任，爲新詩的現代化而奮鬪。」他稱他的現代主義爲「新現代主義」，新現代主義指的是甚麼呢？他在「新現代主義之全貌」⑬中有具體的說明。「我的理論，就是一種革新了的現代主義。可以稱之爲新現代主義、後期現代主義或中國的現代主義」。這新現代主義是「國際現代主義之一環，同時是中國民族文化之一部分」。他的新現代主義的精髓可以概括爲㈠今天是散文時代，今天是自由詩的天下，詩也要以散文寫。但「詩與散文之分在質而不在形」，自由詩並不是「分了行的散文」；㈡詩不是歌，它不是唱的，因此現代詩「徹底排除了文字的音樂性」，它是「以自然的節奏與旋律代替機械的音步與押韻」；㈢「現代詩放逐情緒，不僅不許它浮於詩的表面（浪漫主

⑬ 紀弦，「新現代主義之全貌」。

義）」，抑且不許它沉澱於詩的底層（象徵主義）」，它不是以「喚起情緒上的共鳴爲目的」，現代詩是以「詩想」爲本質的，它重知性；㈣現代詩否定邏輯，而代之以秩序；其秩序之確立，乃是出發自高級心靈生活之體驗與觀照而又恒受詩人絕對自由意志之支配。這秩序止於詩的至善。決不反映現實，亦不再現自然，決不說明什麼，亦不爲了什麼，一首成功的現代詩，自有其內容的深度，思維的強度，井井然有其莊嚴的法則在」；㈤中國的新詩，不是「國粹」之一種，而是「移植之花」，這移植始於五四新文化運動，這移植之花逐漸地中國化而成爲中國文學的一部分，自然而然地帶有了大陸文化的氣質；㈥「現代詩是人生的批評，不是現實游離。它是健康的，不是病態的。豈可虛無？不可虛無！」⑭。

紀弦受到的最猛烈的攻擊是他的「移植之花」的過分主張，因爲要「移植」，所以反對自己的傳統。他說：「現代詩與傳統詩是兩種極端相反完全不同的文學。現代詩是反傳統的……傳統詩是情緒的告白，事實的直陳；現代詩是情緒的放逐，事實的開除，傳統詩之所表現的是散文也能加以表現的；然而現代詩之所表現的卻是散文所不能加以表現的。因之現代詩被稱爲難懂的詩。傳統詩不難懂。傳統詩是天眞爛漫的詩。傳統詩是『小兒』的詩……現代詩是『成人』的詩……一切傳統都是抒情……一切傳統都可以還原爲散文，然而現代詩則無法用散文來翻譯……本質上

⑭ 參看紀弦的「我的現代詩觀」。紀弦的論文均收入其「紀弦論現代詩」，藍燈出版。

完全不同於傳統詩，處處與傳統相反……」⑮這種反傳統——無知的反傳統——而力倡橫的移植之說，可能稍後他也有所修正，他認為別人不了解他的本意。他在「論移植之花」裏對他的看法和別人對他的「誤解」有所辯解。他認為「文化交流為自然之趨勢，而移植是人工的努力，人工的努力須順乎自然之趨勢，否則徒勞而已」；當今自然的趨勢是歐風東漸，而移植後的新詩已不再是洋貨了，因為經過自然之交流與人工之移植，它成為中國的民族文化的一部分，呈現了民族之特色。「移植」不是單純的「模仿」，「移植」於本國土壤之後，必有創造創新，使那「花朵」能够茂盛。紀弦解釋的這一套「移植論」甚為簡單，看來也有相當理由。但他斷然否定中國新詩的「縱的繼承」，說「新詩之在中國，它自身的歷史，早已說明了它是五四新文學運動以來的產物，它是從西洋移植過來的，而決非經由唐詩、宋詞、元曲等等之遞嬗而一貫地發展了下來的」，「五四以來，新詩之為移植而非繼承的，此乃文學史的事實，並非吾人鑿空杜撰之說。祇是我們所不同於『新月派』的一點是：彼等祇移植英詩中之舊詩，而我們移植各國的新詩……吾人所追求的乃是前無古人之獨創。」和「舊詩是固有的，新詩是移植的」。現代主義澈底否定了文學傳統的影響，實在太偏激了，對文學有些常識的人均不會如此斷然否定「縱的繼承」的，所以在這方面他招致了很多的攻擊。

在紀弦發表他那篇相當潑辣的「從現代主義到新現代主義」前，覃子豪曾發表「新詩向何

⑮ 紀弦，「論移植之花」，見前注。

處去？」⑯他說這篇文章「內容是針對目前詩壇一部分惡劣的傾向，而提出了六項建設性的意見」。首先他認爲我們的新詩不能盲目地走現代主義的路線，因爲中國這個半工業半農業的社會不可能使反映「反對傳統，擁抱工業文明的現代主義獲得新生」，因爲「中國人民的社會生活並沒有達到現代化的水準，我們的詩不可能超越社會生活之表現。否則其作品祇能成爲現代西洋詩的擬摹，或流於個人脫離現實生活的純空想的產物，失去了詩的眞實的意義。」覃子豪列舉六大原則做爲指導新詩步向正確的方向，這六原則是：㈠詩的再認識：詩並非純技巧的表現，藝術的表現實在離不了人生；完美的藝術對人生自有其撫慰與啓示、鼓舞與指引的功能。㈡創作態度應重新考慮。一些現代詩的難懂不是屬於哲學的或玄學的深奧的特質，而是屬於外觀的，即模糊與混亂、暗晦與曖昧。詩應該顧及讀者，否則便沒有價值。㈢重視實質及表現的完美。所謂詩的實質，也就是它的內容，「是詩人從生活經驗中對人生的體認和發現」，沒有實質，詩無生命。如何表現這實質，詩人應該嚴肅地苦心經營，有中肯的刻畫。㈣尋求詩的思想根源。強調由對人生的理解和現實生活的體認中產生新思想，詩要有哲學思想爲背景，以追求眞理爲目標。故詩的主題比玩弄技巧重要。㈤從準確中求新的表現。樹立標準，有了標準才能有準確。㈥風格是自我創造的完成。自我創造是「民族的氣質、性格、精神等等在作品中無形的表露。新詩要先有屬於自己的精神，不能盲目地移植西方的東西」。覃子豪是站在詩人的立場批評了現代詩的內容虛空、

⑯ 覃子豪，「新詩向何處去？」「覃子豪全集」第二卷收其論文。

崇尚技巧、晦暗曖昧、脫離現實，沒有思想的「病」。這些病是現代主義帶進來的。難怪紀弦「仍不改其狂妄、惡劣的語調」說他「蓄意攻擊現代派」哩。其實覃子豪的論點是四平八穩的，是中庸路線的，而對於現代主義似乎也未「蓄意」攻擊。

紀弦既認爲中國的新詩「決非經由唐詩、宋詞、元曲等等之遞嬗而一貫地發展了下來的」，新詩當然是反傳統的，但是反傳統的甚麼？是否眞個把我們民族文化的傳統都踢翻呢？要答覆這些問題，必先了解傳統是指甚麼，惜乎紀弦對之也乏正確的深刻的認識，理由難以說服人。覃子豪的態度比較温和，他並不主張全盤移植西方的詩的內容與技巧。「藍星」派的健將余光中在「新詩與傳統」⑰裏所持的觀點跟覃子豪差不多，他先把英國的和中國的詩人在他們的時代不屈從當時的習俗慣例做了一番分析說明，結論是，他們都是「反傳統」的，而且究竟甚麼是傳統，也很難給予明確的定義。「卽以中國的古典傳統而言，也是經過各種文化背景長久的揉合而形成的。詩盛於唐，而大家之中，杜甫崇儒，李白耽道，王維近禪，到底誰的思想意識是正統？」所以吸取外國的東西並不是反傳統，而是使它漸漸成爲中國傳統的一部分。「我們的結論是，」余光中說，「新詩是反傳統的，但不準備，而事實上也未與傳統脫節；新詩應該大量吸收西洋的影響，但其結果仍是中國人寫的新詩。」紀弦也說過類似的話，前邊已予援引。另外，余光中的「從古

⑰ 余先中，「新詩與傳統」，一九六〇年一月，原刊「文星」雜誌。

典詩到現代詩」⑱是篇敍述他個人創作的發展過程的文章，但我們可以看到余光中不是一個澈底的傳統反對論者，他對傳統看法是「進行再認識、再估價、再吸收的工作」，「反叛傳統不如利用傳統。狹窄的現代詩人但見傳統與現代之異，不見兩者之同；但見兩者之分，不見兩者之合。對於傳統，一位眞正的現代詩人應該知道如何入而復出，出而復入，以至自由出入。」這話是相當持平的。在這篇文章裏，他也相當猛烈攻擊了「祇能處理人性的變態，不能處理人性的常態；祇見生活的醜惡面，不見生活的美好面；祇見人生的衝突與矛盾，不見人生的和諧」的「惡魔派」的現代詩所表現的虛無、蒼白、晦澀的傾向。

3

因爲現代詩的標榜著反傳統，所以寫詩的年輕詩人們——他們實際上對於自己的民族文化傳統也沒有深刻認識——樂得很輕率地把從西方輸入的技巧和翻譯的詞彙囫圇吞棗地玩弄一番，掩飾了內容的貧乏與空虛。即使要利用傳統的詩人，甚至包括余光中在內，也多半停留在討論形式、格律等，而缺乏傳統意識，覺得自己在思想、感情上都歸屬於這個傳統而自由自在地「入而復出，出而復入」。必然地，會有人深深感到和認眞討論這種同傳統疏離的問題的。果然，關傑

⑱ 余光中，「從古典詩到現代詩」。

明首先發難，發表了「中國現代詩人的困境」和「中國現代詩的幻境」⑲，用極客觀的態度、冷靜的文字剖析了現代詩，藉著討論一本題名「中國現代詩論選」（張默主編），關傑明說「由社會批評的觀點來看，這本書是『文學殖民地主義』的產品；由美學的觀點來看，那祇是一批人事先商量好一起玩的一套文學上的障眼法。而由這兩個觀點同時看來，那些評論祇在中國讀者和這些詩人兼評論家之間建立了一種形同威脅的關係。所以看起來，我們中國的詩人們實在由西方作家那裏學錯了東西，他們有永遠祇能是一個學生的危險，永遠只有模仿、抄襲、學舌」。他又指出他看過的三本詩選⑳中的詩具有濃厚的「國際性」與「世界性」，但「中國作家以忽視他們的傳統文學來達到西方的標準，雖然避免了因襲傳統技法的危險，但所得到的，不過是生吞活剝地將由歐美各地進口的新東西拼湊一番而已」。這樣，他們「怎能繼承但不沿用過去，同時能以啓發未來，也就是將現在視爲與過去和未來同是等於整個文學中的一部分」呢？對於詩的語言，他說：「不論我們喜歡不喜歡，我們總不能完全忽視或走避已經存續很久的大眾語言習慣、形式及表達方法；我們祇能隨著它走。天份好的作家當然可以增添、擴大一般語言的用法，但是他還是得在

⑲ 關傑明，「中國現代詩人的困境」，發表於六十一年二月廿八、廿九的「中國時報」的「人間副刊」，「中國現代詩的幻境」發表於同年九月十日、十一日的「人間副刊」。

⑳ 指葉維廉編譯的「中國現代詩選」，張默主編的「中國現代詩論選」，一是洛夫主編的「中國現代文學大系」（詩部分）。

現有的語言結構內容完成作品」。然而我們的現代詩作者卻沒有走這條路。

關傑明的批評立刻引起臺灣詩壇的反應，贊同者頗不少，但反對者更是氣勢洶洶。端木鼎在「幼獅文藝」上發表了「現代詩與現代詩的批評」，[21]這篇文章從題目看應該是內容堅實的「大塊文章」，但實際上作者對關傑明指出的現代詩的弊病並沒有提出有力反駁，只說「縱然他立意甚善，但過於武斷，難以令人信服，缺乏客觀的剖析與深度的體察也許是原因之一，但更重要的是關傑明本人粗通中文(他的文章是以英文寫成，即可證明)，對中國現代詩缺乏直接而深刻的瞭解，這就難怪他的意見有些隔靴搔癢了。」其他批評關傑明的詩人，也只是說他「粗通中文」，說他「用英文寫文章打現代中國詩人，打得很凶」之類。大致而言，這些反對者找不出更有力的理由為自己辯護。

響應關傑明者，有鄭炯明的「批評的再出發」[22]，說「我們深知唯有毫不隱瞞地暴露我們的缺點，才能改進我們的缺點，才能使中國的現代詩邁向另一個坦途。某些基於友情式的辯護或穿鑿附會的解說，只有使原已不乾淨的詩壇的空氣更加污穢而已。」李國偉發表「詩的意味」[23]也直斥現代詩不具民族性，缺乏現實性，於是同讀者斷了線。他說：「許許多多的現代詩人離開大

[21] 端木鼎，「現代詩與現代詩的批評」，幼獅文藝，二二七期，六十一年四月版。

[22] 鄭炯明，「批評的再出發」，「笠」詩刊五十一期，六十一年十月十五日出版。

[23] 李國偉，「詩的意味」，中國時報，人間副刊，六十一年十一月十七、十八日。

家共同認可的詩愈來愈遠，就是因爲這個領域難以範定。詩人們便可偷巧把詩的意味一再做虛無的提昇，使得自己的作者仍然打著詩的招牌，悲觀的看法，好像詩人的工作只是不太成功的在掩飾自己的低能罷了。」

另外一篇響應關傑明的文章是史君美（唐文標）的「先檢討我們自己吧」㉔，他爲關傑明辯護的是那些反對者不就問題而討論問題，而一味說些甚麼「粗通中文」的不著邊際的話，他們「日夜以逃避爲務，卻忍受不了評者戳破他們的幻覺」。他說關傑明的批評是個有力的挑戰，現代詩人們應該接受它，不能以「用西洋文字來批評中國詩，難怪所見全盤皆錯」的話來做搪塞。這篇文章只是開端，唐文標的長矛還沒有使出來。

關傑明的批評給了臺灣文壇相當大的衝擊，迫使作家們要重新考慮紀弦提倡的「橫的移植」的影響。「龍族詩刊」的評論專號㉕裏的文章，就給讀者一個印象，詩人們已在開始了解過分模仿西方所造成的危機，它把中國的現代詩誤導入歧途。余光中的「現代詩怎麼變？」裏提出他的忠告：㈠現代詩應該從惡性的西化走向善性西化，詩人要建立自信心，知性地選擇和吸收外來的主義；㈡注重主題，所謂技巧必須爲主題服務；㈢走出「自我」小圈子，走向廣闊的「大我」。「小我」要置於「大我」之中來衡量；㈣同歸自己的「泥土」，重建民族風格，讓現代詩返璞歸

㉔ 史君美，「先檢討我們自己吧」，中外文學，一卷六期。
㉕ 「龍族評論專號」，六十二年七月七日出版，凡三百餘頁。

眞。辛鬱在「談自覺」裏也強調詩人要注意生活的眞實性，不應一味逃避對社會所負的責任；要認識社會就必須多觀察、體念與實踐。梅新在「詩的語言結構與形式」中主張尊重民族的語言，「過分重視語不驚人死不休，專注詩句的優美，與事實脫離，不够契合，是一般批評現代詩多佳句少佳篇的主要原因。」他們三位都是詩人，而今都有了這樣的「自覺」，至少可以說一大部分詩人對於惡性西化產生了反感。此外還有文章多篇，立論都差不太多，全是爲民族招魂的。

撼震文壇的是唐文標連續發表的三篇文章：「僵斃的現代詩」，「詩的沒落」，「什麼時代什麼地方什麼人」㉖，這三篇文章像一顆核彈般，落在已經爭吵不休的詩壇。它們的一個共同的觀點，就是特別強調了詩——也是文學——的社會功能，詩不是供一些自命淸高的玩票的詩人做排遣個人情感或以文字排七巧板的，詩不只是供貴族文人逃避現實的玩意兒。他肯定中國詩是有傳統的，呼籲文人要正視我們的傳統——「詩經」的傳統，「楚辭」的傳統，民間文學的傳統。唐文標並把現代詩人羣中響叮噹的代表人物個別予剖析，揭穿他們的程度不同的虛空、單純或混亂。他悲嘆詩人們「生於斯、長於斯，而所表現的文學竟全沒有社會的意識，歷史方向，沒有表現出人的絕望和希望。每篇作品祇會用存在主義掩飾，在永恒的人性、雪啦夜啦、死啦血啦，幾個無意義的習用語中自瀆」。在「什麼時代什麼地方什麼人」裏，他列舉了新詩中的三種錯誤的

㉖ 唐文標的三篇文章：「什麼時代什麼地方什麼人」；龍族評論專號；「詩的沒落」，「文季」，第一期，六十二年八月出版；「僵斃的現代詩」，中外文學，二卷三期。

舊詩觀，以三位詩人爲代表，卽「舊詩固體化」的周夢蝶，「舊詩氣體化」的葉珊，「舊詩液體化」的余光中。他論及周夢蝶的詩時說，他把舊詩中傳統文人的悲哀、野狐禪，和一些零碎的殘句舊詩放在一起，這便是一首詩了。「我看不到他詩中有甚麼複雜的思想，自然更不必說他的社會觀了」。對於葉珊，所論較多，較詳，較烈；主要論點是葉珊的詩是靜態的，個人中心的，感傷主義的，零碎的，斷句的，是利用傳統逃避現實的。「依我看來，葉珊的詩從未在現實社會中生活過。他是徹頭徹底地抒情，抒他古典的幽情，抒他自己的閒情。一個錦衣公子所做的超脫、瀟灑、浪漫、水仙式的自憐自惜的各種情感而已。與這世界相距很遠，與我們不生關係。他的詩絕對不可能是民族詩、現實詩中任何一種形式。」余光中呢？「余光中是臺港文壇的『尙書』，他的詩確是善變的、多產的。但萬變不離其宗，他的詩其實祇有一種，隨意行吟而已，本質上，他是浪漫的傳統文人。」最後他說，晦澀的不是文字，而是思想。在「詩的沒落」裏，他抨擊了當時流行的「腐爛的藝術至上論」和形式主義，自然他集中火力在猛攻各式各樣的逃避：個人的逃避，非作用的逃避，思想的逃避，文字的逃避，抒情的逃避，集體的逃避。一言以蔽之，在他看來，現代詩是「頹廢文學」的集大成者。「僵斃的現代詩」是最爲激烈的一篇，仍是重複前兩篇文章中所發揮的觀點，卽詩不過是消閒階級的產物，閒暇時代已經結束，詩也失去作用。

這幾篇文章發表後，顏元叔稱之爲「唐文標事件」㉗，並爲文反駁唐文標的觀點，顏元叔在

㉗ 顏元叔，「唐文標事件」，中外文學，二卷五期。

提倡社會寫實主義時，其觀點同唐文標者頗多相似處，所以他特別強調的是唐文標的霸道。在這篇文章的第三段中，顏元叔說：「當然，唐文標反對現代詩，是說現代詩脫離了社會與羣眾：這是一個特殊的反對。關於這點，我們可以從兩方面來考慮：一是程度問題，二是幅度問題。從程度上說，唐文標用大掃除的手法，把整個現代詩都說成脫離時空。現代詩都是脫離了時空的嗎？現代詩都沒有反映當代人生嗎？假使我們睜開眼睛看箇眞切，便會發現大量的現代詩正是時代之反映，甚且批評。有些人如余光中，寫得很露骨；有些人如洛夫，寫得十分含蓄；現代人生顯然時常在其念中，在其筆端。其二談到詩的幅度。詩的幅度越寬，則表現的人生境遇情態也越多。就歷史上看，文學在題材上遍及人生之全體；人生每一片段每一角落，皆可入詩，皆可成文學。所以，能够寫出最多的人生境遇情態的詩，也就是最豐富的詩。現代中國詩固然不算豐富，然而當它嘗試描繪各樣人生時，正是不應阻擋的企圖。因此，像葉珊、葉維廉、梅新、羅門等人的詩，其中若干容或缺乏突出的時空勾連，仍然是可讀而有價値的。文學那能够天天『車轔轔馬蕭蕭』，有時也當『香霧雲鬟薄，淸輝玉臂寒』一番吧。爲一杯茶爲一個蕃茄寫一首好詩，難道就沒有價値？正是由於這類作爲的存在，詩才能滲透到日常生活，滲透到人生的全面。我不反對，而且贊成，當代的詩應該反映時空意識。當代的詩應該著重當代人生的描繪，甚至要求它有社會意識；然而這祇是重心，這祇是強調；而不能斷言祇有社會意識的文學才有價値，其他的文學作品都是廢料。唐文標的偏狹的文學見解，祇是從望遠鏡裏看到人生的一小塊，以爲祇有社會，沒有家庭；祇有羣眾，沒有個人；祇有上意識，沒有下意識；祇有述眾人之事，沒有抒個人之情；祇有『怒髮衝冠』，沒有『淚濕青衫』：這等人生觀或文學觀，不說別的，至少是不顧事實與事實之需求。」顏元叔認爲文學不能只限於「文學的功利主義」，而限制了創作的更大的範圍。文學乃人生全面的表現，如果文學觀過於狹窄，則離眞實更遠。繼之余光中發表了「詩人何罪？」這篇文章沒有顏元叔者那麼冷靜有力，他自然是反對唐文標的文學應完全爲社會服務的觀點，但在剖析唐文標的文章時，他並沒有針對唐文標所提出的現代詩的缺點與危機提出正面的反駁，而指斥唐文標「企圖用偏狹的理論來肯定了自己，迷惑讀者，甚至否定他人，這就進入了『暴理』的範圍，應該受到評者的責備」。不過余光中的「語氣」也相當厲害，如「『僵斃的現代詩』一類的詩觀，與白居易可謂隔代遺傳，遙相呼應。荒唐的是，它不但否定了現代詩，甚至否定了古典詩，不但否定了李杜，也否定了白居易。實際上，它否定了詩的存在價値。這種理論毫無獨創之見，因爲仇視文化，畏懼自由，迫害知識分子的一切獨夫與暴君，都具有略同的『英雄之見』，滿口『人民』『民眾』的人，往往是一腦子的獨裁思想。例子是現成的。不同的是，所謂文化大革命只革古典文化的命，而『僵』文作者妄想一筆勾銷古典與現代。這樣幼稚而武斷的左傾文學觀，對於今日年輕一代的某些讀者，也許尙有迷惑的作用，可是對於一九四九年以前曾在中國大陸讀過大學的我這一代中年讀者，可以說早成了『僵斃』的妖怪，已經無所施其術了。……這種半生不熟的幼稚口號，早在三十年代已經喊濫，現在竟勞數學專家、客座教授遠從美國像運鴉片那樣批來臺灣，當做時鮮補品一樣到處叫賣，眞令人有『惠蛄』之感。」

周鼎的「爲人的精神價值立證」㉘一文也反對唐文標所持態度的過分偏激，他也和余光中般認爲唐文標的理論就是三、四十年代的普羅文學觀，因此唐文標的提倡「社會文學」，是「居心險毒」。他認爲臺灣現代詩在享有創作自由的條件下，追求自由創作之極致的文學。

差不多一年後，「中外文學」出了個詩專號㉙，由余光中負責主編，陳芳明發表了一篇「檢討民國六十二年的詩評」，在討論到唐文標的詩評時，指出「唐文標立場的幾個偏失，立場站不穩，則通篇的立論基礎就使人懷疑。」對唐文中的「假設錯誤」做了如下的批評：

第一、對「傳統」假設的錯誤：唐文標心裏面的「傳統」只有一面，而這一面又是停滯不變的，即是從「秦以後二千年的專制帝國」，在這兩千年裏，知識都把持在貴族手中，成爲他們的自瀆品，詩也就成了貴族的裝飾物，這是中國傳統知識份子的性格。但是，考察唐文標傳統內容，卻只是從秦到魏晉南北朝而已，最多也只延伸到唐代。但是，他有沒有發現到了宋以後，貴族階層崩潰，平民文學崛起，這種重大的轉變改造了整個社會結構，知識份子的性格也爲之一變，所謂「先天下之憂而憂，後天下之樂而樂」的精神，是唐朝以前鮮有的，這種活生生的傳統恐怕出乎唐文標的「假設」之外。唐文標開口閉口，現代詩人受傳統知識份子的影響，總以爲只

㉘ 周鼎，「爲人的精神價值立證」，「創世紀」，第三十五期。

㉙ 「中外文學」，三卷一期，創作多於論文。

是接受六朝時代唯美文學的籠罩，他也應該以認知的態度，追尋現代詩人在先天上繼承宋以後知識份子的經世精神。在知識方面，唐文標只看到六朝的貴族文學，卻沒想到別人正吸收宋以後的平民文學（宋詞、元曲均是平民文學的表徵），以己之偏，度人之全，自然要失之千里了。

第二、對「現實社會」假設錯誤：唐文標心裏面的「現實社會」只有一面，那是個洪水猛獸的世界，他說：「地球上每一秒鐘皆有人第一次被殺，有少女第一次被迫賣淫；每天皆可能爆發非洲新國家的反殖民戰爭；街頭上每一角落皆有千萬人無始無終受人欺凌，剝削著他們的青春；這些人且可能是你我的兄弟姊妹。」這是唐文標筆下的「人民」，人民是苦難的，受屈辱的。詩，既然是社會的產物，就不可能出現風花雪月，這是唐文標蠻橫的地方。中國的人民固然有屈辱的一面，也有積極奮鬥的一面；中國的人民有受苦的一面，也有閒情的一面，有怎樣的人民，就產生怎樣的詩，唐文標究竟認識清楚中國的羣眾沒有？

第三、對「詩人」假設的錯誤：唐文標心裏面的「詩人」只有一種，即「逃避現實」的詩人。不錯的，二十年來的詩人，確實存在著一批逃避現實的詩人，他們散播超現實主義、虛無主義、達達主義等西方的現代思潮，而確實也誤導了詩的發展。然而，也有另一批詩人和「逃避現實」的詩人做積極的對抗，他們嘗試扭轉詩的頹勢，使詩的發展取得制衡。唐文標卻以斷章取義的手法，完全把正反兩面的詩人混爲一談，如果這是他個人的私見倒也罷了，卻要將錯誤的看法灌輸給年輕的一代，這樣的流毒較諸逃避現實還嚴重，因他已擾亂了現實。

上面三點「假設」的錯誤，唐文標都拿來做為立論的根據，標尺既有錯誤，衡量起來不免漏洞百出，說什麼「二十世紀不是詩的世紀」，卻又鼓勵年輕一代去寫詩，這樣的語無倫次，自難有其說服力了。以唐文標的學養，和本身寫詩的體驗，原可寫出更為紮實有力的批評文章，可惜的是，他批評的出發點就欠缺誠懇，對現代詩的內涵又未深入觀察，往往以一己之心推測全局，以致不可避免地寫出充滿偏見的批評，最後卻引起相反的效果；成事不足，敗事有餘，是「唐文標事件」最令人感到扼腕的地方。

在這反唐聲中，詩人們也不得不承認逐漸擺脫病態或惡性西化的束縛，而另闢蹊徑，重返傳統，正如余光中所說：「唯有眞正屬於民族的，才能眞正成為國際的」。

迄今為止，我們所看到的論戰彷彿只限於詩的方面。小說作家，在作家中占絕大多數的小說作家，好像只埋頭於寫作，對於理論、批評，似是漠然視之。他們也介紹歐美的作家與作品，他們在創作上也「模仿」西方諸大師，但他們沒有熱烈的論爭。也許是由於唐文標的幾篇文章的影響，批評的筆尖又指向小說了。例如六十二年八月出刊的「文季」裏，便檢討了歐陽子女士的作品，包括唐文標的「歐陽子創作的背景」，何欣的「歐陽子說了些什麼」，尉天驄的「幔幕掩飾不了汚垢」。唐文標的文章內容很簡單，只敍述了「文學雜誌」和「現代文學」的偏於西化傾向。何欣的文章則以非常客觀而冷靜的態度分析歐陽子的「秋葉」中幾個短篇中的人物、主題、技巧，說明她所創造的人物和他們生活的環境都是現實生活中所無的。尉天驄的文章偏重於批判現代主義文學的荒謬。接著，王文興的「家變」於六十二年三月在「中外文學」連載完畢，引起了廣泛的討論——包括他使用的語言文字和主題意識。討論他的語言文字者這兒不提，批評他的主題意識者則說是受了甚麼墮落的西方思想的影響，其中所表現的倫理觀是「自私的，報復的，或是商業的，功利的」，雖然「家變」裏處理的只不過是個父子兩代衝突的問題，一個十分古老的中外小說家都曾以不同方法討論過的問題。對於王文興寫這兩代衝突的基本原因，恐怕與「腐爛的現代主義」扯上的關係並不太密切。對於他的攻擊，在稍後發生的鄉土文學論戰中，更較兇猛。關於白先勇，則早就有所指責了，因爲他只是爲一個沒落的貴族唱輓歌，而對當前的社會並沒有同情的關懷。一位評論家在其「評『中國現代文學選集』小說卷」中，曾就這個選集中某些篇有如下的評論：「……現代的年輕作家似乎不願意在他們的作品裏表示他們的價值判斷，他們要求的是『客觀』，想要棄除的是『我』，不喜愛的是『主題』，崇尚的是『描繪現象』，當今文壇似乎有一股暗流，彷彿一寫親情，一寫溫暖，一寫人性的光輝面，就是落伍的、八股的、迂腐的、『文以載道』的，反之，若是一寫苦悶，一寫黑暗，一寫衝突矛盾，就是有深度的、有價值的。……」這種見解也正是批評現代詩之逃避者的見解，不過作者蕭毅虹說得沒有那麼潑辣而已。

反爲藝術而藝術和現代主義已經形成一股力量相當強大的「流」，它已經從詩擴展到整個文藝作品的領域裏；其次在繪畫、音樂各方面，也有同樣的反應。在藝術理論和批評方面，也在向著這個「流」靠攏。在臺灣倡導新批評的健將顏元叔於民國六十五年寫了「我國當前的社會寫實主義小說」㉚，他解釋「社會寫實主義」這個名詞時說：「社會寫實主義實在含義很單純。我希望文學反映整個社會的人生眞相，因此必須社會寫實。除此而外，別無他義。」接著他探究了八位小說家㉛，「……他們的作品，意味著一種新的意識形態之萌芽；如果文學要想存在，它就必須要倚重社會當中之人性根基。更重要的是，這些作家充分了解他們有義務來記錄這個時代的眞相，俾讓他們的同胞有一個自我了解的借鏡。文學的主要目的便是追求自我知識，社會寫實主義的文學便是探究社會之自我。」當然，還有很多的人在繼續討論文學重返現實——大社會的現實——的問題，這些討論便促成了民國六十六年發生的那場鄉土文學之論戰。

4

在民國六十六年開始後不久，出現了一個不定期的刊物「仙人掌」，這個刊物上曾發表了幾篇討論鄉土文學的文章，如第二期刊載的王拓的「是『現實主義』文學，不是『鄉土文學』」版。

㉚ 顏元叔：「我國當前的社會寫實主義小說」，「中華文化復興月刊」，十卷，九期，六十六年九月一日出版。

㉛ 這八位作家是陳若曦、王文興、陳映眞、王禎和、黃春明、張系國、楊青矗、王拓。

第五期刊載的陳映眞的『文學來自社會、反映社會』等，另外「中國論壇」上也連續發表一些反對崇洋媚外和提倡民族意識的文章。八月十二日下午「中國論壇」曾舉行一個「當前中國文學問題」的座談會㉜，主講人之一的彭歌發言，提醒作家們注意，不要因愛國太過熱切而有了偏差，「『差以毫釐，失之千里』，可能造成很大的流失，走到很歪的一路。」他對尉天驄、陳映眞和王拓的意見做了一番剖析與批評。後來他把當時的簡短講演詞改寫成「不談人性，何有文學」㉝，在這篇文章裏，彭歌強調人性，他認爲現在有些作品中「不以『人』而以『物』爲標準，這種論調很容易陷入『階級對立』、『一分爲二』的錯誤。這種態度上的偏差，延伸到文學創作，便會呈現出曖昧、苛刻、暴戾、仇恨的面目」，以及有些作家「未能觀照全體，因而作了武斷的判斷，對作者與社會都是不幸的。一個作者如循著某種公式去寫作，使文學作品淪爲『器用化』，即使作爲宣傳的效果也很有限」。他對於「現實主義」和「鄉土文學」的「背後的理論與內容」作過一番分析之後，認爲是，「某些鄉土文學（很少的幾篇）作品的內容，令人感到並不是要『正確地反映』而是有著惡化『社會內部的矛盾』之傾向」。結論是「我不贊成文學淪爲政治的工具，我更反對文學淪爲敵人的工具」；「如果不辨善惡，祇講階級，不承認普遍的人性，哪裏還

㉜ 這個座談會的主席是楊選堂，主持人是尉天驄，應約發表講演的有顏元叔、姚一葦、彭歌、司馬中原、何欣等，會後討論，失掉重心，形成混亂局面。

㉝ 彭歌，「不談人性，何有文學」，聯合報副刊，六十六年八月十七日——十九日。

有文學?」那麼我們所需要的是怎樣的文學呢?彭歌也有闡釋，他說:「知識分子都具有理想主義的傾向。文學工作者由於敏銳的感性，這種傾向尤爲強烈。文學要求一個人心智才思最高度的發揮。因此，他首先要追求的就是自由，這是創作的要件，有了自由，未必能保證就有好的作品;但是，沒有自由，就有好作品也無法傳播，蘇俄與中共皆可做爲明證。」「文學是個人心靈活動的結晶，不能依公式而創作，更不是因階級成分而畫定品質的產品。文學以語文爲工具來表達來反映人生。人生與世情波光交融，複雜萬狀。在有苦有樂的人生中，作家常常因現實之不如理想而感到不足;有些不滿足是常人所感覺不到的，如『感時花濺淚，恨別鳥驚心』，『人間自是有情癡，此事不關風與月』之類。有些不滿足是針對更廣大的社會面，如『可憐無定河邊骨，猶是春閨夢裏人』之類，作家因爲懷著如許深的憂患，如許的關心，所以便成爲『人生不滿百，常懷千歲憂』的，永遠不滿足的現實批判者。」很明顯地，彭歌也肯定一位作家有責任關懷社會，有「先天下之憂而憂，後天下之樂而樂」的胸襟;而「文學作品之能用來作爲政治思想、社會主張、甚至宗教教義的傳播工具，古今中外屢見不鮮。」他所反對的是「近時有一些作品，以『社會意識』和『關懷大眾』爲名，刻意『反映社會內部的矛盾』，無論如何辯解和掩飾，其主要的效果是在『挖牆腳』。」所以他「不贊成文學淪爲政治的工具，我更反對文學淪爲敵人的工具」。

彭歌的這篇文章見報後，剛從香港歸國的余光中跟著便發表了他的「狼來了」㉞，他「開門

㉞ 余光中，「狼來了」，聯合副刊，六十六年八月二十日。

見山」地說：「工農兵的文藝，臺灣已經有人在公然提倡了！」他首先介紹了民國三十一年五月毛澤東「在延安文藝座談會上的講話」中明確宣佈的工農兵文藝的內容，而後說：「……其中的若干觀點，和近年來國內的某些『文藝批評』，竟似有些暗合之處。」這很顯明地指出，國內的「文藝批評」與毛澤東的「工農兵文藝」的主張是在「隔海唱和」。此文的最後兩段也能使讀者了解作者所指者爲何許人和他何以寫這篇短文：

那些「工農兵文藝工作者」立刻會嚷起來：「這是戴帽子！」卻忘了這幾年來，他們拋給國內廣大作家的帽子，一共有多少頂了。「奴性」、「清客」、「買辦」、「僞善」、「野狐禪」、「貴公子」、「大騙子」、「優越感」、「劣根性」、「崇洋媚外」、「殖民地文學」……等等大帽子，大概凡「不適合廣大羣眾鬥爭要求的藝術」，每位作家都分到了一頂。

說眞話的時候已經來到。不見狼而叫「狼來了」，是自擾。見狼而不叫「狼來了」，是膽怯。問題不在帽子，在頭。如果帽子合頭，就不叫「戴帽子」，叫「抓頭」。在大嚷「戴帽子」之前，那些「工農兵文藝工作者」，還是先檢查自己的頭吧。

我們可以想像得到的是，彭歌和余光中的這兩篇文章必然地會激起受批判的一方的反擊——比他們的文章更激烈的反擊。王拓在「擁抱健康的大地」[35]裏對彭歌的指責做了辯護。尉天驄在

[35] 王拓，「擁抱健康的大地」，小說新潮，第二期。

「欲開壅蔽達人情，先向詩歌求諷刺！」㊱裏對彭歌的「人」的價值標準提出質疑與批判，「其實是彭歌先生自己即以『物』爲標準；即是收入高者的價值高，收入低者的價值低而已。彭歌先生的收入高，所以他的人的價值高！」對於余光中的批評，其猛其苛，則甚於批評彭歌者。陳鼓應在「評余光中的頹廢意識與色情主義」裏從余光中的詩裏摘出來一部分的例子，結論說他是「大量地散播著極不健康的灰色思想和頹廢情緒」的「崇洋媚外」的和「販賣色情」的，對於余光中來說，這並不是很公平的批評。還有很多「論戰」文章，其中最值一提的是王文興的「鄉土文學的功與過」，王文興是位態度嚴肅的小說家，對於西洋文學也頗有研究。他在這篇文章裏，不管他的見解你是贊成或反對，他的態度是認眞的，出發點不在人身攻擊，不在分化，而是從文學上來討論這些問題。他率直指出「鄉土文學」的四大缺點爲：「第一，他們認爲，所有的文學必須以服務社會爲目的。由於這個觀點，他們動輒指責一般作家缺乏社會良心，缺乏社會的同情心。……第二個缺點，我認爲是力求簡化的缺點。力求簡化是說希望文學寫的簡簡單單。但是在我看來，其實這種力求簡單是反對深奧，而不是力求簡化。……第三個我認爲的缺點，就是公式化的這種要求。這種服務社會的文學，往往要求作家必須只歌頌勞苦大眾，而要攻擊屬於非農工階級的其他階級。……第四點，是社會意識的文學的一種近乎蠻不講理的排他性。他們認爲，除了鄉土寫實之外，大概別無其他文學。……」他又逐項予以分析駁斥。王文興這篇文章招來了不少猛

㊱ 尉天驄，此文刊於「中華雜誌」，一七二期。

烈的攻擊，但受攻擊的是那些與文學無直接關係的第二部分。文壇老將胡秋原寫了一篇長文：「論王文興的 Nonsense 之 Sense」，在六十七年三月號「中華雜誌」(一七六期)發表，此文對王文興的那篇文章，通篇逐條駁斥，但也多屬零碎的，不過胡秋原先生知識淵博，引經據典很多，例如——

第五，他說，「寫實主義在共產主義的國家裏面，發展了一種以寫實做爲基礎，以政治做爲目的的文學，這個在歐美叫做『普羅文學』，在中國叫做『工農兵文學』。」又說，「歐美的普羅文學幾乎是交了白卷。」所謂普羅文學、無產階級文學，是俄國共產黨政權成立之後的一種運動。一九一七年，在俄國有一個團體，叫做「普羅文化協會」。他們說，整個文化應該是普羅階級的文化；因此，文學也應該成爲普羅階級的文學，當時在俄國也有人批評「普羅文化」這個名詞不當。但是，在史達林獨裁專政以後，俄國有個文學團體出現，就是「拉普」——「俄國普羅作家協會」，那時候起普羅文學成爲俄國共產黨人的文學運動。於是在其他國家共產黨人們，也將俄國的普羅文學當作他們的文學路線。所以普羅文學就是俄國和其他國家共產黨官方的文學政策。一九三四年，拉普解散，成爲「蘇聯作家聯合會」，他們討論創作方法，有所謂「革命的浪漫主義」和「社會主義的寫實主義」。後來後者成爲教條。

在評王文興的文章中，多偏重於他這篇文章的後半。實在，王文興對於經濟並不內行，所說的話中也頗多問題，至於說他是「聯經集團三報一刊的文學部隊」中之一員，則有些過分了。

現在我們看看倡導鄉土文學的人究竟要求文學走哪一條路，是否主張「工農兵文學」？是否以階級對立與仇恨來做爲創作的指導原則？是否要以「暴露黑暗」來瓦解自由中國的反共意志？胡秋原先生爲尉天驄編的「鄉土文學討論集」寫的序文，對中國新文化運動做了一番歷史的檢討，主要是要說明這次的鄉土文學運動的基本精神是「中國人立場之復歸」，是反對「西化主義」而力倡「民族主義」。他說，「文學是運用一民族文學之藝術，表現一民族之生活與感情，促進一民族之美意善意，而使其親密團結的。一切藝術之活動，總起於個人與社會之精神交感作用。一個社會的生活諸相及其苦樂悲歡，使藝術家發生感興，創出他的作品，再予社會以感動。所謂社會，是指一個民族與國家而言，而藝術家所在的社會，首先必然是自己的民族與國家。此藝術所以總有民族的色彩。」根據胡秋原的看法，所謂「鄉土色彩」應該是「民族與國家的色彩」；而非一個小小地區的色彩。其次文學作品中反映對現實之不滿，胡秋原先生認爲「……如果他是不滿現狀，則中外古今固然沒有一個人人滿意的社會，讓不滿正當發洩，正是安定社會之道。」這兒「正當」兩個字應該特別注意的。工農兵文學不是「正當」之道，因爲「普羅文學工農兵文學是階級鬥爭的文學工具，中國人的使命是團結不是鬥爭，文學的使命也是團結不是鬥爭」，由此胡秋原先生是反對作階級鬥爭工具的工農兵文學。尉天驄的「我們的社會和民族精神教育」和另外幾位如吳明仁、林義雄等之文章都是反對盲目的崇洋媚外與本質上是西化的現代化，並未直援討論到文學的問題。王拓的「是『現實主義』文學，不是『鄉土文學』」一文則闡明「鄉土文學」不應該只指那些「以鄉村爲背景，以鄉村人物的生活爲主要描寫對象，並且在語言文字上運用許多方言的作品」，其範圍應更廣泛更深入，所以他說當今所需的是現實主義的文學，就是反映一個廣大的現實生活，它「是根植於我們所生所長的土地上，描寫人們在現實生活中的種種奮鬥和掙扎，反映我們這個社會中的人的生活辛酸和願望，並且帶著進步的歷史的眼光來看待所有的人和事，爲我們整個民族更幸福更美滿的未來而奉獻最大的心力」的。這種主張實際上是個古老的主張，卽是文學爲人生而服務，而人生並不只限於鄉村中的農民或工廠中的工人。

何欣在「鄉土文學怎樣『鄉土』」[37]中有一段文字說：「基本問題，我個人認爲，是作家的立場和態度。同樣的現實生活，在作家個人的心靈的鏡子上反映出來的映像，必定會有差異。作家們在從現實中選擇他的素材和人物時無可避免會有相當的主觀，也就是說，對同樣的一個客觀現實，不同個人會產生不同的愛憎和不同程度的愛憎，而且一個人往往不會看到全體而只看見一部分。這一部分被獨立出來，被誇大，被美化或醜化，在美化和醜化的過程中作者必然會把自己的思想意識注入其中，因此作家自身的態度占有很重要的地位。今天我們所要求於作家的是他個人必須有強烈的愛心與信心，他對自己的文化、自己的民族精神要有愛心，對自己的民族的前途有堅定的信心。具有了這樣的感情，他的作品才能產生震撼的力量，這一點我想是大家所同意的

[37] 何欣，「鄉土文學怎樣『鄉土』」，原刊「中央月刊」七月號。

吧？我們不希望我們的作家們懷著自卑感及羨慕的眼光向國人介紹那些使他個人眼花撩亂的舶來品，硬塞進自己同胞的生活裏。但這不意味著盲目的排斥與排他，作者站穩了自己的立場時，必須辨別哪些是善，哪些是惡，必能辨別哪些是健康的，哪些是病態的。……」在論及這篇文章時，劉心皇先生說：「何欣是想將鄉土文學導入正規，並肯定文學是進步的。」

很多人爲「鄉土文學」這個詞兒的適當與否費了很多筆墨，其實大多數的人都不贊同使用它，因爲它給人一種偏狹的地域性的觀念，說得更明白一點兒，就是唯恐當今的作家只是描寫敍述臺灣一地的農村或社會諸相，而在敍述這兒的一般較貧困的人的生活時，可能會，像尹雪曼在「消除文壇『旋風』」㊳中所說，「……別有用心的在鄉土文學中滲入一些色素，希望讀者在不知不覺中中毒。什麼『色素』呢？『揭發社會內部矛盾』的色素！」很多人反對鄉土文學是把它同「工農兵文學」畫了等號，其實二者之間是不相等的。尉天驄解釋過這個問題，在「文學爲人生服務」中，他說：「（鄉土文學）最主要的一點，便是反買辦，反崇洋媚外，反逃避，反分裂的地方主義。」「這樣的鄉土文學當然不是僅僅以農村、工廠、下層社會爲目標了。……鄉土文學搞到最後會不會變成工農兵文學？我認爲：臺灣是一個自由的社會，知識分子既然可以寫他們的文學，工農兵爲什麼不可以寫他們的文學呢？而且臺灣因爲經濟進步，教育發達，行有餘力而以學文，工農兵從事寫作應該是必然的事實，多少來年軍中文藝一直領導著社會文藝，不就是很好

㊳ 尹雪曼，「消除文壇『旋風』」，「當前文學問題總批判」序。

的說明嗎？當然，有人要把工農兵文學專指大陸上的那一種文學而言，這就更加不可能，兩個不同意識型態，不同生活方式的世界，能產生相同的文學嗎？既然不能，我們就應該放下心來。」

侯立朝在「七十年代鄉土文學的新理解」㊴中指出這次爭論的焦點很少集中在作品本身而只集中鼓吹者的論點上，他說：

> 在最近的文學界「鄉土文學」是爭論的題目。我看過所有的文章，覺得有清理一下的必要。在這一次爭論中可以分爲兩方面：
>
> (1)一方是「鄉土文學」的鼓吹者，要以「鄉土文學」作武器，改變文風，衝擊社會。
>
> (2)一方是「鄉土文學」的批評者，批評鼓吹者的武器性文學觀，而未涉及作品。
>
> 另外，還有兩方面的反應：
>
> (3)被鼓吹者捧爲「鄉土文學」的作家們，並不承認自己的作品就是「鄉土文學」。
>
> (4)另有一些同情者，同情鄉土文學的民族情感，反對「西化」、「現代化」崇洋媚外的「嘔吐」派，當然也不希望再現「階級鬥爭」的買辦路線。
>
> 爭論的焦點，很少集中在作品本身，而是集中在鼓吹者的論點上。結果就形成了不是對作品的評論，而是鼓吹者與批評者的爭論，雙方的論點都是「加色的」，甚少涉及「鄉土文學」本原的認識。

㊴ 侯立朝，「七十年代鄉土文學的新理解」，「國魂」，三八四期。

另一個為大家所關心的問題是王文興在「鄉土文學的功與過」[40]中提及「排他性」。倡導鄉土文學或現實主義文學的諸君子在論文中都曾提及，文學不應該只限於寫農民和工人，而是寫全民；可是從事寫作的年輕作家們，也許在「鄉土」之風中被吹到「鄉間」去了，多是敍述已經逝去成為歷史的鄉村生活，或是在由農業社會轉向工業社會時農村中之改變，可是他們對這些生活與人物的處理趨於呆板。王文興曾說，「好多年以來，我們臺灣的文壇，就一直跟公式的文藝奮鬥，我們早就厭倦了八股；可是殊不知今天竟然有人有興趣的要舉雙手歡迎另外一種八股進來，這就是對文學的致命傷。」他這種顧慮是值得重視的，我們沒有人願意看見這個運動使文學走進狹巷，甚至變成鄉土八股。文學是多向的，文學家有選擇的自由，像顏元叔所說的，「那些誠意在文學裏創造宇宙的人，祇要創造了可以存在的宇宙，讓日月星辰羅列其中，則不管它是『可憐無定河邊骨』還是『水晶雙枕畔』，都會是人類精神的點滴累積。」

論戰的文章裏難免會夾雜著感情衝動的意氣的話，但冷靜下來之後，做一番自我檢討，自然對於自己的缺點和偏激之處有所修正。我們已經看到這類「修正」的文章了。

[40] 王文興，「鄉土文學的功與過」，「夏潮」，二三期，六十七年二月。

附記：這篇文章原是給「中國新文學大系」（爭論集）寫的序文，後來改寫，在「現代文學」（復刊第九期）發表，後再補充，始完稿）。在為「大系」選文時，每篇文章的出處和發表日期，均附於文後，但「

大系」中其他集中文章，大部分選文均未證明發表之日期與書刊，爲求「體例」一致，便統統刪除。在重寫此文時，獲知「大系」的原稿都不知在何處，無法尋覓，以致本文中一些附注未能注出。當時提供我資料的是趙天儀兄，我藉此向他致謝。今再校此文，筆者因健康情況不佳，不能再跑來跑去找材料，甚覺歉疚。

葉石濤的文學觀

「我少年時候眞是個小說迷，涉獵的小說，其範圍頗廣，而且我是付出整個情感來讀的，有時竟被弄得意亂情迷，心蕩神逸，時常變成劇中人，分不清『詩』與『眞實』了。」葉石濤先生確是一位勤於讀小說也是精於讀小說的評論家。因爲他涉獵的小說範圍甚廣，所以他對世界文學有相當認識與修養，這樣的學者曾在世界文學王國中漫遊過，當然就不會有過於狹窄的偏見，不會把一個村旁小破廟看成帕特農神殿；同時他能從沙裏認出金礦，具有辨識眞僞的卓越能力。

從他在「臺灣鄉土作家論集」❶的許多文章中提到的文學大師的名字中來看，葉石濤先生特別欣賞的多半是十九世紀俄國和法國的小說家如托爾斯泰、杜斯妥也夫斯基、果戈里、契珂夫、福婁拜、巴爾扎克、左拉等，他認爲「十九世紀是小說的全盛時代，我們所知道的偉大小說幾乎

❶ 遠景出版社，民國六十八年三月出版。

都完成於這個世紀：例如托爾斯泰的『戰爭與和平』、『安娜·卡列尼娜』，杜斯妥也夫斯基的『罪與罰』、『白痴』、『卡拉馬助夫兄弟們』，以及巴爾扎克的九十篇統合在『人間喜劇』構想下的長短不一的小說。」當然他也時常提到幾位二十世紀的大師如紀德、卡繆、普魯斯特、喬埃斯等，但他對這些現代派的人物所持的態度不是同情的而是批判的。因此我們可以假定，葉石濤先生基本上是主張寫實主義的，尤其是托爾斯泰的所謂批判的寫實主義，托爾斯泰的寫實主義的特性是甚麼呢？沙布羅夫在一篇討論這一問題的文章裏有這樣的一段話：「基於此，托爾斯泰更鍥而不捨地將眞實帶入作品裏。作品的結構及故事都應該與生活連成一氣的。應該知道歷史記錄、人類的特性及鄉野的方言，這些都與眞象相結合，因之是不需要特別的寫作處理。爲了使作品的章法能使人一目了然，適當的潤飾是必要的。可是希望這種潤飾不會遮住本來的面目。因此，托爾斯泰寫實主義的特質仍以表現美爲主，將美的眞實的事實，順其自然的表現出來。」❷

寫實主義根本上是主張文學作品要反映現實生活的，也就是把「眞實帶入作品裏」。關於這一點，葉石濤先生解釋說：「大凡一個有成就的作家必須確信他的工作對於人類社會有所貢獻而能孜孜不倦，堅忍不拔的寫下去，以反映時代和社會；作家必須是時代的晴雨計。試看，從巴爾扎克、杜斯妥也夫斯基一直到卡繆，他們皆有貪婪地追求眞理的作家精神，具有敏銳的觀察力，如同一個卓越的博物學者，把他所處的時代，社會的病竇挖了出來，解剖了出來，指出該時代社

❷ 王兆徽編著：俄國文學論集，皇冠文教基金會，民國六十八年五月出版，引文見二〇九頁。

會赤裸裸的諸形相。」文學作品既是反映「時代社會赤裸裸的諸形相」，必然地，這些發生於人間的諸形相便受到時空的限制，所以它們也就遵從自然科學的一般原則，成爲泰納所謂的「民族特性，時代和一般社會環境」的諸力量的產物。在敍述臺灣鄉土文學的發展時，葉石濤先生就頗受泰納的影響，他強調臺灣「這樣的瑰麗大自然和副熱帶氣候，的確給居住在此地的歷代種族帶來深刻的影響，塑造了他們一種獨特的性情：這便是勤勞、坦率、耿直、奮鬥、忍從以及富於陽剛性」：又因爲「臺灣在歷史上曾經有過特殊遭遇——被異族如荷蘭人、西班牙人、日本人竊占幾達一百多年的慘痛歷史」，居住在這個「孤懸海外」的島嶼上的人民自然而然地孕育了強烈的反抗異族的意識，「民族的抗爭經驗猶如那遺傳基因，鏤刻在每一個作家的腦細胞裏，左右了他的創造性活動」，於是「濃厚的民族意識」滲透在大部分臺灣作家的作品裏。在談到吳濁流的「亞細亞的孤兒」時，葉石濤說它「道出了日本統治下六百萬本省人的控訴，也象徵著本省人在異族統治下的悲慘命運」。

在異族統治下生活最爲悲慘的是那些「被凌辱的農民」，他們「在得不著任何外人幫助的環境下所做的反抗，往往換來的是挫敗和屈辱。特別是像日本殖民者這種頑強的敵人，農民赤手空拳的武力抗爭是無效的，得到的只是野蠻的報復」。這些痛苦當然是每位生活在這兒的人都深深感到的，除了那少數喪心病狂的漢奸們。有使命感的作家的眼睛「總投射於被欺負、被摧殘的弱者身上。作家好比是個外科醫生，對人類各色各樣的病態較有深湛的興趣」。也就是說，作家們天生富有同情心、慷慨，他們對那些被侮辱被踐踏的人特別關懷，這種關懷當然常常是通過某一特殊的個體而擴及一個羣體的。葉石濤先生特別強調本省作家「喜歡描寫農民頑固不靈的保守性以及在農村封建桎梏下產生的悲劇」，其原因甚爲明顯，構成這個島嶼上居民的主要分子是農民，他們扎根在這兒的泥土中，而任何地方的農村在社會沒有步向現代化之前，多半都是趨於保守和自私的。

知識分子在整個人口的比例中是相當少的，但他們在社會上的影響力卻很大，他們被視爲是社會上的棟樑和精華，實際上也常常是如此的。在異族統治下的臺灣的知識分子是怎樣的？極少數的敗類爲了求取個人的榮華富貴，不惜做敵人的鷹犬，爲敵人服務而壓迫與卑視自己的同胞，他們在主觀上樂於順從日本的「皇民化」。這些人當然是爲自己的同胞所不恥的。另一些積極參與同敵人的直接鬥爭，但是時間愈久，力量愈薄弱，因爲敵人的壓力愈來愈大，外援愈來愈少，他們有的壯烈犧牲了，有的回到祖國去另謀出路。留在臺灣的這些志士們，雖然祖國的革命成功給了他們很大的鼓勵，很深的信念，但是他們無法掀起轟轟烈烈的革命行動，日久天長，不免陷於意志消沉。葉先生說：「在張文環和楊逵的小說裏，有些主角是知識分子，頭腦是清醒的，身體是健全的，他們的悲哀、憂悒、忿怒都是正常的。可是一到龍瑛宗，我們將會發見，知識分子已經脆弱墮落，潛思多於行動，而且帶有世紀末的頹廢。」後者自然而然地就「只好逃避現實走向浪漫的唯美的路」。在論吳濁流時，葉先生說，「『水月』描寫一九三〇年代末期，臺灣一個受過中等教育的知識分子『仁吉』，在灰色現實生活的重擔之下磨損了銳氣和志向，夢想如泡沫般消逝，以至無聲無息地消失於歷史黑暗之中。仁吉是當時許多知識分子中的一類型，在日本人權力覆蓋之下，他們毫沒有出路可言，有的就只是一條幻滅之路：忍受日本人作威作福的逼迫，做低級職員，忍氣吞聲討生活，得過且過而已」。像吳濁流這樣的作家，能「以科學分析的眼光，把握住社會轉變的過程，於是他小說裏的人物無一不具備血肉之軀，透露著該時代社會的氣息。」

由此我們可以看到，在日本統治下的本省作家們「不論是描述農民或知識分子」，都是依據其目睹的現實而構思而創作的，也就是充滿了「帝國主義下臺灣生活的現實意識」，這一點是葉石濤先生所特別強調的。作家脫離了現實意識，他們的作品便成爲乾枯的。在「現代主義小說的沒落」裏，他說：「唯有認識臺灣是中國不可分裂的一塊人間樂土，堅定地扎根於臺灣豐沃的泥土，從大地及勤勞大衆攝取奶汁，才能使臺灣作家鑄造更鮮活的民衆形象。反映民衆生活眞實情況，歌唱民衆生活歷程中的艱辛和憂患，快樂和飛翔，建立屬於全民的文學。」

當然在創作的過程中，作家本人的思想意識扮演了極爲重要的任務。「現實的客觀存在固然會決定作家的意識，但作家的意識也會反過來決定存在。」在論及鍾肇政的小說中一個人物時，葉先生直截了當地說：「然則，作爲一個作家而沒有一己的思想和哲學，又不注意思想貧困的嚴重性，那是可悲的。」在討論某些作家的作品時，葉先生沒有不留情面地指出時下一些作家的缺乏一己的思想和哲學，但他間接談到，因爲沒有堅強的信念，年輕一代的作家「由於對於時代、社會不具備分析能力，這一代的作家多少患了貧血症，容易迷失於空中樓閣般虛無飄渺之情節、氣氛之中」。這貧血症是由缺乏思想而成，沒有思想的作品，情節寫得無論多麼迷人，都是患了臃腫症的。也唯有作家有了一己的正確的思想，才能够「有把時代、社會的現象加以取捨採擇的冷嚴的觀點：換句話說，他應該有與眾不同的世界觀，才足够塑成、鑄造自己特異的風格。當然，他旣是個作家，他應該有把自己的『世界觀』加以展開，表現出來的寫作技巧。」作家的思想和所謂的世界觀，葉先生也一再強調，必須產生於自己的文化傳統與生活現實中，只有在自己的豐沃土壤中發展的思想才是健全的，否則就失去自己的靈魂，「有些省籍作家不幸扔棄了傳統和鄉土觀念，結果顯而易見，某些作品便成爲空中樓閣，淪爲荒誕的幻想罷了。」葉先生強調作家的思想與世界觀這一點，我想是應該值得我們特別重視的。

雖然葉先生所論的作家都是省籍作家，但他卻不只一次地說，我們的文學絕對不能拘限於臺灣一隅。他強調文學中的民族性是我全中華民族的「民族性」，所表現的哲學思想是我全民族的哲學思想。在敍述前賢時他說：「之後，儘管在日本的暴虐的壓迫下，許多本省作家仍毫不氣餒，爲了建立屬於中國文學一支流的臺灣文學而孜孜不倦地、前仆後繼地創辦了許多文藝刊物。」這時的文學是「屬於民族的，它自始至終一貫地發揚民族精神爲其職志」。本文一開始時我提到葉先生博覽世界文學名著，他對文學成就所懸的目標是極高的，文學該是屬於全人類的共同財產，而非只屬於一個民族。「把臺灣人的命運看做整個人類生活的一環，追求人類的理想主義傾向，將使臺灣作家走向坦坦大道，敲開通往世界文學之門，而這正是每一個作家夢寐以求的課題。從特殊的鄉土的發掘出發，發揚人性的光輝，繼而昇華爲普遍的，人類共有的人性。毫無疑問的，這是大多數臺灣作家所採取的途徑，而這一條路也是正確的。但只是雙腳陷於誇張的鄉土觀念的泥沼裏，久不能自拔，這也使臺灣作家永遠活在閉塞又狹窄的囚籠，變成夜郎自大的狂妄之徒。」在這裏，葉先生十分明確地反對一味鄉土而忽略發揚人性光輝的文學只不過是在閉塞又狹窄的囚籠裏的哭泣叫喚而已。他特別推崇吳濁流的「亞細亞的孤兒」就是因爲它「隱藏著熊熊燃燒的理想之火焰，已經有了一部偉大小說的骨架」。

一位能夠稱得上是作家的作家必須有他的理想，否則他的作品便失去永恒的價值。「……但有一個普遍的原則存在，卻不可否認：這就是他的作品應該指引向善的人性，有淨化和昇華人類精神的作用。如果一篇作品不能鼓勵人們向眞、向善、向美的道路邁進，反而引向墮落和黑暗，或者使人頹廢、萎靡，那麼這作品終必被人唾棄，被時代所淘汰。」在論鍾理和先生時，也有相似的話：「唯有從發掘鄉土人物的人性出發，覓取普通的人類共有的人性，對於人類理想主義傾向有所貢獻，才眞正算是偉大的作家。」葉先生這些話裏自然是特別強調偉大作家所負有的道德責任，就是通過他的作品使人類能向眞、向善、向美。在論「現代主義小說的沒落」裏，葉先生就認爲「標榜現代主義的前衛文學，不僅沒有給二十世紀的文學帶來更豐饒的面貌，剛相反倒使小說走上窮途末路的絕境，加深了人性墮落和頹廢。暴力和色情是二十世紀前衛文學的旗幟。」葉先生說，一位作家必須是有理性的，有崇高理想的，否則，他的作品會被時代的巨輪輾碎。

不過我們不要誤解葉先生是偏向於保守而排斥現代作品的，一點兒也不，從他提到過的作家中，葉先生對於紀德、卡夫卡、喬埃斯的老一代的現代派一直讀到二次大戰後的很多作家，包括諾曼·梅勒他們在內。他並不反對模仿採取西方諸大師的技巧，要「採長補短，努力把傳統和現代熔於一爐，鑄成屬於一己獨特的風格，才是正確的方向。如果東施效顰，譁眾取寵，當為有良心之作家所嚴拒不取。」「我們也不願做埋首砂丘的鴕鳥，懶於攝取人家作品的菁華」。在分析一些作家的作品時，葉先生也吸取了佛洛伊德的精神分析學的方法等，便證明他不是「閉關自守」的。

另外，在論到鍾理和先生的作品時，葉先生說了幾句話是值得我們深思的。他說：「他的作品平實、不炫奇，沒有憤怒，沒有咆哮，客觀之極，這表示他已經歷盡滄桑，達到了更崇高的心境。」「他能寬恕一切，因此，至純的人性自然地流露於作品中，他的作品才予人以『悲天憫人』的印象，令人心折。」「不用說，一個作家必須要有眞摯純粹的『情』，但不能過於狂放，需要加以昇華和抑制：這是寫作起碼的要訣。」從這幾句話看，我們可以推斷葉石濤先生是頗不贊成那空洞的感情衝動的喊叫，他欣賞的是冷竣的寫實手法。

對於當前年輕一代的作家中之有卓越成就者，葉先生以最誠摯的態度予以分析解說，指出其成就表現在哪一方面。對於時下某些作家的缺點，葉先生也是以眞誠的態度指出來，而他所談到的這些弊病，正是今天許多文學作品的致命傷，雖然這些作家被捧起來，像時裝模特兒般扭扭晃晃走一遭，也曾博得掌聲。葉石濤先生熱愛文學，忠於文學，才嚴正地指出時弊，這是一般書評家們不願做的。爲此，我們應該特別感激葉先生。

首先，葉先生說，「三十年來我們並非沒有產生值得誇耀世界的文學作品，不過似乎離『偉大』兩個字還有一段距離。作品之所以缺乏『偉大』風格，其因素是多元性的，不能一概而論。然而我們心裏都很明白，我們的文學一向缺乏了磅礴的民族意識，缺少了民族文化傳統的深湛發揮。」這眞是一針見血的議論，如果我們回想一下三十年來的大部分作品，有雄壯而優美的民族風格的恐怕是鳳毛麟角，何以會如此呢？「有些省籍作家不幸扔棄了傳統和鄉土觀念，結果顯而易見，某些作品便成爲空中樓閣，淪爲荒誕的幻想了。」如果用一個時髦的名詞，就是「失根」，在這裏葉先生所指的「傳統」是日據時代的作家們的「臺灣意識」——這個名詞看來雖然有些令人覺得刺眼，但是根據葉先生零零碎碎的解釋給人的印象是本省的初學習作的青年作家應該從他們生活的環境裏選材，而且在作品中要蘊含著這兒的中國人的基本精神：反抗異族的壓迫，反抗壓迫民眾時爲虎作倀的人，以及「篳路藍縷以啓山林的，跟大自然搏鬥的共同記錄」。因此葉先生對於「忽略了民眾精神生活的力爭上游，將一千七百萬人民變成一羣精神層面上顯得貧乏、自私、粗拙的拜金主義者」的作品予以痛斥，因爲「沒有歷史記憶的民族註定是毀滅的」，「歷史記憶」卽是文化傳統。葉先生反對澈頭澈尾地模仿西方便是根據這一認識而來，他說，「一九五〇年代到一九六〇年代的臺灣現代作家自然也不能置身其外：他們學習了這種墮落和腐敗的形象，唾棄了中國傳統章回小說底勸善懲惡的寫實主義手法，盲目地吸收前衞主義的殘渣，在小說世界裏拼命追求肉體、精神兩層面的極端異常，無視於民眾現實生活的坎坷遭遇。這毋寧是一種迷失和投降，結果顯而易見他們這一羣作家便變成西方資本主義社會思潮的附庸、俘虜，甚至是俯首聽命的奴才。平心而論，這種極端西化，多少豐富了現代小說的表現技巧，開拓了嶄新的心靈深處領域，然而終究註定會一敗塗地。這道理甚爲明顯，因爲作家的精神構造並非憑空產生的，它反映了一定的社會和歷史的現實情況。」在「一年來的省籍作家及其作品」中，在「很歡悅地發見本省文學優美的傳統構成作家的骨骼，而且也不乏有扣人心弦的作品」之後，他援著說：「然而我們也不得不鄭重地指出，這二三十年來的省籍作家漸趨於墨守典型，閉門造車，被商業主義的功利觀念所侵蝕，鮮有心胸廣濶的表現。作家必須介入生生不息的現實境遇，投入人生，發揮個性與自我，誠實地處理現代社會上人類交感困難的課題，不可逃避現實。」「攝取歐美文學的精髓，建立進入人心、平實同情的人道主義文學」。換言之，他發現這個時期中的作家顯然地缺乏了偉大的人道主義的精神，而陷於一種繁瑣。在討論張文環的「在地上爬的人」時，他盛讚張氏的「悲天憫人的人道主義的偉大情懷」之後，說了下面幾句發人深省的話：「根據張文環的世界觀而言，任何一種強悍的帝國主義者都無法動搖我們民族生活的根，縱令他們征服了我們，控制了我們的土地，奴役了我們，仍然無法消滅我們，無法改變我們民族固有的生活方式，多彩多姿的風俗習慣以及我們愛好和平的性靈。以我們悠久的歷史而言，像日本人這樣膚淺的統治哲學也許能有效地改變我們物質生活環境於一時，但無法毀滅我們的民族性格。」這偉大的民族性格的光輝如今是否仍燦麗地表現在我們年輕一代的作家的作品中呢？就連「我們這一代裏影響力最廣泛的作家之一」的鍾肇政先生，葉石濤認爲，在寫「流雲」時，「可沒有廣濶的歷史性和世界性，這就是這部小說的嚴重缺陷，使這三部曲成爲『臺灣』的，但卻無法成爲够格的偉大小說。」由此可見葉先生對於當前文學期望之深，要求之高了。

葉石濤先生在這個集子裏所討論的作家都是臺灣的鄉土作家，而對於前一代的老作家如張文環、吳濁流、鍾理和等分析得尤其精湛。當然葉先生也一再地說，他們強調的鄉土色彩是文學作品中的鹽，文學作品的味道就是於此。但臺灣文學作品的基本精神仍是整個民族的。我們希望他能擴大評論的範圍，而有更大的貢獻。

論鍾肇政

在文學園地裏苦苦耕耘廿八載❶的鍾肇政先生，同很多作家比起來，該算是很幸運的了。所謂「幸運」，就是他的作品發表之後，受到了很多讀者的注意，從他獲得的獎金次數之多❷，就可以證明，尤其是他榮獲第二屆吳三連文藝獎，更說明他已被公認是屬於「有卓越成就者」的作家了。❸迄今爲止，鍾肇政已出版長篇小說十六部，短篇小說集七部❹。在這眾多作品中，雖然

❶ 他自民國四十年起開始創作。

❷ 中華文藝獎金委員會採用他的「老人與山」，也算是獲獎。民國五十六年獲教育部的文學獎；民國五十七年獲嘉新小說創作獎；民國六十八年獲第二屆吳三連文藝獎。

❸ 這個獎是給予「……舉凡詩歌、散文、小說、報導文學等之創作及繪畫、音樂等之藝術造詣具有卓越成就者」。

❹ 關於鍾肇政的作品（包括創作與翻譯）的目錄，請參看應鳳凰女士所編「作家書目」，爾雅出版社，民國六十八年出版。

他最珍視「臺灣人三部曲」，但無疑「濁流三部曲」也是他認爲滿意的作品❺，且是「對於鍾肇政有深刻的意義」❻的代表作。這是一部頗具野心的大書❼，作者要通過一個人物──陸志龍──個人的經驗反映一個大時代的轉變和這個時代裏臺灣的社會❽。鍾肇政曾說陸志龍就是他的化身❾，或者說，他把自己的影子投進他創造的小說人物身上。讀過「濁流三部曲」後，自然會深深感覺到它是部「自傳體」的小說，因此對作者略作介紹，應該是必要的。

鍾肇政於民國十四年生於桃園龍潭，讀中學時始離開故鄉到淡水去，就讀於私立淡水中學，後來又考取彰化青年師範學校。民國卅四年三月，被日本徵召服役，擔任防守臺灣本土的任務，但服役時間不過半年，第二次大戰卽告結束，日本無條件投降，所以他並沒有參加過任何的實際戰鬪，軍中生活只是服勞役和受折磨。在服役時，他不幸患了一次熱病，由於醫師疏忽，醫藥缺乏，致使他的聽覺受損。臺灣光復後，他曾在故鄉龍潭擔任國民小學的教師；卅七年曾考入臺灣大學，但因聽覺障礙，不得不輟學，再返故鄉教書，並致力於學習國語與寫作，稍後開始從事其

❺ 申請吳三連文藝獎時，鍾肇政便是以此書申請，筆者忝爲該獎金評審委員，故知。
❻ 參看葉石濤的「鍾肇政論」，收於「台灣鄉土作家論集」，頁一四五，遠景，民國六十八年出版。
❼ 從量上來說，「濁流三部曲」的遠景版，凡一一二四頁，分裝爲三册。
❽ 參看葉石濤文，見❻。
❾ 參看「鍾肇政談鄉土文學」，六十八年十月二十四日中央日報「讀書周刊」。

他有關文藝方面的工作[10]。

前邊的一點點介紹，雖然沒有提供鍾肇政在創作方面的發展歷程和成就，但至少可以說明他在形成性格與思想時期的生活環境。在這個時期，日本對於臺灣的統治已趨鞏固，前一代的轟轟烈烈的抗日活動漸趨沉寂，或是改變成不會招致太大摧殘與傷害的方式。日本統治者不再需要血淋淋的屠殺，他們已開始積極地推動偏於利誘的所謂「皇民化運動」。當然在這段不復聽到戰鼓笳聲的較平靜的時代裏生活的年輕人，縱然有些心裏仍燃燒著對日本統治者的憎恨與憤怒，但他們不再通過戰鬥行動表現出來了，他們在現實生活的壓力下，也就莫可奈何地被動地接受現狀。直到第二次大戰時日本軍閥同美國宣戰而臺灣青年被征入軍隊，到南洋地區或中國戰場上作戰的時候，因爲同外界的接觸，而使那多眠的民族意識再度澎湃。在鍾肇政的這一代，在未被徵入伍前的求學時期所追求的自然不是民族獨立運動，而是如何在同日本人共處時能夠獲得平等的對待與保持一己的尊嚴不受踐踏。就這一點，如果不同日本人合作的話，恐怕也是很難取得的。處處受歧視的屈辱常常會造成某種的逃避與自卑感，有自卑感者會常常在能够表現的情況中儘量強調一下自己的優越。但僅在臺灣本土接受限制頗多的中等教育的一代，恐怕也很難有出人頭地的機會，不願「皇民化」者，難免就在平凡的生活中混過去，直到第二次大戰末期才能聽到使他們覺醒的雷聲。鍾肇政選擇了陸志龍來做爲這個時代的代表人物，然而這個被視爲是知識份子的陸志

[10] 此簡介係根據自立晚報，六十八年十月十九日的吳三連文學獎專輯對鍾肇政的介紹。

龍，正如葉石濤所說，「……沒有眞正的生活過；沒有嘗到愛情的禁果，沒有嘗到生活的苦味，生活還沒有折磨得使他活得氣餒和不耐煩，」⓫所以讓陸志龍的個人經驗和遭遇來反映那個時代的臺灣人民和知識份子的心聲，就顯得非常單薄無力，而「濁流三部曲」也難成爲「一部氣象宏偉的活的歷史」了⓬。從很多被稱爲是「偉大的」小說裏，我們不難看到，「宏偉的活的歷史」所觸及的生活層面與範圍必然是相當廣闊的，只侷限於個人的小圈子裏的生活不可能代表出整個社會的民心。陸志龍的世界只是偏僻的小山村，單純的小家庭，一所國民學校和被孤立在一個鎭上的日本軍營。他所接觸中的人物多屬這羣在任何方面均不够成熟的年輕知識份子，他們之中大部分似乎也沒有爲爭取臺灣擺脫異族統治的大志。這種「生活舞臺之狹窄」⓭限制了陸志龍，所以把有關現實生活的片麟半爪推開之後，剩下的便只是無時不尾隨著陸志龍的一些戀愛故事了。

這個三部曲的第一部「濁流」主要敍述陸志龍在一所國民學校服務的情形，那時他只有十八歲，中學畢業，通過他父親陸維祥在教育界的地位而謀得一個敎席之職，而且不是一個正式的合格教師。這是他的開始同社會接觸，自然我們看到那「脾氣古怪」「並且是以嚴厲高傲出名的」

⓫ 見葉石濤的「鍾肇政論」，台灣鄉土論集。
⓬ 語出「鍾肇政談鄉土文學」，見❾。
⓭ 見前引葉石濤文，他說：「陸志龍生活舞台之狹窄，使得他如何努力伸出他的觸角也摸不着光復半年以來這鼎沸、動盪不已、形形色色、變化無窮的社會各樣相。」頁一四七。

日籍校長岡本太郎兵衞的嚴肅得令人害怕，嚴厲是厲嚴，但他並沒有表現出對臺籍教師的無理性的歧視與高壓，他對日籍和臺籍教師間沒有明顯的差別待遇。我們也看到日籍教師和臺籍教師之間雖有某些距離，但並沒有任何具有深遠意義的衝突，臺籍教師的一些不滿與牢騷，多半不是產生於「不公」對待。陸志龍說，「但我總覺得自己彷彿成了個雙重人格的人，一個個性輭弱的人，他與環境的關係是永遠站在被動的地位的，我也正是如此。」⓮他在面對任何新情勢時，總有個應付它的口頭禪，就是「一切都要過去的」。這個「一切的一切都要成爲過去」使他「在以後的許多歲月中，把我從失望與屈辱中救出來，使我得以在萬般的難堪中過日子。」⓯實際上他這種處世哲學乃是一種莫可奈何的被動，也可以說是在面對新現實時的一種逃避，這種被動消極也表現在他的臺籍同僚的身上，他們具體地表現了那種莫可奈何的屈服，對於不關緊要的小事情的屈辱不會產生任何精神壓力。然而陸志龍並不完全是個蒼白的妥協者，他要在不與冷酷現實正面衝突的領域裏表現他的優越感和年輕人的幼稚的英雄主義，在對日本人的鞠躬彎腰和「哈」的聲中，他無選擇地就只有成爲女孩子們喜愛的對象一展其「抱負」了。我們看到，在這所學校教書時，他並未認眞考慮對教書的問題，而只注意到長得漂亮的女教師如「她那豔麗的笑卻是那樣慷慨地投向我」的「處處發散著天然的青春美色」的藤田節子，有浮世繪裏的人物那種韻味的古

⓮「濁流三部曲」，頁五七。

⓯前書，頁五。

典美人谷清子。同到家裏——一個偏僻的小村莊五寮鄉，他父親是「五寮分教場」的主管——時，就有村中首富邱甕嬰老人要他同他的孫女兒秀霞定親，秀霞是山村中最美麗的女孩，也是在外邊念書的；還有常到他宿舍裏來玩的一羣他妹妹美蓮的女同學。對於年才十八歲的陸志龍，女性自然構成對他的誘惑，這誘惑產生於他的生理的反應，裏邊感情上的「愛」的成分並不大。不過在那麼多女孩子圍繞身旁且都對他很羨慕時，自然會使他覺得自己是優於其他人的英雄了，尤其是在幾位男同事間，顯然覺得自己是「天之驕子」。

眞正涉及到感情的是他和谷清子間的關係。谷清子年齡比他大，有過痛苦的愛情經驗。她曾以「從前有個女孩……」的講故事的形式把她的身世告訴陸志龍：她曾有個愛人，出征戰死，使她痛不欲生。差不多兩年後，一個大學生愛上了她，她那枯木般的心被他感動，產生了感情，但在他們結婚前夕，他又被徵入伍，在往南洋途中沉船而死。後來她同現在的丈夫結了婚，但兩人間沒有任何愛存在，他也出征快兩年了，她是出征軍人眷屬。而今遇到一個年輕的小伙子，而他又有點兒與眾不同，覺得他「又純潔，又正直，而且也很有為」⑯，故而有了愛意。自然像谷清子這樣的人的愛，不會是柏拉圖式的單純的愛，也不會停留於她所稱的姊弟之愛，在他訪她於宿舍中而巧遇警報時，發生於兩人間的親密擁抱⑰，雖說是臨時發生，而且發生得很自然，但谷清

⑯ 參看「濁流三部曲」，頁二〇八的描述。
⑰ 前書，頁二二三的描述。

子這個年輕的征人眷屬所求的恐怕也是慾望的滿足吧。陸志龍被谷清子激起了相當深的愛，雖然他並未眞正體會到愛的眞諦，他了解的愛是個十八九歲的年輕人了解的愛，吻一吻和抱一抱的肉體接觸之愛而已。當谷清子向他說爲甚麼她把身子獻出給那個州督學板垣重雄，「……越是愛你，心就越痛苦。你不曉得那痛苦多麼難受，多麼厲害。……我本來可以拒他於千里之外，可是想到你，想到我會給你招來不幸，我閉眼咬牙，獻出了身子……」⑱時，陸志龍說他不十分了解她的話。是的，他不會了解，因爲他還不能了解這種爲了愛而自己犧牲的偉大，谷清子最後爲他自殺對他的撞擊也不大，他似乎並未從這次的戀愛中得到甚麼。

在「濁流」裏當然也「片鱗牛爪」地敍述了戰爭末期臺灣同胞在日本的掠奪搜刮下所過的困苦生活，也描寫了臺灣同胞所受的不公平待遇，但這些都不是作者要發揮的主要部分，只是次要的點綴，缺乏排山倒海的力量。日本正在侵略中國和東南亞的國家，正在建立大東亞共榮圈，正在加緊壓榨臺灣同胞，臺灣的一些青年在被迫送往外地作戰，難道這些都不爲知識份子所知曉？他們爲甚麼沒有強烈反應？陸志龍和他的臺籍男同事私下裏所談論的只不過是追求女人的瑣事而已，彷彿他們連看看報談談戰爭的情緒都沒有。這當然是難以令人相信的，然而他們的內心中都沒有一絲兒反抗的思想存在。

在第二部「江山萬里」裏，我們看到陸志龍過的軍營生活，這段生活不同於學校了，在軍營

⑱ 前書，頁二七四。

中能够更切身地看到日本統治者的眞實的猙獰面貌，應該促使陸志龍和他同代的年輕人覺醒，加深他們的民族意識。年已二十歲的陸志龍被徵入伍當新兵時，盟國的飛機已開始轟炸臺灣，且已有「日夜不停的空襲」，我們也可以說，戰爭的火焰已經燃到了臺灣，且日軍也漸露敗跡，雖然日本軍方的宣傳仍在巧妙地掩飾戰敗的消息。雖然日本的小隊長們仍在積極地向他們灌輸忠於天皇的軍國主義思想和日本絕不會向敵人屈膝的大和民族精神，但平時抱著「寧可不思不想，一切隨他去吧」的對死「看得很平淡、很達觀」的陸志龍，在面對已是「學徒兵」和「皇軍的一員」時，也不能不「全身起了一陣顫慄」⑲了，這一「顫慄」使他從糊糊塗塗相信「一切都會過去」中醒來，使他漸漸蛻掉那「傷感和頹廢」，軍營中的受折磨的艱苦生活把他從思念谷清子、邱秀霞們的小世界裏拖出來，同伴們如今談論的是戰爭，是臺灣的安危，是「如果來了臺灣，是不是也要全員玉碎？六百萬人口，全員玉碎？陸地，父、母、妹妹們的映像在我的腦子裏勾上來」。我們先看看陸志龍這輩年輕人在軍隊中的生活。

我們都知道日本軍人是素以訓練嚴格、絕對服從和寧死不退而著稱的，他們訓練臺灣的「學徒兵」也是用同樣的方式，軍官似乎有絕對的權力，美國式的吊兒郎當是絕對不允許的。我們看到那些負責訓練新兵的小隊長們如虎似狼，動不動就來個集體懲罰，他們的皮靴猛踢狠踩著疲乏癱瘓的兵士們的肩、背和腿。他們迫使這些「學徒兵」做苦工，動不動就毆打，「皇國軍人的無

⑲前書，頁三二〇的描述。

敵攻擊精神都是靠一個打字鍛鍊出來的，所以我們也要多打多揍」，「事後還要檢查每一個人的臉頰，沒有被打得通紅的，打者便要受到毒打。」⑳還有使他們受不了的就是飢餓，這些兵「一天到晚，除了睡覺以外，都在盼望開飯」，每餐飯七八口就吃完㉑。這類的身體虐待自然會引起兵士們的不滿與憤怒，激起他們的恨，但也僅如此而已。那些日籍小隊長們要這些兵士們相信『皇軍』的崇高使命時，他們在精神上感受的壓迫並不大，因爲他們對於日本軍閥發動的這場『聖戰』並沒有深入的理解，對於日本侵略中國也沒有基本的認識，在兵士們之間，也沒有任何的疑問。當日本軍隊在戰場上愈失敗，這些小隊長愈暴横時，兵士們抱怨的是工作時間更延長和折磨更難忍的痛苦，而不是對異族的更深的仇恨。

在求學時期「曾爲羅亭哭過，也曾爲巴札洛夫悵然良久」的陸志龍一向偏於厭世、頹廢，現在仍想在文學作品裏尋求他的慰藉，但是軍營裏不會使他躲藏到文學作品創造的世界裏去。但陸志龍眞是幸運的，他在一個國民學校裏發現了一位女教師——擔任四年甲班教師的李素月，「她給了我這個忽然變得渴盼異性的人很深刻的印象」。這個學校裏的教師對這些「兵隊桑」當然會表示歡迎的，而他們特別喜歡陸志龍，請他常常到學校裏彈琴，也是由於被要求彈琴而同李素月逐漸接近，陸志龍又獲得一個女孩子的愛來減緩軍營生活的單調與痛苦，又有了鎮痛劑！別的人

⑳ 前書，頁四〇二。

㉑ 前書，頁四〇〇。

也從追求女性活動中解脫一部分的痛苦，如林文章之追求一家冰店的小姐等。但在這羣年輕兵士中有一位很特別的人物，就是林鴻川。在德國無條件投降歐洲戰場的炮聲結束，日本將單獨同全世界爲敵時，他散佈這個消息，他說出「機會是要造出來的……這仇恨，我永不忘却……那是我們血液裏原來就有恨……我們都有熱血，欲已不能已的熱血……」㉒他們只聽到林鴻川講出「仇恨」與「熱血」這類的富有煽動性的名詞。陸志龍在思索這些名詞時，也沒有產生激動，他只擔心林鴻川的蠻幹會給他帶來不幸。然而這有熱血的林鴻川終於「蠻幹」起來，舉著手鎗，對著那些小隊長咆哮說：「兩個月來，你們作威作福，肆意欺負人，哼，我們並不是每個都沒有骨頭的軟體動物，我們都忍著……你們的末日到了！」㉓那些被罵爲狗仔的小隊長一個繼一個跪下來，哀求饒恕。林鴻川的行動使陸志龍了解「……這次的事倒也可以說是他一手造出來的機會了。至於他早就有一套完整的，包括心、物兩方面的準備，然後，勇敢地攫住了機會……」㉔這「心」的準備該解釋做精神武裝了。爲甚麼別的人都是「沒有骨頭的軟體動物」呢？因爲他們沒有精神的準備，陸志龍這時候總算開了竅。

在林鴻川的事件發生之後，陸志龍又聽蔡添秀告訴他的話（蔡添秀轉述他爸爸告訴他的話

㉒ 前書，頁五五四。
㉓ 前書，頁五六三。
㉔ 前書，頁五六八。

——他的爸爸爲反抗日本而英勇犧牲）：「……吾兒，你曉得你的祖國嗎？她不是日本，而是中國，我們的祖先都是從中國來的，我們的血液都是中國人的血液，骨頭也是中國人的骨頭。」㉕這時候陸志龍「才」開始想，「才」開始形成一個逐漸清晰的概念，知道中國人的血液和骨頭裏滿含著仇恨。這時候，「江山萬里」四個字「才」驀然映現在他眼前，他「才」知道「不管這四個字是出自鄭成功也好，或者後人也好，精神是一樣的，那就是血液的呼聲，對祖國河山的渴慕之情」，了解林鴻川的行動是「顯示了我們民族的熱血」。陸志龍在開始了解這種民族仇恨和自覺懦弱後，接著又發生一件使他振奮的事，那就是小隊長野村勇被謀殺，作威作福的小隊長，而今「衣服都撕碎了，全身血肉模糊，雙眼爆出，嘴邊全是血漬，慘不忍睹」，㉖「皇軍」的血終於在他們面前流出來了，這是他們做夢也想不到的。原來把野村隊長推下山崖摔死的就是蔡添秀，雖然陸志龍說他「索還了一筆血債」，可是十幾歲的蔡添秀卻受到刺激，心情緊張。這一段描寫得雖不够深刻，但卻非常適當。蔡添秀的作法和林鴻川的完全不同，但兩個人都是陸志龍的知心朋友，所以給予他很大的影響。他對被捕後的蔡添秀的關懷，流露出的可貴的友情，是以前沒有過的，他甚至能爲營救蔡添秀而計畫，而採取行動同蔡的母親聯繫等等，他開始「變」。

接著故事轉到陸志龍和李素月的關係的發展，陸志龍仍是被動者，自卑感極強的他覺得他不

㉕ 前書，頁五六九。
㉖ 前書，頁五八六。

配和素月來往，因爲素月來自一個臺灣的典型的有錢人家，而他則是窮人家的孩子，這種自卑一直在控制著他，使他膽怯、躊躇、矛盾。後來在一次空襲中，他逃警報時忽然病倒，在他病中素月曾來照顧他，也像谷清子那樣率直地表示了對陸志龍的愛意。後來他因病而失聰，成爲半聾，這更增加了他的自慚殘穢的意識，越發不敢接受素月的愛，而且特別誇張自己的痛苦，實際上那痛苦只不過是個空洞的名詞，陸志龍現在仍不眞正了解痛苦的意義。直到他聽過富田和他講的一番話之後，他同意富田說的「人，旣然活在這世上，終歸有條路可走」㉗的話。

緊接著就是日本的宣佈無條件投降，戰爭結束，這羣青年的苦難也隨之結束。

這第二部「江山萬里」應該是三部曲裏最重要的一部，因爲陸志龍過的軍營生活雖只是短短幾個月的時間，但對他的發展有極重要的影響，我在前邊已經提過。不過，由於結構散漫，選擇的事件不够集中，未能獲得強度，陸志龍的了解「江山萬里」和產生的「祖國之愛」顯得相當無力，這愛還沒有浸滲到他的思想、感情裏，成爲他的一部分。

第三部「流雲」寫戰爭結束臺灣光復，本省同胞擺脫異族統治者的枷鎖和桎梏的歡快情形，惜乎作者只簡單描寫了一些表相，而未能把握住「光復半年以來這鼎沸、動盪不已、形形色色、變幻無窮的社會各樣相」，㉘於是陸志龍就又投身戀愛的渦流裏，推拒了一個他在軍營時決定要

㉗ 關於這些討論的根據，見「濁流」頁六九六——六九七敍述。

㉘ 參看⑬。

投入的社會。

「流雲」開始寫陸志龍離營返鄉，帶著他的耳聾給他的屈辱、恐懼、痛苦和哀傷回到父母身邊，父母給他的關懷和温暖雖使他心情平靜些，但他——這位多愁善傷感的青年——仍被孤獨感攫住不放，這種孤獨感是怎樣產生的呢？經他自己的分析，是來自乍置身於一個新環境的生疏感，對茫茫前途的畏懼，朋友們的離開，同李素月的別離等。就在這孤獨的時候，他初遇在他生命史上占了極重要地位的阿銀，一個鄉野的姑娘，完全不同於他以前愛過的谷清子和素月，「她有一頭很豐滿的黑髮，蓬蓬亂亂地散在背後。上身的衣服，分明是一領舊軍服，下面卻又是農村常見的半長不短的黑色褲子，露著膝蓋以下的部分。」一個牧牛的女孩，竟然引起這位不願同土裏土氣的年輕人結交㉙的知識份子陸志龍的注意呢，也許因爲她這分裝束太奇異了吧，「眞的，這女人太奇異了。說年輕，好像不年輕；說是中年婦人，卻又有些很年輕的模樣。從神采來判斷，她可能是個正常的人，可是我覺得更像個瘋女，或者說神經不十分正常的女人。」他的妹妹美蓮告訴他，阿銀一點也不瘋，而且是個大她一歲的能幹的女孩，她是莊稼人葉阿富的養女，是要給他那個白癡兒子蓄仔做媳婦的，當然聰明伶俐的阿銀不願接受這個悲劇的命運，自然地她的行爲也就怪誕起來。她的怪異引起了陸志龍的極大興趣。

在鄉居的時候，陸志龍閑來無事吧，因此開始了他的學習漢文的苦讀功夫，他的父親年輕時

㉙ 見「濁流」頁七四三。

讀過四書，認得漢字，可以教他，他也有朋友一起，所以這學習國語的興趣愈來愈高。作者對他苦苦學習的過程也有不厭其煩地敍述，使不熟習當時情形的讀者能完全了解那時臺灣同胞學國語的熱忱和困難以及他們克服困難的決心與毅力。作者也描寫了陸志龍到他的眞正故鄉靈潭街上歡迎國軍的情形，在歡迎的羣眾裏，他遇到兒時的同學，包括他的「童戀」的對象徐秋香，雖然小學畢業後徐秋香到臺北第三高等女學校讀書，他便很難看到她，但這次再見到她時，他卻表現得相當緊張，過去的一段戀情還活在他的心裏，雖無熊熊火焰，但餘燼未滅。他此刻遇到的徐秋香被描繪成是「她變得不少了，好像不再有從前那種動人的色彩」，是「略微清瘦的」、「略呈蒼白」。

在陸志龍接觸的女性中，我們還看到他的朋友林盛光的堂妹林完妹，一位國民學校的教師，只見過她一面，陸志龍就「有些心旌搖晃。完妹的影子在我的眼底留下了很鮮明的印象。眞的，她確是個美人。」他向林完妹借了文學名著。這時，陸志龍告訴我們，「在我這些日子裏，已經有幾個異性出現在我身邊了。一個是街上的我那位童戀的小情人徐秋香，一個是借書給我的三洽水美人林完妹。還有一個是住在我家對面的怪女孩阿銀。另外一個，我雖還沒有讓她在前面的文章裏登場，但我已經相當熟悉，而且在本書仍將佔一席地的屋主水炎伯的女兒六妹。」六妹是個「勤奮的女孩，年紀十八或十九，天天早出晚歸，不是到山上摘茶，便是在田裏種菜，也常常去打柴揀草」，她的「面貌似乎是很平常的，但體態很輕盈，曲線玲瓏，仍然是個動人的」。

㉚她有些像阿銀，是屬於鄉野的姑娘。這些女孩子時時浮現在他的幻想裏，尤其是完妹，他把她當做結婚的對象來想她。二十歲的陸志龍覺得每個「胸前隆起的」女孩都是動人的，對他都是一種誘惑，都能激起他的慾的衝動，但他沒有愛情，眞摯的、犧牲的、奉獻的強烈感情，是他的自卑感閹割了他？他口口聲聲所說的愛只是蒼白空虛的抽象的字眼兒而已，他不具備成爲大情人的條件，他只好從閱讀文學作品中慰藉自己。

但他必須成長，必須了解眞正的愛，谷淸子沒有使他了解，現在阿銀負起了這一任務，阿銀向陸志龍發出了「野性的呼喚」，他說他能「從她那兒感到一種奇異的威壓」，㉛他覺得她那很大很圓也很深邃的眼睛「有一股攝人的寒光」㉜。此外，也在想阿銀的別的男孩說「她眞是個誘人的妖精」㉝而爲她所迷，這種誘惑人的力量不是人們誇讚女孩子的溫順、安靜之類，她的行動的怪異和誘惑力是來自她那股咄咄逼人的狂野，所以我說她發出了「野性的呼喚」。不過阿銀所代表的並不完全是未受折磨的天然的野性，事實上她一直在受著精神上的折磨與虐待，她必須保護自己，她的看來有些瘋癲的怪異行爲是她的保護色，這顏色正漸漸滲入她的皮膚中去了。對於

㉚ 前書，頁八二一——二。
㉛ 前書，頁八一九。
㉜ 前書，頁八三一。
㉝ 前書，頁八三三。

她，陸志龍好像著了魔似的，時常偷看她的一切行動，觀察她的言行，同她無所忌憚地談天或在田野間的追奔。在同阿銀的來往中，因爲她不過是個山野間的牧牛女郎，陸志龍的自卑感不再緊緊地抓著他，袪除了自卑感的束縛，他自然能流露出不矯飾的態度，他的這種態度自然也會容易獲得阿銀的愛。在陸志龍的追求中，他並沒有敢縱情地去愛阿銀，彷彿他永遠不能够像隻鷹般在愛的天空中傲然地翺翔，這愛情的堤防是他心裏的恐懼，他去找阿銀的時候總是有偷偷摸摸的觀念在作祟；是他周遭的人們給他的壓力，他們都在鼓勵他追求林完妹，他並沒有爲了阿銀而放棄其他的女孩子，當然在各方面對他都更合適的完妹成了一股不小的力量拉著他。在夜晚，陸志龍想到同阿銀結婚的困難——阿銀的養父不會放棄她，他自己的父母不一定答應這門親事，而他自己也在猶豫，「可是……難道我沒有旁的路子嗎？我的耳朵不會忽然痊癒嗎？我豈不是應該有一個廣大的世界供我馳騁嗎？」㉞在「廣大的世界」中「馳騁」時，阿銀就不是他的「恰當的幫手」了。在這情形下，他自然地又想到完妹，她「又那麼漂亮，教育程度也合適」，又「門當戶對」，將是他的「晴耕雨讀」生活中的好幫手。如果我們看看阿銀的言行，就會感覺到做爲一個知識份子的陸志龍够有多少顧慮，多麼畏畏縮縮。阿銀決定犧牲自己，她同白癡蕃仔結婚，五天後離家出走，消失在茫茫的人海裏。她這樣做旣完成了她對養父的交代，也斬斷了她同陸志龍的愛情繩索，使陸志龍可以去「馳騁於廣大的世界」，而對陸志龍給她的那點感情永遠珍藏在心

㉞ 前書，頁一〇二四。

頭。阿銀是個敢愛的人，也懂得如何愛。

我們會發現谷清子和阿銀間許多相似處，這可能是作者故意的安排。當然這兩個人的生活環境與敎育背景如南轅北轍，但她倆的遭遇和同陸志龍的關係卻成爲相對應的人物。谷清子有兩次愛情的挫折，最後嫁個毫無感情的丈夫，而這丈夫出征在外，有名無實；阿銀爲童養媳，未來的丈夫是白癡，不了解任何感情之事，也是有名無實的。谷清子在那一羣庸庸碌碌的男同事間找不到一個使她愛的人，陸志龍來了，她便撲向他。阿銀在山村中被認爲是個有神經病的人，她的內心善良不爲人解，追求她的皆是鄉愚，陸志龍出現，燃起她的愛情之火。兩個人都大膽而主動地獻身給陸志龍。谷清子在被迫之下同督學發生關係，動機出自保護陸志龍。阿銀也同樣地是被迫同蕃仔結婚，也是爲了不再拖累陸志龍。谷清子最後自殺，阿銀則悄然消失。這兩個對陸志龍有深深影響的女人都不是「正常」的，我的意思是說，像完妹那樣正常發展的人物，所以她們的愛也如暴風雨後的激流，而不是一步步自然成長的。這樣的愛給予陸志龍的影響是否也是不正常的？作者似乎沒有對這個問題做一深究，結尾時陸志龍說他「對阿銀的愛心漸漸穩定、專一了」，但是他能否找到阿銀還是個大問號哩，這穩定與專一尙待證明。

「濁流三部曲」既如作者鍾肇政所說是「一篇自傳體小說，書中情節主要是以自己的經歷構成的」，那麼，我們可以說，鍾肇政—陸志龍是要通過他的經歷來敍述一個人的開始進入社會和生長過程：從孩提時期經過青年期而達於成熟期，這種成熟不僅僅是因嘗過禁果而有身體之成熟，也必是在智能上、道德上、精神上均有發展而臻於成熟，因此在選擇促使他成熟的「經歷」是非常重要的。通常這類小說的主人翁必須經歷一連串的外來的壓迫、挫折、矛盾，而他憑著他的機智和毅力應付這些，由此理解它們，理解自己同它們的關係，最後理解自己和自己選擇之路。同時鍾肇政欲把陸志龍雕塑成一個具有歷史意義的人物，使「濁流」成爲一部「氣象宏偉的活的歷史」，可是陸志龍這個被稱爲很敏感的青年，只是對於一些傷害他自尊心的事情敏感，他既不能分析，又不能思考。如果他能够，他的經驗一定會使他體會到在生活中團結、忍耐和勇氣的意義，實際生活會磨練他具有這些性質，但他對於遭遇的那些「經歷」，不能够了解其更深遠更普遍的意義，因此做爲具有代表性人物的力量就大大地打了折扣。我們看到的是一連串的單獨的「經驗」被記錄下來，而每個經驗後面卻沒有那使每個人的生命燃燒的火照亮它們。旣然陸志龍是文學的熱愛者，想要成一位偉大的藝術家，他在二十歲的時候還不曾嘗試著磨練自己如何去創造他的藝術的世界，而只在經驗的碎石片砌成的小山徑上徘徊。我想鍾肇政—陸志龍是太珍惜那些個人的特殊經驗了，便不厭其詳地要作翔實記錄，因此這些經驗只是放在一個由特定時空構成的框架中，至於這些部分與部分間的關係，部分與整體間的關係，各個部分爲了一個統一整體應做的適應，幾乎全被忽略了，而這才是一部文學作品所必須的技巧。

沒有衝突便沒有故事，衝突是小說的核心，這衝突的範圍是極廣大的，而理想與現實的衝突則是作家們最喜愛的主題。「濁流」裏缺乏這種強烈的衝突。陸志龍是受的日本教育，這種教育的目的自然是要臺灣的青年們接受日本的那一套「皇民化」的思想，因此陸志龍就默默地接受，直到日本在第二次世界大戰失敗的時候，他才知道臺灣與祖國的關係。他的父親陸維祥是位老師、知識份子，他應該熟知臺灣那些抵抗日本統治者的血淋淋的事實，如果他能把這種愛國情緒和民族意識灌輸給他的兒子，使他成爲一個有思想的有抱負的青年，使他能以忍辱負重的精神忍受或抗拒日本人加給他的凌辱，那麼，無論在從事教育工作時，或是在軍營中服役時，就不會只感到自卑或抱怨他和他的同伴所受的肉體上的痛苦了。精神上的折磨會使他去沈思，使他了解異族侵略的本質，因而把他對抗日籍小隊長的行動提升到同惡魔之戰，理想與現實交戰，那將會有多大的撼震力啊！在愛情上也是如此，只看到他的猶豫，不敢勇往直前，不深究愛的意義。在他所接觸的女孩裏，只有阿銀是個會呼吸有生命的活人，其他的女孩都是過於觀念化的無血無肉的人。我不太同意葉石濤所說的這本小說寫的是靈與肉的衝突。㉟銀妹可以說是「肉」的象徵，但那高不可攀的徐秋香並非聖潔的靈的象徵，而且陸志龍也沒有在這靈與肉之間掙扎。徐秋香只像幽靈般偶而在陸志龍的心裏掠過，究竟陸志龍對她崇拜到甚麼程度？只是一個想起來頗甘美的童戀而已，如果拿勞倫斯的「兒子與情人」裏保羅和陸志龍比一比就可以知道，徐秋香和阿銀屬於兩種不同類型的人，但這些相對的性格並沒有在紙上表現出來，勞倫斯筆下的密瑞阿姆（Miriam）和克拉拉（Clara）的形成對比是多麼鮮明，多麼有力量。

㉟ 前引葉石濤文。

也和很多小說中的主角一樣，陸志龍既是行動者，同時也是批判者，而這兩個角色時常響著不和諧的聲音，此外，作者有時候也會把做爲批判者的陸志龍推向一旁，直接向讀者作一番解說。陸志龍是個富於內省的人，作者一再這樣告訴我們，所以行動者陸志龍每逢做過一件事或做一個甚麼決定之後，批判者陸志龍便站出來，說出一番道理以爲這些行動辯護，或是予以批評，這些都是近於內心獨語的自我表白。陸志龍對自己的批評常常是今天的陸志龍回頭看昨日的陸志龍所做所爲的批評，所以顯得那麼格格不入。如果把這一部該删除的删除該修訂的修訂，這部小說在藝術的完整性上就完美得多了。

由於希望把個人的經驗全部記錄下來而未加剪裁，對於它們未能技巧地重組、變形，甚至創造新經驗以適應他所寫一部活生生的歷史的目的，作者恐怕也深深感覺到龐大臃腫的「濁流」三部曲的結構之鬆懈了。使這部小說「臃腫」者是許多性質上差不多的事件的重複，就以出現的那些女孩子而言，也是如此，她們的出現，除了表示陸志龍的能引起女性注意之外，又有甚麼必要呢？譬如說，那位水炎伯的女兒，「天天早出晚歸，不是到山上摘茶，便是在田裏種菜」的六妹，有出現的必要嗎？作者自己也曾說：「本書校對之際，本來想好好修删一下，一則因爲時間匆促，再則也覺得保持原來面目亦是需要的，所以改動之處不多，一些日語詞句也都保留下來。走筆至此，倒又覺得，如果有仁人君子幫我大刀闊斧删節，另以更簡鍊的方式印行節本，那就値得我頂禮膜拜了。」㊱問題是它所需要的不僅是「大刀闊斧删節」後的節本，是要做一番重組的

㊱ 遠景版「濁流三部曲」的跋。

功夫，而且要注入血液，使它成爲有生命的，這是藝術家自己的責任，尤其是這部小說，如有更藝術化的處理，可以成爲一部很好的作品。

在這部巨著結束時，陸志龍說：「我又開始邁步了。是的，我要走向那陽光所照來的方向。」我們也希望陸志龍在思想、感情上更成熟，也希望以寫作爲矢志的他能在藝術上往前邁進㊲。

㊲ 葉石濤的文章裏有這樣的話：「鍾肇政應該嘗試着追求眞理，塑成眞正屬於一己的世界觀，燃燒理想主義的火焰了。」葉書，頁一四四。

論黃春明

黃春明常被稱爲是一位鄉土作家，這也許是因爲他的短篇故事大多取材於他生於斯長於斯的故鄉宜蘭；他也被稱爲是社會意識極強烈的作家，這也許是因爲他作品中的人物泰半都是他所熟知的「受屈辱的一羣」。當然給他贏來這些頭銜的特質使得他在同輩作家中成爲相當傑出的一位，但他的傑出還不止於此。寫極富地方色彩的作品和關懷「卑微的、委屈的、愚昧的小人物」的作品不限於黃春明者，然而爲甚麼只有他的作品能引起廣大讀者羣的注意呢？我想黃春明具有更多的特質是許多作家所忽視的。那就是黃春明特別強調了做爲一個人所必備那些基本條件，諸如保持個人尊嚴、贏得他人尊敬、堅毅不拔的精神、慷慨、博愛等，他筆下的人物生活在不利於他們表現這些美德的環境中，選擇了爲我們不太熟習的和我們不願接受的方式來表現出這些，也許我們感到這些小人物的行動有些滑稽，缺乏我們所理解的嚴肅性，因而減弱了我們所謂的悲劇性；但是黃春明的小人物的可愛就是因爲他們有他們自己的獨特的表現方式，他們的詼諧幽默給予讀者的印象之深，甚於銳意刻畫的「血淋淋的現實」。這因爲黃春明是土生土長的作家，他徘徊於生活的曠野上，把他所聞所見記錄下來，他沒有先接受一些理論或教條的束縛，把他寫的人物硬塞進一間密不通風的屋子裏；沒有，他沒有把這些人物修剪得符合於某種要求。這些人物自然地生長在草木叢生的曠原中，他們的生長並不順利，自然置狂風暴雨、乾旱水澇、巨石沙礫於他們的路上，妨礙著他們長得枝葉茂盛，幹軀粗大。他們無力抗拒這些巨大的壓力，故而選擇了那些適於他們生長的方式以求發展、求生存、求表現。

黃春明的作品大半都收集在那本薄薄的「兒子的大玩偶」中，僅僅有一八四頁，僅僅有六篇故事。現在我就以這六篇故事爲主，來解釋一下黃春明講了些甚麼和如何講出這些。我採取的是逐篇討論的方式，文中難免有重複之處，先請讀者原諒。

「魚」是一篇單純得十分可愛的故事，讀來是像出自海明威的手筆。主角阿蒼，一個小孩子，曾對祖父做過一個莊嚴的諾言：帶一條魚給他的老祖父。「阿蒼，下次回家來的時候，最好能帶一條魚回來。」他的祖父曾經囑咐過他。阿蒼帶著那「包在野芋葉的熟鰹仔」回家時，心裏是喜悅、是滿足、是驕傲。沿途，他甚麼都沒有想，只想到了家見到祖父時把魚交給他，「他將魚提得高高的說：『怎麼樣？我的記憶不壞吧？我帶一條魚回來！』」「提得高高的」這五個字把阿蒼的神態都表現出來了，他爲實現了諾言，爲盡了孝道而感到愉快，也渴望祖父誇獎他，提高他在祖父眼裏的地位。然而他這個希望註定要幻滅的，作者一開始就說「包在野芋葉的熟鰹仔掛在車上的把軸，跟著車身搖晃得相當厲害」，因爲「搖晃得相當厲害」，那魚自然有掉落的危險。就在他一味想儘快把魚交給祖父時，發現魚掉了；而更悲慘的是，他無法尋囘來，因爲「在兩公里外的路上，終於發現卡車輾壓在泥地的一張模糊了的魚的圖案」。懊喪的阿蒼囘到山上的家裏，見到祖父，預期的快樂與驕傲自然不會產生了，他只有一進門就躲在屋裏，避免面對那必定要面臨的場面：向祖父解釋魚的掉落。他必須肯定地堅決地向祖父說明他買囘來了魚，實踐了他的神聖的諾言，以保持他在祖父眼裏的地位。

「我眞的買了一條鰹仔囘來。它掉在路上被卡車壓糊了。」

「那不是等於沒買囘來？」

「不，我買囘來了！」很大聲的說。

「是！買囘來了，但是掉了，對不對？」

阿蒼很不高興祖父變得那麼不在乎的樣子。

「我眞的買囘來了。」小孩變得很氣惱。

「我已經知道你買囘來了。」

「我沒有欺騙你！我絕對沒有欺騙你！我發誓。」阿蒼哭了。

「我知道你沒有騙阿公，你向來不欺騙阿公的。只是魚掉在路上。」他安慰著。

「不！你不知道。你以爲我在騙你……」阿蒼抽噎著。

「以後買回來不就好了嗎？」

「今天我已經買回來了！」

「我相信你今天買魚回來了，你還哭甚麼？眞傻。」

「但是我沒拿魚回來……」

「魚掉了，被卡車壓糊了，對不對？」

「不，你不知道。你以爲我在騙你……。」

「阿公完全相信你的話。」

「我不相信。」……（一六頁——一七頁）

作者極費力地寫了這段對話，也寫得十分成功，把阿蒼的心境完全寫出來了。阿蒼要祖父相信他實現了諾言，但眼前並沒有魚，他「很大聲的說」他買魚回來，就是要迫使祖父相信他買了魚，因而格外尊敬他，但是祖父的態度「變得那麼不在乎」，等於否定了他實現諾言的價值，也等於剝奪了他生存的價值，所以他「變得很氣惱」。因爲祖父那麼「不在乎的樣子」，卽使他說「阿公完全相信你的話」時，阿蒼也懷疑他這話的眞實性，這自然使得老人很氣惱，竟而「一棒就打了過去。阿蒼的肩膀著實的挨了一記」——雖然這樣做有些過火，但老人無法使孫子相信他的話時，也壓不住那心頭之火。阿蒼跑出去，還在聲嘶力竭地喊：「我眞的買魚回來了。」藉以肯定他的誠實，他的不食言，表示他眞正是個有價値的人。

在阿蒼離開家，祖父送他到車站時，祖孫曾談過一個計畫，就是「我想我們多養幾隻羊，以後換一套木匠的工具」。祖父答應他：「不要急，阿公馬上就做。我用兩隻公羊去和山腳他們換一隻母羊，就可以開始了。」阿蒼失掉了魚回到家時，祖父實現了他的諾言：「阿蒼，你回來時在山路邊看到我們的羊了沒有？就在茅草那裏，你弟弟和妹妹都在那裏看羊。我替你辦到了，你就快要有一套木匠的工具啦！」祖父用「就在茅草那裏」的羊來證明他實踐了諾言，而阿蒼卻是空空如也，手裏沒有魚讓他「提得高高的」。對比之下，他是個不誠實的食言者，這就引起他極度不安，而要靠「嘶著嗓門」喊來使人相信。

在祖孫談話裏，作者以簡單的幾筆就勾出老人對孫子的愛和關懷，以及對他的希望，和人窮志不短的傲骨：

「喏！你還是聽阿公的話，把這一袋子山芋帶去給你的師傅吧。說不定他們會對你好一點。」

「不要。」

「還是帶去吧。」老人讓肩上的一袋子山芋頭滑下來放在小孩的跟前。「袋子不要忘記帶回來。」

「不要！他們會笑的！」

「這是我們這裏最好的山芋哪！」

小孩抬起紅紅的眼睛望著老人搖搖頭。

「好吧！」老人氣憤的說：「我寧願把最好的山芋餵猪，也不給碰我的孫子的一根頭髮的人吃！」（九頁—一〇頁）

這是何等簡潔樸實又自然的語言，就這麼簡單的幾句話，表現了多少東西，「小孩抬起紅紅的眼睛望著老人搖搖頭」，够了，不必再多敍述。送山芋給師傅而受到奚落的恥笑帶給孩子的羞辱，他不能忍受，故而「搖搖頭」拒絕了祖父的建議，祖父那句氣憤的話又多麼適於他的身分和當時的情景，自然的語言多麼有力，只要你能用得適當。就此一端，黃春明便值得喝采！

「溺死一隻老貓」是個中篇小說，敍述了經濟繁榮給一個小村莊帶來的衝擊，這種題材應該是值得鄉土作家們處理的。臺灣光復近三十年了，在這段時間內，政治經濟各方面都有很多改變，舊一代的人如何適應這種改變？新一代的人又如何迎接這種改變？經濟繁榮如何影響了每個人的生活？黃春明在「溺死一隻老貓」裏探討了這些問題，這也許是我個人偏愛這篇故事的主要原因。

被省府列爲開發地區的偏僻小鎮「街仔」本來就是比一般山村受尊敬的市鎮，因爲它「距離大都市只不過七八十公里」，交通方便，故而很快接受了新的「文化」：迷你裝，阿哥哥舞，早覺會等。這裏也產生了一個新的階層，以前農村不曾見過的，就是醫生、銀行的高級職員、律師、學校校長、議員、老闆，這些人當然在公餘之暇要有些享受，但在這個小鎮上找不到別的，只有到清泉村的泉水塘去泡泡泉水。清泉村距街仔不過兩公里半，因爲交通不便，仍能保持其純樸，但這純樸面臨了威脅。

作者接著介紹了清泉村的祖師廟和在廟前榕樹下閑談的幾個老人，他們「大部分時間都是談論著過去，縱使是反覆的，他們還是不厭其煩的陶醉在早前與貧苦掙扎的日子；過去的總是叫人懷念，尤其他們幾個，在這晚年的時日，也只有這些才叫他們覺得驕傲。」（二一頁）他們之中「只有一年的光景，就走了一半」。這幾位老人（牛目伯、蚯蚓伯、鯍仔伯、阿圳伯、阿盛伯）吃過午飯後到廟裏閑談，「已經變成了他們生活的一大部分」。在廟前談談往事，給他們安慰；想到「與貧苦掙扎的日子」和他們的成就，自然會使他們感到光榮，但這光榮而今已讓於他人了。他們當然不甘心成爲廟前閑談的一羣被遺忘的人，他們有機會還想站起來，站在前面，站在引人注目的地方。正好，機會來了，來得也那麼自然。阿盛伯去街仔，聽說那羣天天在泉水中泡泡的人們要在清泉村造一個游泳池。「他心裏詛咒著：那麼清泉不就完了嗎？我決不讓他們這樣做，絕對不能。」因爲「要是眞的讓街仔人這樣做，清泉的地理都完了」。（二五頁）回到清泉村，他只是叫著「我們決不能讓他們這樣做！這樣我們清泉不就都完了嗎？」和「街仔人想來挖掉我們清泉的龍目」。（二六頁）在聽者有急切需要知道眞情的準備後，阿盛伯才宣布「他們籌集了三十萬元，要在我們井邊做一個游泳池」；聽者表現得不太激動時，他又說：「要是水一下子被抽光了，龍目就枯了怎麼辦？清泉不就完了嗎？」他的話對聽者的衝擊愈來愈有力。幾位老人都激動起來，「那我們必需極力反對到底！」（二七頁）清泉使這個村子「人傑地靈」，不容破壞。此外，「當游泳池開放的時候，那些來游泳的街仔人，不管是男的是女的，只穿那麼一點點在那裏相向，誰知道他們腦子裏在想甚麼。我們清泉向來就很純樸很單純的，這麼一來不是敎壞了我們清泉的子弟，把我們清泉都搞濁嘛！」（二八頁）游泳時的半裸是傷風敗俗，要反對！阿盛伯挺身而出，成爲老一代的代言人和勇敢的鬥士。牛目伯也對幾個老兄弟說：「喂，不要讓年輕的認爲我們老了沒用，晚上咱們老人家表現給他們看看。」他們要抓住這個機會恢復他們昔日的光輝，贏回他們的受尊敬受重視，把榮譽的王冠再戴在頭上。

阿盛伯擔負起這個重任，獨自展開了他那唐吉歌德式的奮鬥，先是在村民大會上，村長宣布「爲了清泉的發展，各方面熱心促成在井口建游泳池的事，就要付之實現，希望本地方的人要配合完成。有了游泳池以後，這裏還要通車，分班又要獨立，結果很快的就會繁榮起來」，這是一個美麗的遠景，應該具有極大誘惑力，至少對年青一代有誘惑性，但「沒有一個村民鼓掌」，是他們不了解這計畫的意義嗎？阿盛伯的反對聲引起了掌聲，「清泉的水是要拿來種稻米的，不是要拿來讓街仔人洗澡用！……清泉的人不稀罕通車，我們有一雙腿就够了。我們只關心我們的田，我們的水……」（三二頁），阿盛伯最後的兩句話是十分響亮十分有力的，村民都關心他們的田和他們的水，因爲田和水是他們的祖先一代一代傳給他們的，且是他們生命之根源，破壞他們的田和水，等於傷害他們的生命，所以聽了阿盛伯的話，「所有的村民興奮得跳躍起來」。當主委問他「在背後是不是有人唆使他這樣做」和「你爲什麼要這麼激烈的反對呢」時，他斬鋼截鐵的且驕傲的說：「因爲我愛這一塊土地和這上面的一切東西。」阿盛伯現在已不僅是表現自己的勇氣，而且是爲村民們吐出他們的心聲。誰不愛自己生於斯、長於斯、葬於斯的土地呢？但是我們沒有看見村民給予他們實際的支持行動，村民大會上阿盛伯除了獲得掌聲外，一無所獲。他於是同「幾個老人」發動一批男人，每人手裏都握著棍棒或劈刀，往工地這邊趕過來（三四頁）以阻止游泳池工程的進行，他們「把散亂在工地的這些工具集成一堆，放了一把火就把它燒了」，這種行動使得圍來看熱鬧的婦孺的村民「對他們的敬慕，而使他們也不覺得那英雄姿態的昂然，無形中溢出來」（三四頁）。（按：此句中「也不」疑爲「也都」之誤。）這行動使他們感到自己是英雄，是受人羨慕的，但它卻是違法的。在阿盛伯看來，這又有甚麼觸犯法律之處？所以警察把他和其他參與焚燒工地行動的人們送往街仔的分局後，經過那番「口供筆錄和指模」手續而被釋，別人「都受到了很大的驚嚇而臉都縮了。回到清泉後，這種緊張的情緒仍然沒有消滅，他們心裏始終牽掛那份留在分局的口供筆錄和指模，不知以後還會有甚麼麻煩的事情發生。這種顧慮的恐懼心，反而回到家見了大小之後跌得更沉。現在他們確實感到懊悔不及，再怎麼想到龍目或是整個清泉也激不起一絲力量來反對」（三五頁），獨有阿盛伯這個爲首的，縱在分局拘留過夜，他「仗靠著心裏那份安慰，倒使他的態度顯出一種宗教性的安之若素」，他爲他能發現一件比自已更重要的事情來做而自傲，作者甚至解釋說：「忠於一種信念，整個人就向神的階段昇華。阿盛伯大概就是這種情形，已經走到人和神混雜的使徒過程。」作者原意可能想把阿盛伯寫成一個殉道者，使他爲他的「信念」而犧牲。

這次的行動澈底失敗，「工程積極地進行著」，村民不再支持他，甚至「幾個老友對這件事消極起來」，阿盛伯獲得的光榮曇花一現又消逝了；這當然是他不願忍受的，所以他又想出了一個「間接的方法找人事關係，」如能「找一座泰山來個壓頂，甚麼事情都能解決」。他於是去求民選的陳縣長。在他求見這位父母官時的情形，作者把那分官僚主義寫得淋漓盡緻，結果是「阿盛伯在建設課鬧了一陣笑話碰了一鼻子灰，再也摸不到門路應該去找那裏才適合」，當他疲倦的回去清泉，「對陳縣長的偶像都幻滅了」（四〇頁），他自己「那種宗教型的人格就漸失掉了」，「當游泳池完全落成的那一天，他也完全恢復到以前的鄙俗了」。「恢復以前的鄙俗」是他所不能忍受的，尤其是在扮演過村民心目中的英雄之後，這時阿盛伯當然是「心裏十分難受」，和「受著苦痛的煎熬」，這種煎熬迫使他步入極端的行動。「要脫嘛就乾脆像我這樣脫光！」他便眞箇把「身上的衣服都脫光了」而躍進水中，結束了他的生命。當他的棺材經過游泳池前時，「四週的鐵絲網關不住清泉村的小孩子偸進去戲水的那份愉快的如銀鈴般的笑聲，不斷地從牆裏傳出來。」（四一頁）

在這篇故事裏，他們清晰地看到了社會的改變對於人們的影響。社會繁榮帶來了對舊有生活方式和舊有觀念的衝擊，老一代的人們不能夠欣然接受這種改變，遇有機會他們定會反對，希望能保持住他們所習慣的一切，但改變的巨輪照直前往，螳螂無法擋住車輛。阿盛伯的失敗是必然的，他所捍衛的是個完全無成功希望的運動，即所謂的 lost cause. 阿盛伯在反對游泳池的建築工程中表現了不畏一切的殉道者的精神，但是他無法獲得村民們的實際的行動支持。他的口號頗爲響亮，「因爲我愛這一塊土地，和這上面的一切東西，」但對於年輕的村民們，這對土地之愛也激不起熱情。阿盛伯，這位失敗的英雄，爲他的信念犧牲了，但沒有得到光榮。游泳池破壞了淸泉村的風水嗎？結尾時，作者象徵地說：「小孩子偷進去戲水的那份愉快的如銀鈴的笑聲，不斷地從牆裏傳出來。」游泳池帶給淸泉村的不是阿盛伯所說的災難，淸泉村沒有「都完了」。

和唐吉歌德一樣，阿盛伯是以喜劇人物出現在讀者面前的，我們對他的勇氣懷有同情，但對他的想法和做法感到滑稽可笑；在他自己看來是「悲壯的犧牲」，但在別人看來只不過是「溺死一隻老貓」。在這篇故事裏，自始至終，作者都沒有對他有過度的同情，沒有沉溺在比較接近阿盛伯的感情裏。

黃春明對於現實也給予相當程度的諷刺。在「民權初步」那一節中村民大會的情形，讀來有些令人寒心，三位紳士當然是街仔新興階層的代表，五位陌生的外地警察當然是紳士們請來的，村幹事成爲執行他們預定計畫的小丑，他們以長篇演說拖延時間，使村民們，尤其是反對修建游泳池的人們，沒有機會講話。阿盛伯講話後，主委問他：「老阿伯，我有一句話要問你，請你老實講，到底你爲甚麼會這麼勇敢，並且極力反對這件事，在背後是不是有人唆使你這樣做？」說明主委不先設法瞭解與疏導而先威脅的拙笨作法。「第一回合」的一節裏警察當局把七十九歲的阿盛伯拘留一夜，然後「悄悄地用吉普車把他送回清泉」。「悄悄地」這三個字用得十分恰當，背後隱藏了多少欲說未說的人人皆知的話。「陳大老的孫子」裏寫陳縣長的官僚作風與地方民選官的嘴臉更是維妙維肖，作者只用了極簡單的幾筆就繪出一幅極生動的漫畫，這一節寫得比前兩節都成功，就是因爲作者沒有浪費太多筆墨，抓住要點，勾了幾筆，人物便「躍然紙上」了。

在這篇故事裏，唯一較弱的一環是年輕人對於代表經濟繁榮促成社會改變的游泳池之建立所持的態度不够鮮明，或者說，有些曖昧，他們先是同情阿盛伯，後來既不予以支持，也不予以反對，因而相對的減弱了老的一代所代表的信念同新一代間的衝突，也減弱了阿盛伯以丑角姿態溺死於游泳池所產生的戲劇效果。此外，阿盛伯由於「我愛這一塊土地和這上面的一切東西」而激起強烈的反對建立游泳池應該是個頗具威力的動機，但作者對這一方面的強調遠弱於阿盛伯和老友們重建其威信的動機。

「看海的日子」，迄今爲止，我覺得是黃春明的作品中最好的一個中篇故事。從這篇故事裏，我們看到人性的光輝；任何不利的生活環境都不足以剝奪它，而生命的意義也因之被積極地肯定了。人是堅韌的，不論他多麼卑微，他有一種力量使自己站起來，這力量是不可征服的；人與人之間的關係建立在互助互愛上，只有這種愛是可貴的。生活的艱苦、折磨與迫害是人性的考驗而不是摧毀。

作者一開始，在「魚羣來了」那一節裏，就給這個故事發展的背景做了扼要敍述。南方澳是個漁港，在捕魚季節，討海人的豐富收穫給它帶來了繁榮。凡有海員處皆有妓館，對於捕魚的人們也是如此。「臨時搭在山腰間的娼寮，開始緊張起來了。阿娘站在門外看到已經駛入澳肚裏的漁船，心裏也跟著引擎砰砰地跳動。她回過頭向裏面喊著說：『你們這些查某鬼仔，錢來了！』裏面的妓女都走出外面。阿娘指著下面的漁火：『哪，鰹魚羣來了！今年比去年來的早。才月初呢……』她突然改變語氣向裏面喊：『阿雪，你還不快吃飯，等一下連讓你坐起來的時間都沒有咧！』」（四五頁）這是一段極恰當的敍述，作者使我們由南方澳漁港，山間的娼寮，阿娘的喜悅而轉到一個特殊人物身上，阿娘那一聲「阿雪，你還不快吃飯……」就把鏡頭從遠處拉到近處了。這裏我有一些懷疑，阿雪是不是這篇故事的主角白梅？如果不是，阿娘的那樣呼喚就大大減低了其意義。我想阿雪可能就是阿娘給白梅的名字，因爲作者後來說她「現在除了憔悴了些，仍然對男人有一股誘惑的魅力」，這魅力會吸引很多顧客，才能「連讓你坐起來的時間都沒有咧」。

接著，作者先簡單地介紹了阿梅——從十四歲就在中壢的窰子裏，墊著小凳子站在門內叫阿兵哥，到現在已足足有十四年了（四五頁）。阿梅已是二十八歲的成熟的婦人了。妓女生涯使她和社會一般人隔開，她的生活是孤獨的，在職業上是受歧視的，自然她也喪盡了自尊。在「雨夜花」一節裏，作者介紹白梅在「生意盛忙的時候請兩天假」，因爲她要回家參加她的養父「頭一年的忌辰」。她「從漁港順便帶幾條新鮮鰹魚，急忙的趕到蘇澳搭十二點零五分的火車，準備回瑞芳九份仔」（四六頁）。火車上的那個經驗說明一個職業妓女的孤獨與屈辱。坐在車廂內，脫開妓院，她已是個普通人，跟你我一樣的普通人，享受一個人應有的一切權利，保持她的尊嚴，受到一個人應享有的對待。可是她卻受到一個中年人的調戲，「你當然不會認識我，但我認識你啊！眞想念啊。」這時「她從骨子裏發了一陣寒，而這種孤獨感，卽像是她所看到廣濶的世界，竟是透過極其狹小的，幾乎令她窒息的牢籠的格窗。」（四七頁）

繼之是一個極相反的經驗，使她看到人間的溫暖。面前顯出一個「熟習而友善的臉孔」：她的朋友和職業上的舊伙伴鶯鶯。「當她們面對面的時候，一時激動的說不出話。只有讓互相關心著而滿含感情的眼睛，彼此去體會無從敍說的話。」（四八頁）一個「和社會一般人隔開的」受侮辱受損害的可憐蟲，突然投身在「關心著的而滿含感情的眼睛」的凝視下，看到一個母親懷抱著嬰兒，看到一個關心妻子的丈夫，她自然是很感動的。這一幅幸福的家庭圖畫自然使白梅想到一個人的快樂之所在。

作者以倒述寫了鶯鶯在桃園桃源街一家妓女戶裏幹活的情景，白梅給她的幫助，以及她們的掙扎；雖然白梅的手腕靈活，但她們的掙扎是無助的，無望的，最後必然是成爲「死心於這種悲慘的宿命」的宿命論者，作者對於妓院中的情景敍述得顯然太詳盡了些，鬆懈了些。這一段的主旨是寫在那種悲慘的生活裏，妓女們仍未喪失其做爲人所依賴的同情心與愛心，別的敍述與描寫應該是「點到爲止」。

寫過這段回憶過去的日子之後，從第三節「魯延」開頭的句子「魯先生和鶯鶯在後頭找到了位子」始，又開始敍述白梅在火車上的經驗，另一個愉快的經驗，她抱著鶯鶯的三個多月的嬰兒，「逗嬰兒玩，嬰兒竟然咯咯的笑出聲來」。這笑聲，對於白梅「是新鮮的」，而後「看到海她高興的把嬰兒抱起來，兩人的臉就朝著海的那一邊」，她爲嬰兒唱起歌來。在她臨時編出來的歌裏，流露出她對在漁港爲娼的不滿和報復的心理，例如：

魯延叫討海人一個個爬著來叩頭，

每一個討海人都重重的打他一下屁股。

討海人曖唷曖唷地叫

魯延說笨蛋，你以後敢不敢欺負我的阿姨？

討海人說不敢了，不敢了……

魯延，這個三個月的嬰兒，引起了白梅的一個念頭。要拋棄娼妓生活，要能眞實的愛，要能有爲她報仇的人，要能恢復正常人的生活，必須要有個孩子。想要有孩子必須要先結婚，白梅自然也想到養母爲她忙著託媒物色的事，這段回憶使我們知道她是養女，她出賣肉體賺的錢使她養父母家發達起來了。由於她的養母稱她爲爛貨而深深傷害了她的自尊心，使她「終於將內心裏淤積已久的話都傾出來了：『是的，我是爛貨。十四年前被你們出賣的爛貨，想想看：那時候你們家裏八口人的生活是怎麼過的？現在是怎麼過的？你們想想看：現在你們有房子住了。裕成大學畢業了，結婚了，裕福讀高中了，阿惠嫁了，全家吃穿那一樣跟不上人家？要不是我這爛貨，你們還有今天？』」她這位養母倒不是個沒良心的人，最後她請白梅原諒她。作者接著以「突然，她竟想起需要一個孩子」，又使讀者回到車廂，聽白梅心裏的一段獨語的談話。這段「自言自語」的對話說明她的矛盾，不結婚而又想要孩子，以及她的解決辦法，從嫖客身上借種子，孩子對她太重要了——燃起她的生之慾。

「你眞的這麼需要一個孩子？」

「這就是我還要活下去的原因吧！」

三天後，白梅回到漁港，這時漁港「已經沸騰到最高潮的頂點了」，娼寮的生意興旺起來，討海人裏有個年輕的阿榕，進入娼寮就被白梅識出他是一個傻得有點可愛的老實人，看到「他裏面的一片善良的心地」，她便選擇阿榕。「白梅目送著阿榕走下山坡之後，她照著以前自己的計畫匆匆忙忙地打點行李，並向阿娘告辭」。（七五頁）她「淚汪汪地抱著滿懷歡喜走下山坡」，她「頭也不回，一秒都不停地向前走著。雖然她曾一直都在海邊，但是今天才頭一次眞正聽到海的聲音，一陣一陣像在沖刷她的心靈。」（七六頁—七七頁）海象徵著新的希望和生命力，象徵著走出舊日的悲苦的生活，白梅「頭一次」聽到希望的招喚聲。

白梅回到自己的家裏，一個二十多年來一直沒有任何改變的偏僻貧瘠的小村莊。「記得小時候……」我們又從白梅的回憶裏看到她的童年生活片斷和「甚麼都因爲我們窮，你記住就好了，從今以後你不必再吃山芋了。」回到自己的家鄉，她享受到了愛和温暖，她也有了愛的對象，我們看到把自己積蓄的錢爲她大哥醫療爛掉的一條腿，她還勸他「你忘了？你的手藝不是很好嗎？你不是可以用竹子做椅子，做畚箕，做篩子，做很多很多東西？」梅子自己「對甚麼都開始有信心」，她的信心也使別人恢復信心，她大哥接受她的勸告去鋸掉腿。而她最感到喜悅的是「經城裏兩家的醫院的檢查，醫生都說很可能懷孕了」。一連串的希望實現，「官廳明年不但不收同山坡地，反而把這些土地放領給我們咧！」這裏的村民，也和梅子的母親一樣，可以很喜悅地說：「看哪！從那崙頭到這邊谷底都是我們的哪！」梅子，人們說，給村子裏帶來了好運，帶來了吉兆。「同時梅子對家裏的負責和孝行，再加上對村人的熱誠，她在坑底很受敬重。」（九〇頁）她的職業曾剝奪了她的一切，她曾被視爲是滿足男人性慾的一個工具，她曾是無可奈何的宿命論者，而今在自己的家鄉，她又成爲一個頂天立地的獨立的人，村民們並沒有因爲她沒有丈夫而懷孕予以輕視，這些樸實的村民畢竟是慷慨的，原諒的，他們都關心梅子：

「這個女孩子很乖，應該保佑她生一個男的。」一個年老一點的人說。

「是的，那是我長眼睛僅見一個好女孩子。」

「那裏的話，是你們這些長輩不甘嫌她。」梅子的母親暗暗在心裏歡喜。

「說實在，我們讚美都來不及呢。」

「我猜她會生男的，看她的肚子好尖哪。」有一個女人這麼說。

「該賞她一個男的才公道。」……（九六頁—九七頁）

正月裏，梅子要去城裏生產的時候，「大哥早就替她裝了一頂轎子等她用：村人一聽說梅子要進城生小孩，一下子就有好幾個人來幫助她抬轎。」（一〇〇頁）雖然是難產，但梅子終於生了一個男孩。「這時的梅子才感到她的過去的一切眞正的過去了。」（一〇六頁）梅子生了孩子後的一個意願是去漁港看海。在去漁港的途中，人們對她是關懷與親切，「正在她想找一個角落偎依時，在她面前同時有兩個人站起來要讓位給她」，「有一個女人走過來，牽著梅子去坐她的空位。梅子開始正視對方的眼睛，那女人親切而和善的微笑著。」（一〇八頁）這使她「接觸到坐椅的刹那，一股温暖升上心頭。她想：這都是我的孩子帶給我的，梅子牢牢地抱著孩子輕輕地哭泣起來。」（一〇九頁）

大自然也爲她歡欣，「太平洋的波瀾，浮耀著嚴冬柔軟的陽光，火車平穩而規律的輕搖著奔向漁港。」（一一〇頁）作者這樣結束了這篇故事。

根據我個人的理解，這篇故事的主題仍是在寫一個人如何贏得他在社會上受尊敬的地位，喪失了這種地位，生活便失掉了意義。梅子個人能從汚泥中站起來，以一個母親的姿態重返正常的社會，享受被愛和愛他人帶給生命的快樂。作者也許給我們一個提示，最古老的「鄰人愛」仍是我們生活中所不可或缺的。表現這種愛的仍是那些純樸的同土地生長在一起的人們，而土地是被我們稱爲「母親大地」的。街仔鎮的紳士們只顧到工作之餘洗清泉浴時，已經缺乏這種慷慨的同情心了。近代作家們時常表現對高度發達的物質文明的憎恨，因爲它剝奪了人性，海明威的「老人與海」與福克納的「熊」裏的主人翁，都返回遠離近代文明的大海或曠原中追尋價值，黃春明讚許他們的看法吧？

在「溺死一隻老貓」裏，作者挖苦了村民大會和民選縣長，諷刺了捉走阿盛伯的警察，這些阻止了阿盛伯爲其信念而戰的努力，迫使他走向「孤軍奮鬥」而註定失敗。在這篇故事裏，他宣揚土地放領的德政，解除了農民的貧困，使他們能驕傲地說「我們的土地」，土地對他們，尤其對嬰兒對白梅，都是十分重要的，而且是生命之所寄。

「青番公的故事」特別強調了人與人之間關懷與仁慈，老人青番公對於小孫兒阿明的愛，寫得十分自然。但這篇故事的主題不是專寫這種愛，它是寫青番公一生所見的他生活於斯的那個小村中的改變和早年的遭遇；那個濱濁水溪的小村受到洪水摧毀的情形。青番公二十一歲的那一年，洪水毀了他的家，洪水淹死了他的祖父。洪水來臨前竟沒有雄蘆啼。這是秋禾「惹來」的大禍。在大水來的前一個月，很多人都看到秋禾檢柴回來時，還拖了兩隻雄蘆啼。當時有很多人勸他放生，「但是秋禾不但沒有把蘆啼放生，還將蘆啼殺了烤來吃掉」。秋禾被捉到，村民們要決定怎麼處置他時，有人提議說：「我們還是問問青番和阿菊的意思看看。因爲這次他們兩家遇害最慘，只剩下他們兩人。」(一二二頁)因爲「丈夫和三個小孩子也都被大水沖走了」的阿菊不在場，老人問青番：「青番，你的意思怎麼樣？把他淹死呢？或者是把他放走？」青番一時禁不住放聲大哭著說：「放走這條狗吧——」(一二二頁——一二三頁) 這段描寫實在感人，青番幾乎全家死於洪水，他該有強烈的報復心，而他不忍看「秋禾的那種絕望的哀求的目光」，決定「放走這條狗」。這就是人性的光輝，人性就在這種愛上面表現出來。

重建這片石頭荒地爲田園確是一件十分艱難的工作，但青番確有拓荒者的精神，雖然他的決定求諸於土地公，他靠著意志和「流不完的汗水」，把田園從洪水中搶回來。看著睡熟的孫兒，想到「奮鬥過來的那段生活」，「感到格外驕傲」。人們靠著堅強的意志和流不完的汗水征服了自然，當然是值得驕傲的。

如今，那片地區大大改善了，防水的堤修築起來，青番公家裏已用打穀機，政府爲了改善農村生活，積極輔導農村副業，擬就養猪貸款辦法，公布實施；而且修建了蘭陽大橋，偏僻小村近代化了，人們也不再畏懼洪水爲患了。

青番公像個巨人，站立在他徒手建立起來的田園的前面，傲然地望著他的土地和他的後代，並且要把他的經驗和智慧教給他的後人。這個中國農民的雕像多麼雄偉啊！

「癬」是這個集子中最弱的一篇，只是十分單純但不够深刻地敍述了做散工的阿發的家庭生活中一個片斷，就是他於散工回家後，「心裏有一件事要讓太太高興一下」，不過在說出之前，

「要先逗太太生一點氣」，那便是「後天這邊的工一完，阿助叫我馬上跟他的班，他說這次的工作整整有三個月的時間」，而且「工錢一天三十五塊，比現在的多五塊，這次不會閒著沒事做了。」（一三八頁）這自然是值得高興一下的消息，因爲至少有三個月可免於饑餓的恐懼了。他還給太太一個改善她的工作環境的遠期支票：「下個月我們就可以買一塊鐵皮把厨房漏的地方全部遮蓋起來，那妳就不必戴斗笠燒飯了。」（一四四頁）雖然他太太阿桂知道這支票大概不會兌現。無論如何，未來三個月的生活有了保障，所以他太太欣然爲他去買一包吉祥煙，對他沽一瓶酒和買一元錢的花生米也未加反對。阿發的興沖沖使阿桂知道「今晚又要上牀了」，因爲這是窮人的唯一的享受與娛樂。「上牀」當然是爲阿桂所樂於接受的，但作者卻很巧妙地間接敍述了他們面臨的兩大問題：一是全家大小七口睡在雖爲兩張實際等於一張的牀上，兩張牀「用一張甘蔗板橫隔起來的，坐起來還是可以看到隔牀的小孩有沒有蓋被」（一四二頁），所以夫婦行樂有所顧忌，尤其是老三曾鬧出過笑話，必須待孩子們睡熟之後，才能開始。第二是怕生孩子，政府提倡節育，「最近幸福家庭設計協會的李小姐來找過她幾次之後，對上牀的事情開始有了顧忌，」而使她「在做那事的時候，只想到一些牽連性的可怕的事」（一四一頁），連這最原始最純然的享樂裏也摻進這麼多隱憂。但阻止了他們「幹那事」的不是這些，作者技高一籌地讓阿發發現妻子的「癬」癢得可怕，接著小孩子們（他們並未眞的睡熟）也都跟著癢起來了。「癬本來就是咱們貧窮人家的親族，你還是快點去燒水吧！」阿發吩咐他的妻子。阿桂突然悟出一個道理，阿發說「癬這東西只要你不去提它、不去想它、不去碰它就沒事」。生孩子在窮人家也復如是，「生出來就讓他生出來，不想不提不碰就沒事了。」要「提」，要「想」時，只有去裝「樂普」，這又是阿發激烈反對的。

寫貧苦人家生活時，作家們慣於把那些窮人寫成失去人性的野獸，囘家便是酗酒打孩子罵老婆，彷彿不寫成這樣就不是寫窮人似的。窮人也是人，也有人的愛，人的希望，人的幽默。阿發愛他的妻子，愛他的孩子，也了解那單純生活的趣味，也保持著人應具有的自尊：「窮孩子除了命歹，其他那一點比他們差，窮孩子能幹的多啦，像我十三歲就能養我母親。他們大部分都是靠祖公仔業過活，我們是靠自己流汗過活哪！」（一四三頁）（「他們」是指「有錢人家」）他多麼爲他的大女兒驕傲，九歲的阿珠「做起事來眞有老大姊的模樣」！

還有一點，阿發反對妻子去裝「樂普」，並非他反對這新玩意兒，而是因爲「衞生所那位裝『樂普』的醫生就是阿生的大兒子，我怎不知道。無論怎樣，阿桂是我阿發的妻子啊！」（一四五頁）讓一個熟人的晚輩爲妻子裝那個，阿發可能認爲是羞辱，故而提起「樂普」他就有氣。

「兒子的大玩偶」，據我所知，是被喜愛黃春明作品的讀者談得最多的一篇，也曾有朋友們做過極爲詳盡的分析。我在這兒對它所做的解釋，仍是跟分析前幾篇的看法一樣，作者所寫的坤樹，雖然做著一種給他帶來屈辱的工作，但他仍保持著他的自尊和對別人的愛。

作者爲坤樹安排了一種很滑稽的職業，做廣告人。從事這種職業，必須想盡方法引起別人的注意，替電影院做廣告，當然要裝扮得十分滑稽：臉上要塗厚厚的粉墨，一身的打扮要怪異——坤樹的打扮是像個「十九世紀歐洲軍官的模樣」，更滑稽的是，他「身前身後又多掛了兩張廣告牌，前面的是百草茶，後面的是蛔蟲藥，走起路來像木偶。」別人對這種廣告人的看法當然是娛樂性的，拿他窮開心。母親哄騙懷中的小孩，是叫「看啦！廣告的來了！」那孩子便會停止吵鬧，而舉頭東張西望。他走過花街的妓女戶時，連妓女們都拿他開心。「喂，廣告的，來呀，我等你。」有一個妓女的吆喝聲向他追過來。在笑聲中有人說：「如果他眞的來了，不把你嚇死才怪。」別人已不把他看做一個正常的普通人。對她們，坤樹也跟阿Q似的，「要的，要是有了錢我一定要。我要找仙樂那一家剛才倚在門旁發呆的那一個。」（一五九頁）坤樹對這種職業感到非常苦惱，就爲了他幹這種活兒，他大伯仔曾斥責他：「還有甚麼可說的！難道沒有別的活兒幹啦？我就不相信，敢做牛還怕沒有犂拖？我話給你說在前面，你要現世給我滾到別的地方去！不要在這裏汚穢人家的地頭。你不聽話，到時候不要說這個大伯仔翻臉不認人！」這差事是丢人現眼的，坤樹又何嘗不知道呢，又何嘗願意做呢？但是，爲了他的未出世的孩子，「阿珠，小孩子不要打掉了。」他之能像條漢子說出這麼強有力的話，就是他找到了這份差事啊！他有甚麼辦法呢？在他大伯仔痛斥他的時候，他那句「我一直到處找工作……」（一五六頁）說明他接受這「沒出息的鳥活兒」是無可奈何的呀。他要擔負起做父親的責任！

這種工作是單調的、孤獨的、寂寞的，因此「每天同樣的繞圈子，如此的時間，眞是漫長得怕人」。除了兩條腿活動外，他的腦子自然而然地也活動起來，腦子的活動「大半都是過去的回憶，以及以現在的想法去批判」（一五七頁）。作者在這兒很淸楚地、很明確地告訴我們他處理坤樹的方法了：除了寫現實生活外，還寫他的囘憶以及對往事的批判。

這篇故事的主線是寫坤樹和妻子阿珠的衝突、誤會和最後的和解，這件事發生在他做廣告人後一年，因爲他們的兒子阿龍已經被阿珠背著了。他們衝突的情景是：

「你到底生甚麼氣，氣到我身上來。小聲一點怎麼樣，阿龍在睡覺。」

（我不應該遷怒於她。都是那吝嗇鬼不好，建議他給我換一套服裝他不幹，他說：「那是你自己的事！」我的事？眞是他媽的狗屎！這件消防衣改的，已經引不起別人的興趣了，同時也不是這種大熱天能穿的啊！）

「我就這麼大聲！」

（嘖！太過份了。但是一肚子氣怎麼辦？我又累得很，阿珠眞笨，怎麼不替我想想，還向我頂嘴。）

「你眞的要這樣逼人嗎？」

「逼人就逼人！」

（該死，阿珠？我是無心的）

「眞的？」

「不要說了！」嘶啞著喉嚨叫：「住嘴！我！我打人啦啊！」當時把拳頭握得很緊，然後，猛力的往桌子搥擊。

（總算生效了，她住嘴了，我眞怕她逞強。我想我會無法壓制地打阿珠。但是我絕對是無心的。把阿龍嚇醒過來看不應該。阿珠那樣緊緊地抱著阿龍哭的樣子，眞叫人可憐。我的喉嚨受不了，我看今天喝不到茶了吧？活該！不，我眞渴著哪。）（一六二頁）

坤樹對這件事感到歉疚，他覺得他「不應該遷怒於她」，「中午沒回去吃飯就太不應該了，上午也應該回去喝茶」。懷著這種心情回家，坤樹發現阿珠仍跟往日一樣，替他泡好了薑母茶，才「一陣溫暖流過坤樹的心頭，覺得寬舒了起來。」（一六三頁）但他接著發現鍋裏的「菜飯都沒有動，牀上不見阿龍睡覺，阿珠替人洗的衣服疊得好好的，人那裏去了？」（一六三頁）作者迫不急待地緊接著就寫了阿珠從坤樹不吃早飯就出門後，心也跟著懸得高高的放不下來。本來想叫他吃飯的，但是她猶疑了一下，坤樹已經穿過馬路了。他們一句話都沒有說。雖然她仍同往日一樣背著阿龍去給人家洗衣裳，但「她不安的眞不知怎做才好，用力在水裏搓著衣服」，甚至連阿龍的大哭她都沒有聽見。（一六三頁）洗完衣服，「她匆匆忙忙地背著阿龍往街上跑。她穿過市場，她沿著鬧區的街道奔走，兩隻焦灼的眼，一直尋到盡頭。」作者用「匆匆忙忙地」、「奔走」、「焦灼的眼」說明阿珠的急於找到坤樹，看看到底怎樣了。她看到坤樹，但「她不能明白坤樹這個時候在想些甚麼，他不吃飯就表示有甚麼。」（一六五頁）阿珠就在這追尋中看到坤樹在街上兜圈子的情形，使得她的自責愈來愈深。這種夫婦間的關懷的眞摯實在是罕見的。兩個人旣然都有這種內疚和自責以及對於對方的極度關懷，和解就變得十分容易十分簡單了。在吃中飯的時候，兩人的沉默由坤樹問一句「阿龍睡了」而破除，夫婦隨之又「和和氣氣的溝通了」。

當天下午，坤樹再去街上做廣告時，心頭縈繫著的是他的兒子阿龍，他對阿龍是熱愛的，這種愛擴大到愛所有的孩子。下面的一段描寫，就敍明他這種心情：

「一羣在路旁玩土的小孩，放棄他們的遊戲，嘻嘻哈哈地向他這邊跑來，他們和他保持警戒的距離跟著他走，有的在他的前面，面向著他倒退著走。在阿龍還沒有出生以前，街童的纏繞曾經引起他的氣惱。但是現在不然了。對小孩他還會向他們做做鬼臉，這不但小孩子高興，無意中他也得到了莫大的愉快。每次逗著阿龍笑的時候，都可以得到這種感覺。」（一七〇頁）

因爲他對兒子阿龍的愛，才使他忍受在別人眼裏看來是在耍寶的職業——這份活兒使他有了阿龍，有了阿龍使他忍耐這工作的艱苦。

他的孩子阿龍所認識的父貌是臉上塗了粉墨和身穿怪衣服的坤樹——「那時阿龍只有幾個月，我想，只有三、四個月，不見得眞認得出甚麼」。阿珠說：「鬼咧！你以爲阿龍眞正喜歡你嗎？這孩子以爲眞的有你現在的這樣一個人哪！」和「你早上出門，不是他睡覺，就是我背出去洗衣裳。醒著的時候，大半的時間你都打扮做鬼臉，那還用說，你是他的大玩偶。」（一七一頁）

街上的人們叫他「廣告的」，他的職業使他成爲「大玩具娃娃」，使他以職業的名稱爲自己的名字了。眞正的坤樹和職業的小丑被視而爲一了。這篇故事最感動人的場面是阿龍見他的眞面目時竟以爲是陌生人而大哭起來。

「傻孩子，爸爸抱有甚麼不好？你不是喜歡爸爸嗎？乖乖，不哭不哭。」

阿龍不但哭得大聲，還掙扎著將身子往後倒翻過去，像早上坤樹打扮好要出門之前，在阿珠的懷抱中想掙脫到坤樹這邊來的情形一樣。

「不乖不乖，爸爸抱還哭甚麼。你不喜歡爸爸了？傻孩子，是爸爸啊！是爸爸啊！」坤樹一再提醒阿龍似的：「是爸爸啊，爸爸抱阿龍看！」他扮著鬼臉，他「嗚魯嗚魯」地怪叫，但是一點用處都沒有。阿龍哭得很可憐。

「來啦，我抱。」

坤樹把小孩子還給阿珠，心突然沉下來。他走到阿珠的小梳粧臺，坐下來，躊躇的打開抽屜，取出粉塊，深深地望著鏡子，慢慢的把臉塗抹起。（一八一頁）

坤樹的心情沉重下來，因爲這件事發生得十分突然，多少有些使人感到痛苦。爲了使兒子認識他，他要再在屬於自己的時刻塗上屬於職業的面具，而這面具又是他所憎惡和被人們視爲「丟人現臉」的。所以當妻覺得他的行動反常而感到驚訝時，他顫然地說：「我，我要阿龍，認出我……」這又是一個明證，爲了愛他的兒子，他不惜做自己所不愉悅的事，這種父愛是偉大的。

「兒子的大玩偶」寫作的方法，跟以前的幾篇不同，較爲複雜，其複雜源於在敍述坤樹一天的生活中，零零星星地挿入了坤樹的囘憶，坤樹的感想，以及他對過去經驗的批判。在「看海的日子」裏，白梅的囘憶是整段敍述，不像這篇故事這麼零散；在敍述白梅內心矛盾和需要做決定時，作者用的是白梅內心的對話。在這篇故事裏，作者使用括弧，括弧裏的文字有時是他心裏所想而不能直接表示的話，例如他大伯仔斥責他而他不能反駁，但他心裏卻在反駁，這些反駁置於括弧內：（早就不該叫他大伯仔了。大伯仔，屁大伯仔哩！）（廢話？誰廢話？眞氣人。大伯仔，大伯仔又怎麼樣？娘哩！），（切斷就切斷。我有你這樣的大伯仔反而會餓死。）（一五六頁——一五六頁）有的是「以現在的想法去批判過去的經驗」，例如下一段：

「那麼你說的服裝呢？」

（與其說我的話打動了他，倒不如說是我那副可憐相令人同情吧。）

「只要你答應，別的都包在我身上。」

（爲這件活兒，他媽的！我把生平最興奮的情緒都付給了它。）

「你總算找到工作了。」

（他媽的，阿珠還爲這活兒喜極而泣呢。）

「阿珠，小孩子不要打掉了。」

（爲這事情哭泣倒是很應該的，阿珠不能不算是一個很堅強的女人吧。我第一次看到她

那麼軟弱而嚎啕的大哭起來。我知道她太高興了。）（一五五頁）

有時是他對於別人的談話的反應，只是心靈活動，未說出口，但不一定是反駁，也許是解釋，例如：

（這孩子這樣喜歡我）

坤樹十分高興。這份活兒使他有了阿龍，有了阿龍叫他忍耐這活兒的艱苦。

「鬼咧！你以爲阿龍眞正喜歡你嗎？這孩子以爲眞的有你現在的這樣一個人哪！」

（那時我差點聽錯阿珠的這句話。）

「你早上出門，不是他睡覺，就是我揹出去洗衣服。醒着的時候，大半的時間你都打扮好這般模樣，晚上你回來他又睡了。」

（不至於吧。但這孩子越來越怕生了。）

「喜歡你這般打扮做鬼臉，那還用說，你是他的大玩偶。」

（呵呵，我是阿龍的大玩偶，大玩偶，大玩偶）（一七一頁）

有的則是對於一個事件一個動作的敍述，這類用得甚多，我們不必再多列舉了。這種技巧，可能是作者讀翻譯作品時看到一些使用意識流的寫法而採用的，但他對於這一技巧使用得不能稱之爲「成功」。實在說，有些括弧裏的文字並無必要，多了反而覺得是一種累贅。

沒有收在這個集子裏的「鑼」（刊「文學季刊」，五十八年七月出版的第九期）是一篇很重要的作品，裏面所寫的人物和他們周遭的生活，以及作者的風格，都同「兒子的大玩偶」相似。主角憨欽仔原來是個打鑼的，這份職業是受人尊敬的，不像坤樹的廣告人那麼「丟人現臉」。但是時代變了，「現在都改用一部裝有擴大機的三輪車，由一個年輕人踏著沿街叫嚷」。在憨欽仔看來，它的出現，未免有失小鎮的體統，實在是怪誕透頂！他討厭這「失小鎮體統」的三輪車，是因爲他失掉了能使他「過了半生無憂無慮的生活」的差事，而更重要的是他失掉了昔日的光榮——「再說到憨欽仔的名氣，小鎮上的貴人就沒有一個比他響亮」。而今他的鑼「翻過來放在竹眠牀底下，做雜皿子來用」，他自己被迫成爲「蹲在南門棺材店對面的茄冬樹下的羅漢腳」中的一員。他做打鑼的時候，「有時手頭上稍微寬一點，興致一到黃酒也幹過」，現在必須「老是大清早就跑到阿里史的溪浦地去偷挖蕃薯」，「吃都吃膩，最近也因胃動不動就噎酸出來，喉嚨都給酸燒得沙啞」。他只好到棺材店對面的茄冬樹下去候機會了。

憨欽仔受饑餓之驅迫而偷人家木瓜的那一幕，寫得十分滑稽，也頗引人同情。「這個木瓜再吃不到，就算五頓沒吃了」，而偷木瓜又不容易，總怕被人看見。最後用木杆打木瓜，落下來又掉在糞坑裏。「憨欽仔好像與情人惜別，痴痴的目送着將要沉沒的木瓜，嚥了幾口口水，慰藉此刻飢腸的絞痛。」他走在「暗巷的路上，一些無意間受到他叫嚷所驚擾的行人駡他，說：『幹×娘，你見鬼！』」他見木瓜沉於糞坑的樣子使他驚恐得在六月天「渾身發抖不已，他眞是覺得他見了鬼」。這見了鬼使被人遺忘的憨欽恢復了受尊敬的地位，再度成爲重要人物，他對每個人敍述他所見的鬼，尤其是小孩，他成爲他們心目中的英雄，他也「莫名其妙地感到飄飄然起來」。「飄飄然」八九天之後，他的牀下只有偸來的蕃薯，這時，他「想到還有一件最重要的事情沒有辦」。飢渴會迫使人動腦筋的，他到一家小雜貨店去騙些東西果腹，他很會逢迎那位老掌櫃的，仍靠着他見到鬼的不平凡的經驗，騙了熱噴噴的茶，幾個糕仔，還有一包煙。但那老人肯賒東西給他還是因爲他是打鑼的。

「好久沒有看你打鑼了。」老人問。……

「呃，呃，你問我打鑼的事嗎？」

「好久沒打了，是不是？」

「還是有，不過很累。有時候就叫一個少年家出來叫嚷。有時候我還是親身出來打。」

「很久沒看你出來了。」

「前天我才出來啦。」

「沒有這裏來。」

憨欽仔笑了笑說：

「沒有好事，所以我隨便打打就交差了。」……

他以這樣的謊言保持他的尊嚴，使自己仍成爲一個可以信賴的重要人物。在「南門棺材店對面的茄冬樹下，經常總有八九個羅漢腳蹲在那裏。一等到喪家上來買棺材，這一夥人就咬住棺材跟到喪家，幫人忙喪事」。憨欽仔要擠進這一羣來混口飯。要想奪得一席之地，他必須在他們之間先建起受尊敬的地位。從那老人處騙來的一包煙就足以表示他「優越」於他們了。他有意的把黃殼子的煙晃著，那些坐在那裏欲睡不睡的羅漢腳，他們的眼睛都亮起來，被那一包黃殼子煙吸住了。他忍痛分給他們，但仍攔不住人家提他最痛心的事。「怎麼不看你打鑼啦。」「不是給那喇叭車搶了你的飯碗？」你一言我一語地問他。憨欽仔解釋他放棄打鑼的理由，說明是他自動不要打鑼，非被別人搶走飯碗。「那種不倫不類的東西算甚麼！碰巧我憨欽仔不想打鑼，他揀去幹吧了。幹伊娘！好多人都以爲我憨欽仔這個老鳥精的飯碗，竟砸在少年家的手裏。」對他而言，最要緊是保住面子。賄賂，取得他們的尊敬，他才好加入他們的團體。

但憨欽仔得意之時，卻又栽了個跟斗，走近仁壽的雜貨店，被討債的仁壽侮辱了一頓，面子全失，回到他的住處公園裏的防空洞，竟激動的哭起來。看到他的鑼——那自尊的象徵，他堅決地說：「好！有朝一日要是再讓我憨欽仔打鑼，我憨欽仔一定要存些錢起來。」錢可以使他免受侮辱。

在茄多樹下的那一羣中，憨欽仔必須贏得他們的景仰，居然機會來了。

「喂，臭頭，人家說棺材店如果沒有生意，只要用掃把頭打棺材三下，隔日就有人來買棺材。你信不信？」

「聽倒是聽過，但是沒有試過。」

他們想去試一試，但沒有人敢去，都畏縮不前。憨欽仔的機會到來了，他看了他們一眼，「我去！等你們這些人做事，做鬼也搶不到紙錢用！」那一夥自然「投以景仰的目光」。他做了，成功地做了，他「獲得了承認與無限的光彩」，他成了英雄，但作者接著寫了一段他感到後悔的文字，表現出他的善良的心。「他想如果眞的明天有人買棺材的話，那個死人可不是我殺了他？我憨欽仔半世人，雖不算好人，亦不算壞人啊！我爲甚麼要殺人？但願明天不靈驗才好……」

在黃春明的每篇故事裏，都是沒辦法的時候有人來救助，緩和了那窘困的情況。憨欽仔正在這無錢的時候，竟然有個婦人遺失了孩子，請他去打鑼。黃昏時分，那母親抱著孩子，追到他，將「一包紅包塞在他的手裏」。這份酬金並未使他得意忘憂，他仍爲敲棺材的事不安，這不安持續了很長一段時間。

但是他最不希望發生的事竟然發生了。「憨欽仔，你成功了！」「虧你想得出來。楊秀才死啦！」好啦，憨欽仔的地位建立起來了，但他仍要表示他的不求人的獨立精神，他要他們知道不是死賴在他們之間的。「喂，各位等一下，我憨欽仔有言在先，目前我還沒找到適當的工作，想暫時和大家一起生活，一旦我找到工作，我馬上就離開。你們知道？是暫時性的，說不定明天就走。因爲暫時很難料。」那羣人也眞心地願他們的英雄同他們在一起。火生代表大家說：「說一句良心話，我們這些兄弟倒是很喜歡你在這裏呢。」

對楊秀才之死感到的內疚（憨欽仔總覺得他去敲三下空棺材應驗了）和他對幫人辦喪事這份

差事感到的不光榮（跟坤樹對廣告人的感覺彷彿），使他在感情上不願加入這一行，因而引起了他們的猜忌與不滿。「憨欽仔是一個有陰謀、有野心的人。」他們要提防他。

參加楊秀才的送葬時，「憨欽仔在彩旗班裏面，舉一面曾孫輩的藍色彩旗」。路過仁壽的雜貨店時，他怕碰見向他討債的仁壽，因此閉著眼睛禱告「土地公，媽祖婆，請您保佑憨欽仔平安無事」。因閉眼而走出行列之外，引起路人一陣笑聲。他還裝做腳抽筋而跛行。也和坤樹一樣，他不自願地成爲人們注意的丑角。這種恥辱使他因聽到鑼聲而「溶入過去的回憶裏」，以過去的光榮慰藉自己受損傷的自我。

憨欽仔爲了生活必須贏得那些羅漢腳的友情，他畢竟不是個呆人，他知道如何同他們擠在一起，他以黃色的故事博取他們的友誼，雖然他打心眼兒裏看不起他們。在那段「平淡無奇的日子裏」，作者敍述了憨欽仔同一個女孩瘋彩的故事。友伴們認爲他同瘋彩有關，但他極力否認。這一事件又表示了憨欽仔不同於他人，別的人在這情形下會添枝添葉地把自己說成能征服女性的英雄哩。

我們不太清楚爲甚麼，憨欽仔突然受到區公所的約請，請他打鑼催交稅。打鑼，憨欽仔又將恢復往日的光彩了。他突然同那羣羅漢腳們神氣起來。他把腰板伸直了，看到債主們，他也敢正面打招呼。「石頭，晚上和你清了。」我們也不太清楚何以區公所的人又突然把正打鑼的憨欽仔喚回去，憨欽仔也一驚：「怎麼回事？我打了，我打了。我不但打了，還打得很出色！」希望突然落空，「他的聲音已經顫抖得聽不清楚了。」

憨欽仔是黃春明迄今爲止寫得最爲成功的一個人物，寫得那麼自然，把一個流浪漢型的小人物刻畫得有聲有色。他的迷信、他的善良、他的自尊、他的迷糊，都通過極爲適合的行動與語言表現出來，彷彿阿Q又在他身子還了魂。這篇故事像是一條河，河水往前流，沒有遇到任何阻礙，沒有翻起河底泥沙。我們在讀「兒子的大玩偶」時便沒有這種感覺，在那篇故事中，作者使用的一些不純熟的技巧使讀者隨時遇到羈絆，不能順利前進。

民國六十三年三月，遠景出版社印行了黃春明的兩部短篇小說集，「莎喲娜啦・再見」和「鑼」；次年二月，又印行了他的「小寡婦」。這三個集子裏，有我們在前邊沒有討論過的七篇故事，即「蘋果的滋味」，「莎喲娜啦・再見」，「甘庚伯的黃昏」，「阿屘與警察」，「兩個油漆匠」，「小琪的那一頂帽子」和「小寡婦」。另外，有篇「沒有頭的胡蜂」（刊「文學」季刊，2，五十六年一月出版）沒有收進這些集子中，我們也一併看一下。

在「蘋果的滋味」裏，作者把一家沒有見過世面的貧苦人家的孩子們引進一個他們未曾夢想過的天堂般的世界裏，享受了他們不曾奢望過的生活。當然這享受是短暫的，而且也付出了極高的代價。故事開始時說：「很厚的雲層開始滴雨的一個清晨，從東郊入城的叉路口，發生了一起車禍：一輛墨綠色的賓字號轎車，像一頭猛獸撲向小動物，把一部破舊的腳踏車，壓在雙道黃色警戒超車線的另一邊。」騎破舊腳踏車的是一個賣苦力的，因爲「露出外面來的腳踏車後架，上面牢牢地綁著一把十字鎬，原來結在把手上的飯包，卻拋在前頭撒了一地飯粒，唯一當飯包菜的一顆鹹蛋，撞碎在和平島的沿下」，由「轎車前的一大灘凝固的血」來判斷，當然受傷是不輕的。因爲「這裏是亞洲唯一和我們最合作，對我們最友善，也是最安定的地方」，被軋傷的又是工人，「是工人！所以說嘛，我們惹不起。」所以招禍的美國人就頗爲友善而公平地處理這件事了。外事警官帶著一個高大的洋人去「拜訪」受傷者的家人，他們「來到以木箱板和鐵皮搭建起來的違章矮房的地區，」這裏當然是「都那麼即興而顯得零亂」，連「脈絡分明的通路」也沒有；這裏「盡是鐵皮和塑膠布覆蓋的屋頂」，「拿來壓屋頂的破輪胎和磚」，「有些屋頂上還擱著木箱和鷄籠之類的東西」，這景色在洋人眼裏大概有些「不雅」吧，所以那位「機警的年輕的外事警官」爲了面子，告訴那「堅持要來拜訪江阿發的家」的洋人說：「他們的新房子快蓋好了，河邊那裏的公寓就是。等他們搬過去，這裏馬上又要蓋大厦。」雖然他「爲撒謊本身感到窘迫。」在這驟雨忽停忽下的早晨，在無路可尋的泥濘中，他們，眞是皇天不負苦心人，終於找到了二十一號之七，阿發的家。他們看見了阿發的妻子阿桂，女兒阿珠，一個啞吧妹妹和一個嬰兒。他們通知阿桂她的丈夫受傷時，她自然急得哭起來。「這位美國人說他們會負責的，叫你媽媽不要哭。」那位外事警官應那美國人的要求，這樣安慰阿桂母女。

爸爸被汽車軋傷自然是椿大事，所以阿珠要去告訴她的在學校裏上課的弟弟。阿珠在路上心裏想著：「她想沒有爸爸工做，家裏就沒有錢了。這一次媽媽一定會把我賣給別人做養女。」想到做養女並未讓她害怕難過，她還想「要做一個很乖很聽話的養女，甚麼苦都能忍受」，甚至「那時候她可能會有一點錢給弟弟買一枝鎗，給妹妹買球和小娃娃」，她並未表現任何恐懼，雖然她年紀小而不知焦慮。隨後，作者便介紹出「弟弟的學校」，弟弟阿吉，三年級的學生，正在被罰站，因爲「這個學期都快結束，江阿吉的代辦費還沒有繳」，江阿吉是「每天的公訓時間都站在那裏」。這學校裏還有另一個弟弟阿松，他倆被姊姊領出學校。

阿桂帶著她那一窩孩子，坐上「一部黑色大轎車」，在阿桂不停地哭號聲，在孩子們對沿途新奇景物的驚訝中，駛到「一座中型的潔白醫院」，是「矗立在風景區的山崗上」的。阿桂看到這「白色冷冷的醫院」，想到丈夫「死了？殘廢或是怎麼的？」不免悲傷起來，「聲音悶在喉嚨裏有點兒像動物殘喘的哀鳴。」當她知道她的丈夫「只是腿斷了」而「沒有生命的危險」時，便心安了，因此有心情欣賞這個新的環境，開始注意「醫院裏能看到的每一件東西，每一個走動的人」，且想到「這種地方生病未嘗不是一件享受」了。接著，作者寫出下邊的一大段像劉姥姥進大觀園般的情景。

……阿珠問阿桂說：

「媽媽要住在這裏是不是？」

「我不知道。」

「要住好久？」阿珠有點興奮的說。

「死丫頭咧！你在高興甚麼？」她自己差些要笑出來。

阿珠也看出來媽媽不是眞正在生氣，所以她放膽的說：

「我要小便。」

阿珠沒料到，阿桂竟然笑著說：

「我也是，從早禁到現在。糟糕！這裏要到那裏去便尿呢？」

「不知道。」

「糟糕！」正在叫屈的時候，看見阿吉和阿松跑進來。「你們兩個死到那裏去了？」

「我們去小便，」阿松說。

「你們到那裏小便？」阿珠急切的追問。

「那裏！」阿吉隨便一指。「這裏出去彎過去再彎過去就到了。」

當然全家都解決了小便的問題，而後作者又敍述了他們第一次「坐」馬桶的經驗和阿桂從厠所裏偷了衞生紙的情形：

……這時，她（阿桂）無意中看到阿珠的胸前突然鼓出來，她伸手去抓它，「這是甚麼？」

阿珠退也來不及，只好隨阿桂探手把它拿了出來。

「這衞生紙，好好哪！」阿珠不好意思的說。

「呀！你這丫頭。」她從阿珠的胸前掏出一團潔白的衞生紙，稍做整理說：「眞是！你被人看到怎麼辦？」她轉過身背著孩子，把叠好的衞生紙塞在自己也在厠所裏藏好的部分。她看到肚子鼓得太厲害了，向阿珠抱過小孩放低一點來掩飾。她又說：「這孩子今天怎麼搞的，睡死了。」她打量著自己拉拉這裏拉拉那裏。

一些住在貧民窟的孩子，到這「白宮」裏來，東瞧西看，一切新奇，是極自然的事，找不到厠所——醫院裏可能不會有中文牌示的，卽有，阿桂阿珠也不認識——也是極自然的，但在全家是來看兩條腿被撞斷的父親，在焦急的心情中竟然順手牽羊「藏」潔白衞生紙，則不合情理與破壞整個氣氛。詳盡寫這樣的一段，是否適當，頗成問題。

緊接著在以「帶翅膀的天使」的一小節裏，阿桂和孩子們都在江阿發的病房裏，「因爲全身痲醉藥效還沒有退淨的關係，阿發還在昏迷狀態」，面對著兩腿折斷，「極可能變成殘廢者」的丈夫，阿桂「喃喃飮泣」；阿珠則又「開始編織她做養女的遭遇」。這時來了個修女護士。阿桂覺得「應該讓外人明白她的困境。怎麼辦？她想了想，還是老方法，剛才一直就這麼悲傷過來的」，於是又喃喃哭泣起來，而且自語說她一家大小七口的困難之類。修女在她哭的時候「悄悄走避一下」。阿珠告訴母親「媽媽，修女走了」時，阿桂卻「有點惱怒」地說：「她走了管我們甚麼事！你叫我幹甚麼？」接著她叫兩個男孩說，「你們兩個也一樣！爸爸不能打工了，你們就要替爸爸打工了，」等等。我不能瞭解作者爲甚麼單獨加寫這麼一段，那「帶翅膀的天使」爲甚麼要出現一下？爲甚麼阿桂要「表演」一段「喃喃哭泣」讓外人明白她的困境？當然是博取同情，但是那「天使」卻又「悄悄走避」呢？

阿發「一方面痲醉藥效的退盡，一方面是阿吉格格地鏗鏘笑聲」而醒來了，而知道「兩腳都斷了」。他醒來後看到阿桂，即問「小孩子呢？」這是極爲人性的，妻在身旁，獨不見孩子們，他自然先想到孩子。之後才問起他住的是甚麼地方，以及「我們那來的錢」，這個做父親的不先關心他的折斷的腿而關心孩子，我們覺得寫得要比他的妻子阿桂眞實多了，現在阿桂還「聲音也怨」地責備阿發「到大都市可以碰運氣，打工不是做生意，有甚麼運氣可碰？有啦！現在我們可碰到了吧……」哩。

「運氣」果然來了，撞他的洋人格雷上校和那位外事警官給他們送來三明治，牛奶，汽水，水果罐頭，還有蘋果，「中午你們吃這些。」那位警官說。格雷上校還答應把他們的啞巴女兒送到美國去讀書；還有兩萬塊錢。通過修女護士翻譯說：「……你們先用它生活，以後還要給的。」看著這兩萬，阿發和阿桂「弄昏了頭」。一直站在旁邊的警官突然開口說：「這次你運氣好，被美國車撞到，要是給別的撞到了，現在你恐怕躺在路旁，用草蓆蓋著哪！」阿發不由得「感動涕零的」一連稱謝謝。

「他們一邊吃三明治，一邊喝汽水，還有說有笑，江阿發他們一家，一向就沒有像此刻這般的融洽過。」折斷的腿換來的豐盛午餐給他們帶來了快樂、融洽，所以阿發心裏想：「現在這不叫運氣?叫甚麼?」而阿發的同伴們來看他時，他也說：「對，有啦。這位格雷先生做人很好。」

最後吃蘋果的一景，作者這樣寫著：

大家拿著蘋果放在手上把玩著，一方面也不知怎麼吃好。「吃啊！」阿發說。

「怎麼吃?」阿珠害羞地問。

「像電視上那樣嘛！」阿吉說完就咬一口做示範。

當大家在看阿吉咬的時候，阿發又說：「一個蘋果的錢抵四斤米，你們還不懂得吃！」

經阿發這麼一說，小孩，阿桂都開始咬起蘋果來了。房子裏一點聲音都沒有，只聽到咬蘋果的輕脆聲，帶著怯怕的一下一下此起彼落。咬到蘋果的人，一時也說不出甚麼，總覺得沒有想像那麼甜美，酸酸澀澀，嚼起來泡泡的有點假假的感覺。但是一想到爸爸的話，說一隻蘋果可以買四斤米，突然味道又變好了似的，大家咬第二口的時候，就變得起勁而又大口的嚼起來，噗喳噗喳的聲音馬上充塞了整個病房。原來不想吃的阿發，也經不起誘惑說：

「阿珠也給我一個。」

阿桂和她的孩子們是否眞的沒有見過蘋果，我們且不去管他，但他們沒有吃過豬肉總見過豬爬的，「大家拿著蘋果放在手上把玩著，一方面也不知怎麼吃好」，實在戲謔得稍微有些過分。此外，通篇都顯得非常凌亂，我們讀完這篇故事，只產生一個印象：美國人的善良負責和「貧窮人們的愚昧」。這個印象也許太粗淺了些，也許作者認爲他特別強調了阿發家的貧窮，因此一些物質的報償就足以使他們忘卻了成爲殘廢的一家之主。美國人——由格雷上校爲代表——的善良與同情是罕見的，在我們自己的土地上，阿吉因爲不能交代辦費天天罰站，「要是給別的撞到了，現在你恐怕躺在路邊，用草蓆蓋著啦！」「別的」自然包括我們自己的同胞。這外來的同情使得阿發和他的家人「感動涕零」，也說明他們這被忽視的人在被別人看重時心裏的感激。

我個人不太喜歡這篇故事，在它剛發表的時候，我曾向黃春明這樣說過。現在，又讀了兩遍，我仍不能改變我的第一個印象。

「莎喲娜啦・再見」發表於一九七三年二月，發表之後，立刻得到了讀者們的大聲喝采！當時曾有好幾位對文學有相當修養的朋友和不只一位的小說作家問我：「黃春明先生那篇『莎喲娜啦・再見』你讀過了吧？寫得實在過癮！」用「過癮」這個辭兒包括的意義是甚麼，我不太瞭解。當然是好的意思。我們知道，這個故事發表的時候，正是日本忘恩負義地背叛了我們，再度露出其傳統的卑鄙的嘴臉，因此我們對於日本的憤怒再一次爆發出來，雖然表現於行動者並不十分激怒，但是我們的痛恨已到了極點。「莎喲娜啦・再見」之受到熱烈歡迎，這種心理背景不無關係。

從發表「蘋果的滋味」開始到寫「莎喲娜啦・再見」，黃春明在選擇題材方面有個改變，他彷彿是要把平常目睹的一些現象直接報導出來，他不再是用筆慢慢刻畫，而是通過攝影機照攝下來，選幾個突出的畫面，在讀者面前放映；但對於剪裁，卻沒有刻意地下一番功夫。由於他非常敏感，反應極快，在別人看來也許並無意義的事件，他能立刻抓住裏面的某種意義。「莎喲娜啦．再見」就過於直接地迫急地表現某種社會現象，表現得十分強烈而緊張，但在直接表現中忽視了做爲一件藝術品所必須的一些因素，那緊張便無法構成文學作品中的張力。

這篇故事的敍述者是「我」，我們姑且認爲是作者吧，他開門見山地告訴讀者：

想想這兩天來的行徑，竟爲了幹兩件罪惡勾當，心裏還禁不住沾沾自喜。

一件是，帶七個日本人去嫖我們的女同胞。

一件是，我在這七個日本人和一位中國的年輕人之間，搭了一座僞橋；也就是說撒了天大的謊。

於是他開始分別敍述這兩件「罪惡」勾當，先敍述「帶七個日本人去嫖我們的女同胞」：

事情是這樣的，昨天上午，總經理從高雄分公司掛長途電話回臺北，要我在十二點十分以前，到機場去接馬場等七個日本人。說他們是和我們公司業務有極密切關係的人，一再叮嚀要好好招待，並且說他們決定一下飛機，馬上就要赴礁溪温泉去玩。我說從臺北到礁溪那麼偏遠，不如到北投温泉好。

「誰不知道礁溪偏遠，小姐沒有北投漂亮，旅社設備也差，但是你知道？他們的目的是在換換口味——。馬場他們這一夥是一個『千人斬俱樂部』。他們來過臺灣已經有五次之多了，連這一次是第六次。礁溪温泉是馬場來信指定的……」

「總經理，這樣子好嗎？請葉副理帶他們去。我手頭上還有很多事沒辦完。」

「不不不！礁溪是你的故鄉，所以我要你帶。」

「但是……」

「這也是公事，是急件的！」總經理很正經的說。說完了突然笑了起來。大概他想到把這種拉皮條的事，列爲急件公事而覺得好笑吧。我想。

他自然是非常不願接受這分任務的，因爲這是人間至大的羞恥，他又有強烈的民族意識與愛國心，但是他又不得不爲了生活而犧牲原則，這就造成了極端的內心痛苦。作者以長達四頁的一篇辯解來說明這些，以文論文，這樣解釋並不十分重要，而且也長了些，倒是最後答覆同事陳小姐和葉副理那兩句簡單的話很有力量。

選擇的那七個日本遊客，不是甚麼實業界的名流，而是「千人斬俱樂部」的流氓，這個選擇是非常聰明的，因爲作者可以無所忌憚地諷刺他們，嘲弄他們，能很容易地畫出他們那分卑鄙下流的嘴臉，而狠狠地敲擊他們；如果他們是甚麼高貴的代表之類，雖然骰子裏是來臺灣享樂，處理起來就比較困難了。

在飛機一出現，那些日本「觀光客」就立刻露出了他們那副下流相——

「馬場君和落合君呢？」那個先出來的人說。

「還在檢查室！」

「這一次怎麼這麼麻煩！」

「好像只對我們日本人這樣窮找蚤子。」

「混蛋透了！」

「連褲子裏面都搜查過了。……」

「我也是！」

「眞的？哈哈……我可……沒有。」

「不會吧？我們四個都有哪！」

「眞的你們都被翻褲底了？」

「嗯！你也被脫了吧。有甚麼不好意思，還賴。」

「嘿嘿……如果是臺灣姑娘來檢查，大家一定都很情願……」

歡迎他們的黃君，暫時吞進了這種侮辱；在去礁溪的路上他抓住了機會，棒打了他們一番。

「最近臺北的海關怎麼搞的，特別對日本人過意不去！」

「眞的，到底是怎麼一回事？」落合問。

「特拉維夫恐懼症啊！」我帶著責備的口氣說。

「甚麼特，甚麼恐懼症？」落合傾過來問我。

我看馬場和田中也沒聽清楚的樣子，我就說：「上個月不是貴國的四個年輕人，在以色列的特拉維夫機場……」

「噢——，知道了，知道了，……」田中越說聲音越小，其他兩人慢慢把背靠後，一邊點點頭。「他媽的！眞像野獸，一下子殺死那麼多無辜的。」我抑制幾分憤怒，「難怪這裏的海關啊！」

「那當然，那當然，」馬場說：「不過臺北好像比較敏感一點，……」儘管馬場還有落合和上野，儘管他們怎麼想掩飾內心的窘迫，但是我還可以看出來的。

「如果臺北是敏感的話，乾脆就不叫你們下飛機。」停了一下，我又說：「特拉維夫恐懼症今天已經是世界性的問題了。」

他們歸罪於年輕的一代，與他們無關係。落合說：「日本今天的年輕人，也實在太無法無天了。他們一天到晚反對這個反對那個，整個日本被搞得烏煙瘴氣。照我看，日本再這樣下去，後果眞不堪設想。」

接著，作者續寫他們七個人的醜態；下流的動作與談話，例如馬場的怪聲怪調地呼誦「劍道——乃是人道——」後的那些自我介紹，使黃君，也使讀者，「頓時覺得他們非常醜陋」，所以黃君後來嚴肅地向他們說他不知黃色咖啡廳之所在。「……如果你們今天問我故宮博物院，或是歷史博物館在甚麼地方，我不知道的話，我自己會覺得很難堪，像這種事，哈哈哈……」這是有力的打擊，等於指斥他們下流得令人作嘔。

在礁溪碧山莊温泉旅社裏，七個色鬼就都變成小丑了。除了這些日本人的荒淫之外，作者也讓我們看到那些雛妓們的「姿態」——爲了爭奪「禮物」的樣子：

馬場站在一張椅子上，搖搖幌幌的樣子，引起了大家輕鬆的笑聲。他拉開了掛在頸上的包包的拉鏈，拿出幾雙玻璃絲襪，高舉在頭上叫：

「都進來了嗎？過來，每一個人一雙！……」

我鼓勵小姐們上前去拿。結果沒想到，當小姐們湧上前去搶的時候，在底下的六位日本人，竟然乘機打劫，十二隻手伸到小姐的身上亂摸，弄得小姐們又笑又叫。他們樂得忙不過來，一邊摸，一邊得意自語：

「哇！摸到了。」

「呀！不要跑，這個奶奶不錯。」

「…………」

我上前搶了幾雙，分給後頭又想要又不敢上前的幾個，她們拿到這樣的東西，都顯得很高興。就是自己上前去搶，身體被亂摸一陣的小姐，也覺得很划得來。……

做嚮導的黃君對於這一切心裏自然非常不自在，他似乎準備隨時讓那些「醜陋的日本人」吃些虧，做爲報復。

「黃君，這下不能不煩你了。你知道她們的價錢嗎？」

……

「停泊多少？」

「是這樣的啦，要是我們自己人，算兩百，」然後她看看日本人，小心的說：「他們眞的聽不懂我們的話嗎？」

「不會聽，你儘管大聲說好啦。」

但是她還是小聲的說：「要是日本人就要四百元。」

「這樣好啦，」大聲的說：「停泊算一千塊。」

「呀！你怎麼這麼大聲說！」有一位小姐叫起來。其他的小姐跟著笑了起來。

「那我們要給你抽多少？」白梅問。

「不要！」我說。

「那怎麼可以？」有好幾個小姐幾乎同時說。

「沒關係。」接著我換日語對他們說：「陪宿要一千元。眞划得來啊！你們拿升值的日幣，既方便又經濟。」

「好吧，就決定吧。」馬場向會員們斜著點個頭，表示問他們的意見，同時又代表了他們做了決定。

這樣，他爲那些可憐的「女同胞」多索了些陪宿費。

在這裏，黃君遇到了一個他極不願的事，就是旅社裏的阿秀認識他的身分。

阿秀跟我上樓，一邊走一邊告訴我說：

「我們的小姐說你做人很好。」停了一下，「你是不是我們礁溪人？」

我嚇了一跳：「誰說的？」

「你家就在廟旁。你是炎龍伯的大兒子，還說不是！」她笑起來了。

「你怎麼知道？」

「我們店裏面，老一點的人都認識你哪。」

「糟糕！」

「這有甚麼關係。」她很輕鬆的又問：「你沒教書以後就到臺北嗎？現在做甚麼大生意？很發展吧。」

「沒有。我在一家公司工作。」

「好幾年了，玉梅還常常提起你，說你是最好的一位老師。」

我停了下來，驚慌的問：「玉梅是誰？」

「玉梅是我的大女兒，她五六年級的時候都是你教的啊。」

我想起來了，心裏的某方面也輕鬆一點。「呀！陳玉梅就是你的大女兒啊！現在呢？」

「現在在讀蘭陽女中高一。現在和以前完全不一樣了。長得好高，比我還高哪。」

「陳太太，有件事拜託你，請你不要告訴陳玉梅我來這裏。」我羞怯的說，陳太太覺得很好笑。「不會了。那有甚麼關係！」

「不，不，你隨便說在那裏遇到我好了。」

「不會啦，我不會說啦，嘻嘻嘻……」

我們在樓上的樓梯口多談了些之後，心裏仍然有些沉重。……

他這時的困窘，該是更甚於當初接受總經理之命令時吧。但無論如何，他總完成了使命，雖然受够「身體和精神的折磨」，而「終於跑到泥醉與空白的終點」。

第二件事由「日本最長的一日」開始。在這裏，他唱了一齣獨角戲，斥責了一個有媚外狂的青年人，也把侵華戰爭的殘酷獸性往七個「只談性經」的日本臉上一貼，叫他們良心受責。那個年輕人，陳君，說他是「臺大中文系四年級學生。畢業後我父親準備替我想辦法，把我弄到日本去研究。所以我煩你替我向他們這幾個日本人，請教幾個問題好嗎？」在黃君的「惡作劇」裏，他對那年輕人說：「…馬場教授還說，假定日本是好的，美國是好的，或是那一個地方是好的，那麼你說想到好的地方享受，甚至於去逃避現實……」以及「他們剛才問你。你說沒有到過故宮博物院，他們覺得很震驚，也因而對你又一次感到失望。你說你是中國的大學生，學的又是中國文學，人又是住在臺北，為甚麼不抽一點時間，去看看呢？」

黃君也讓那幾個日本人承認他們的南京大屠殺、黃埔江的浮屍、大轟炸的「聖戰」是應該由他們負責的，使他們感到羞愧，稍殺他們的狂驕之氣。

這個揷曲和第一個礁溪之夜的揷曲並列，在氣氛上，我個人覺得，不太和諧。在前一個揷曲中，那七個日本人是以丑角姿態出現的，在後一個中，故事敍述者迫使他們認眞地承認對侵華戰爭負責，對自己殘酷行爲感到內疚，激起他們的良知，而有罪惡感。這兩個揷曲並列，是欲使那七個日本人瞭解礁溪的行動跟侵華戰爭一樣是罪惡。所以他們變得懦弱起來，把精神上的千人劍拋在故事敍述者「我」的身旁的。「凡是有點人性、有點良心的人，就够他們受的了。現在看到他們內心疚痛的表情，也正是這種作用的發作」。作者這樣交代了。

黃春明是個正義感極強、愛憎極分明的作家，他也永遠會隨地去找他寫作的素材。在他寫「莎喲娜啦」時，那股強烈的民族自尊心和愛國心占據了他整個心靈，我們可以在這篇故事中看得出來。這股強烈感情控制了一位做爲藝術家之手，使手服從了感情激流，因此整篇故事的結構，就相當凌亂；尤其是黃君在很多很多地方做了過多的解釋，穿揷在敍述中，也構成了這篇故事中的缺點。

「甘庚伯的黃昏」是一篇很好的故事，用極經濟的手法淡淡地敍述一個老農的晚年的悲苦命運。在這篇短故事裏，黃春明寫的仍是他所熟習與熱愛的農村和時時感動著他的「善良」的人們。試看他用何等簡潔的文字描畫出那寧靜的農村與浸染在大自然中的老農的歡欣：

連看幾天晴朗的日子，野草的新芽喝過幾顆露珠以後；這段時間，在粿寮仔農家的心目中，又是一眨眼的功夫。本來灰色砂礫地的花生園，卻正變得一片青翠。他們不慌不忙又等了幾天，當這些雜草抽身得比花生苗還高一些的時候，所有農家的五抓扒子都給搬了出來，大大小小也都爲了除雜草而出動。

要除去四分多地花生園的雜草，是足夠讓一個年輕力壯的農夫，忙上五六天的。何況一個孤獨的老年人，有這樣一塊地，整年夠他除草、施肥、驅蟲害、收穫、翻土、播種等等忙個不停。而這些農事，都得弓著身子賣力。所以早幾年前就叫六十多歲的老庚伯，變得彎腰駝背。也因爲這些無法叫他停息的農事，使他不爲其他事情傷感，並且在他那枯乾了的臉上，也經常因收穫、播種、發芽、開花、結實等等的一串生樣的現象，逗得泛起笑紋來。

在那「一片青翠」裏是個因生長而「泛起笑紋」的老農甘庚伯在花生園裏忙著鋤草的時候，心裏「微微地起伏著似急而又不急的波動」，這「波動」是因「還有兩分多地沒有除草」而起的，誰知道會不會再連續幾天晴朗呢？「天想做的事誰會知道？」他的心情稍微感到不寧，這不寧使我們意識到，恐怕不僅是由於「天將做的是誰會知道」。接著事情發生了，他「突然覺得後側有個人影站在那裏」，他是頂竹圍厝的小孩，這孩子「好像跑了一段路氣喘著的情形，和不知道爲甚麼驚慌的模樣，一時也叫他楞了一下」，這孩子是來向他報告壞消息的：「我爸爸在廣興店子那邊，叫我跑來告訴你。說你——你家的阿興在店子街那裏瘋得厲害。」甘庚伯聽到這消息，「像觸了電般全身都痙攣了一下」，便「顧不得腳底下的花生苗，逕直跑上了小路，一路往廣興店子奔去」。跑得那麼快，路人都驚說：「哇，老庚伯實在勇健。看他！跑起來像牛起泿，連地都會震哪！池裏的水也漾起水紋哪！」他「焦灼的」一直跑到碾米間，才看到瘋阿興，便趕緊走過去。

……阿興見了老庚伯馬上就蹲在牆邊，把頭埋在雙膝之間縮成一團。老庚伯一手扶牆，一手插腰，把頭垂得低低的，在呼吸間每次吐氣的時候，幾乎都要碰到阿興的後腦杓。此刻他急促的喘氣未恢復均勻之前，是無法做別的事。可是看到跟前的阿興，並沒有甚麼不對，也就安心得多了。不過不管他的呼吸多急促，他想馬上脫下自己的黑布衫，把阿興的下體圍起來。這時候，他稍一轉頭，看到背後圍了不少看熱鬧的人，並且也開始清楚的聽到他們的談話。而那些人的談話，也好像有意要讓老庚伯知道他們對他的關心。

「好久沒跑出來了呃。一年多都有了吧！記得好像是去年的祖師生拜拜的時候。……」

其他人好像從這一句話，記起了甚麼好笑的事，很多人都笑出聲來。

阿庚伯看到阿興並未傷心惹禍，頓時放下心來。當他「伸出左手，抓緊阿興那濃密的頭髮，把深埋在雙膝間的臉孔，拉了出來，扭向自己」，他對「阿興那清秀的眉目，和那蒼白而帶高雅的受難的臉孔時，大大的吃了一驚，」因爲甘庚伯「現在才發現，他從來就沒有這般靠近，而專神的注意過阿興的顏面。尤其在他觸及到那一對清澈透底的，有如無任何雜念的稚童的瞳眸時，一陣冷震的微波，蕭然滑過脊髓，突然老庚伯感到，自己萎縮得變成渺小的渺小的微粒，而掉落到那清澈瞳眸的深潭裏，叫他覺得他的心靈已經接近到甚麼似的……」這時他發現的是甚麼呢？不是做為「瘋子」的阿興，是「清澈透底的」「無任何雜念的」「稚童的」瞳眸，是純眞的但無助的孩子。

從看熱鬧的人的談話中，我們知道阿興已經瘋十年了。「光復後第二年從南洋回來就這個樣子了嘛！嗯——我們把一個好好的人交給他們，他們卻把一個人折磨成這個模樣才還給我們！」老庚伯無可奈何而且憐惜的說。我們也知道爲了阿興，阿庚伯「請神跳童乩，叫道師作法，老庚嫂去菜堂吃齋，西醫漢醫，松山瘋病院，」他「勤儉累積，有一點錢就投到這無底洞裏去」了，聽了路人這些話，阿庚伯「心情上那股陌生的振作，有如老庚伯已下定決心，一切從頭再來的氣勢」。

然而阿庚伯是不願把阿興當做一個不解事的瘋子看待的，他同毫無反應的阿興的那段話表現了多少親情、寂寞、哀怨啊！

「你才不會知道你幾歲咧！你今年四十六啦——。四十六人家命好的，已經做阿公了。四十六！」他又側著頭看看阿興。然後好像想到甚麼，轉變一種認眞的口氣，當著阿興不是瘋子似的說：

「阿興，你今年四十六歲了呢！」

停了一下，好像替阿興回答他自己：

「四十六好像四十六。六十四也一樣！」

他自己笑了笑。

「眞的嘛！還笑甚麼。」一種責備的口氣對自己說。

「我知道。我只是這麼說說罷了。」他還是笑著。「我看你連我是誰都不知道了吧。哼？」……

「阿興，你還記得嗎？」老庚伯望著路面：「我們兩人打算在溪尾的沙洲開墾的那塊地，現在給再添他們耕了，六分多地，人家一年一季土豆，一季蕃薯。一年笑兩次，笑得嘴巴裂海海的。……」

「你回來之前，我的胃病痛得死去活來。他們一直勸我去檢查。但是我沒去。我知道胃一定破了一大孔。去檢查醫生一定要我開刀。那有那麼簡單？一來沒錢。二來你不在家沒腳沒手……。」

「嗯——！以爲你回來甚麼都會改變的。那知道你卻變成這種模樣回來！要不是我到基隆港接你，你連我們家在那裏都不知了。……」

「很奇怪！你一回來，我的胃就漸漸不痛了。後來根本就不再痛了。這就不能怪天不保佑姓甘的啊！不然這怎麼說？…」

他們已經在兩道堤防間的溪埔地行走。

「幾年來溪牀高了很多，浮出幾塊沙洲。我們粿仔人，每一家都多少分些地開墾。唯獨我們家，看你這模樣，白白的把我們的份讓人去耕了。……」

由一直跟著他們的阿輝，甘庚伯憶起了阿興孩子的時候的情形，想到阿興在街仔讀書時，「寫得一手好字，經常老師都在他的本子上畫三個紅圈哪」；想到阿興放學回家，經過溪埔，「隨便翻幾個石頭，回來就是一串大毛蟹。尤其是在冬天，每一隻毛蟹，掀一掀開，蟹黃滿滿的，每天吃得嘴匝黃黃的」；他甚至在叫阿輝注意過頭條溪溝要結伴才可以時，竟喚他做「阿興」，曾兩次這樣喚錯。他在阿輝身上看到童年的阿興。老人的念子心境，就這樣深刻地表現出來。

戰爭，日本軍閥的戰爭，帶給甘庚伯的悲愁，通過這篇故事，完全表現出來了，裏邊沒有一句怨恨的咒罵，但它給予人的撼震力甚於高聲吼叫與咒罵。這是藝術品！

「阿屘與警察」是篇速寫，只有四頁，但一篇文學作品的價值不寄於它的長或短，這篇短的短篇也寫得很好，甚少題外話，沒有不必要的敍述描寫，平平淡淡，但卻寫得相當成功。那個「排著一擔空心菜的中年村婦」，背上背著「滿臉淚痕而已熟睡的小男孩」，因爲違反了規定，在不能擺菜攤的地方擺菜攤，被維持秩序的警察沒收了借來的秤，跟警察去派出所受罰。村婦阿屘，在這種情形下，只有苦苦哀求。「……我是頭一次來賣菜的啊。只是想賣完這些菜，去買一把剃頭刀。家裏七八個小孩頭髮長得像鬼……」

警察一聲「免講」後，公事公辦，開始塡罰款單。他問阿屘的問題，以及她的一問三不知

——連住的村子都說不出名字來，只知是「粿寮仔」，表現出一個百分之百的無知村婦的姿態。警察先生也許感到她的純眞可憐吧，答應她把秤拿走，她感激得連聲說：「啊！你做人太好了，將來一定有好報，一定升官，太好啦！」

「出去外面，人家問你罰了沒有？你要說罰了，知道不知道？」他不帶任何表情說。

「爲甚麼？」她茫然地，「你是好人啊！」

「你就照我這麼說吧。」

她傻在那裏不知走動。

「冋去！快冋去！」他催她離開。

這是多麼適當動人的對話？對於警察，作者沒有讚一詞，但其爲人，具現紙上了。

「兩個油漆匠」裏寫的人物是道力和猴子，他們是巨人美術工程社的工人，正在爲吉士可樂在一座二十四層建築物的巨牆上畫一個女明星的半裸像。他倆懸在十七層的地方負責畫「VV祖露出來的兩個大乳房」——有好幾層高大，這樣的單調工作，實在是無意義。猴子只不停地唱著一支民謠，因爲這支東部的民謠，猴子和道力都是東部人，所以覺得有點親切，連道力都感到「一股清新的喜悅，莫名其妙的流遍全身」。在這「叫人糊塗，叫人苦惱」的工作當中能心情鬆弛一下。下班之後，他們兩個爬上了工作架的頂端，爬上陽臺。在陽臺上他們覺得是在愛北河的上空了。隨後受猴子鼓勵，又爬到「一根往外伸出約有兩公尺多的粗鋼管，中間部分從牆上成四十五度角伸上來的有一根同樣大小的鋼管支住，在末尾的地方有一個粗線的鐵籃子」裏，底下就是大街！在這大鐵籃子裏，因爲沒有人注意到的緣故吧，他們可以自在的談論些甚麼了。他們談著離家的情形，談到工作的不如意，「搭上賊船了」，「只能上不能下」。突然，猴子建議：「阿力，我們不幹這個工作好不好？」因爲「我說我們要是再這樣畫下去，不發神經病才怪。」

在他們吸煙談話之時，竟有「一陣強勁的風，把一隻油漆桶抽倒，道力啊地叫了一聲，猴子也愣了一下，他們眼巴巴地望著空桶子順風向，很快的從他們身邊，直往底下墜落。」這落地之桶招來無數圍觀的人，接著一輛警車沿路拉著警報器和閃著警燈開過來了。他倆被認爲是企圖自殺的，警察、記者都來了，他們在高空中的自由自在結束了。於是開始了一場勸導和詢問，這些勸導的人們自然包括警方人員和新聞記者了。「我們和他們聊天是有原則的，絕不能激動他們。要叫他們冷靜爲原則……」警方的杜組長還囑咐那些記者。這局面一直僵持了很久，最後杜組長想以話打破這局面時，道力卻狂嚷起來。「他站起身來，目瞪著陽臺這邊，抑不住悲慟，由泣而變成哭。猴子的喃喃自語，已經可聽到他重複的說：『我不管，我要下去，我要下去，我要下去，……』他一邊說，一邊站起來，手攀住鐵框，他想好怎麼下去，道力知道他要下去。猴子把右腿曲起來。擴音機像爆起來似的嘶叫著：『旺根——，旺根——……』記者的鎂光燈由一閃一閃把四周照得通亮。杜組長拼命嘶叫。猴子突然放開手站在框邊，底下看不到的上萬羣眾，同時『啊——』地轟叫了震撼巨牆的一聲，猴子倒栽下去。差不多在同一瞬間，道力縮回燈罩，縮得像在母胎的胎兒，細聲咻咻地哀鳴著。」

道力為甚麼會這樣有「抑不住悲慟」呢？是「搭上賊船」下不去？還是別的甚麼原因？為甚麼讓比較隨遇而安的猴子「倒栽下去」呢？讀完這篇故事，很多問題盤旋在我腦子裏，而我又找不到答案。

「小琪的那一頂帽子」寫得不若前篇「兩個油漆匠」那麼凌亂，也有強烈的眞實，但它仍留下一個無法找到答案的問題，我們且來看這篇故事。故事是由王武雄自己敍述他的一段做推銷員的經驗。他是武田瓦斯快鍋招考進來且經過三天職業訓練的二十一名推銷員之一，結訓的那一天，總經理同他握手時說：「王武雄，我對你有個建議。」握得他「覺得手有點痛」。那建議是「以後跟人握手，一定要用點力，像你這樣跟人握手，會讓對方失掉信心，也會讓對方覺得不誠意。…你是武田公司的一員，你代表武田公司跟人握手……」王武雄因此狠狠用力握了總經理一下，當然握的總經理有些招架不住。這是一種報復行動，因為「在握手之前的那種對在職訓練的厭煩，連帶著對這件職業的不屑與無奈所構成的雜亂心理，竟頓時不見了。」他又敍述了在受訓練的時期，曾用陳工程師無法答覆的問題使他受窘，這也是一種報復，因為陳工程師談那快鍋是「人家日本已經用了一二十年了。我們是現在才要用這種東西啊！這是日本原裝進口的，知道吧？」接著他又解釋他本不願幹這一行，但因謀職不易，只好接受。這和「莎喲娜啦」裏黃君解釋他非帶日本人去逛女同胞的理由一樣，不過這裏的解釋簡單多了。這點五頁半地位的敍述，實在沒有甚麼必要，去掉四分之三，照樣可以說明同樣的情況。故事應該從「就這樣，我被分配到這臨海的小鄉鎮，在公司的業務地圖上，算是乙級地方……」開始較妥當。在這乙級地方，只有兩個推銷員，一是比他年長十歲的林再發，分所主任；另一位是王武雄，副主任。公司在一條長巷的巷口，租了一個四四方方的房子，據說是老醫生房東的舊車庫。

他們推銷的成效頗不佳，「一百隻快鍋連紙箱子堆積了半間舊車庫，穩如泰山，我們一隻也沒銷出去。」忠實於公司的林再發「在睡前一定要把報表塡好。並且沒有一欄不塡的。尤其是消費者的反應和意見欄，檢討欄，每次沒有一個地方不是塡得密密麻麻的，另外再附一封信補充說明清楚。」他這番辛苦，如王武雄說的，「最後公司看不看這些東西還是一個問題哪！」在這裏單調而令人容易喪失志氣的工作表，林再發能在公事之外的事情上得到希望的安慰，就是他的妻子已懷孕，提到太太和未出世的嬰兒時，他就「笑得很開心」。他希望他的推銷工作能夠有些成績，成功之後可以爲他爭一口氣。

對這份工作本來就持無所謂態度的王武雄，從開始就沒有對工作認眞懷有甚麼信心，所以對公司也沒有林再發那麼忠誠過。「公司已經從這地球上消失了，這也好，到月底拿不到兩千四，換來一百隻庫存的快鍋，一個人五十五十，還可以賣不少錢咧！」雖然這話是他跟林再發開玩笑說的，但也證明他的態度了。他沒有家室，沒有任何負擔，「所以引不起甚麼得失心來」。他只好「拋開工作不想，往個人對這地方的印象去想了」，抽煙看落日之類。重要的一件事是：他來到這個離家一兩公里的地方，認識了小琪——一個很美的小女孩：

凡是看過小琪的人，都會同意林再發的話。的確，小琪是一個很好看的小女孩子。不過我曾經想了好久，才發現她除了面貌長相出眾，還有一點跟一般小女孩子不同的地方。那就是小琪雖然是小學三年級，但是她沒有小孩子所謂的可愛，卻有了所謂紅顏的那種美。同時也令人爲她感到，薄命的那種命運已附著在她身上。我們是上上個禮拜搬來的。認識她也有兩個禮拜。在我的印象中，小琪沒說過幾句話。我們幾乎每天都會見一次面，她向來都不主動說話的。問她話也不見得全部能得到應聲。可能就因爲她是這樣不愛說話的關係，我看到她的時候，都是她一個人。只有一次，我看到她跟一位海防的老士官，在漁港那裏走過。後來我才知道那就是她爸爸。問到她媽媽的時候，始終沒得到她的回答。甚至於，有一次還跑了。

他們是到小鎭的第一天，就看見小琪了，因爲那時小琪站在他們的分所門口，礙著他們搬鍋的路。王武雄正想喝聲的時候，她突然轉過臉來。「萬萬沒料到背影是一個小女孩，轉過來竟有那麼秀麗而成形的臉龐。」他發現「她穿著平時的衣服，卻戴著學校的制服帽子。並且把帽子拉得很深，拉得很緊，前面的帽緣都快壓到眉毛」。當然在後來的相遇的時候，他也注意到小琪總是戴著帽子而且拉低得壓到眉毛。

爲了推銷快鍋，林再發想出了爲主婦們做示範表演的計畫，「當場表演壓力鍋的效率給她們看。讓她們看到十分鐘燒出一鍋香噴噴的飯，二十分鐘燉爛猪腳」，王武雄負責拔猪腳上的毛。

正在他拔毛的時候，小琪出現了。他請小琪代他拔，自己好抽根煙。

「等我抽完這根煙，剩下來的就由我拔好了。」我說。在這之間，我又注意起她的帽子來了。這天是星期日，她沒穿制服，頭上卻戴著制服帽子，跟我來到小鎮的第一天看到她是一樣。她把帽子戴的很深，拉得很緊，帽緣低低的壓著眉毛。我想她如果不戴帽子一定更好看。心那麼想，手也到了。不要說他，這個舉動似乎連我也沒注意，一下子就把她帽子摘下來。就在這很短的瞬間，發生了很大的劇變，我差些昏厥過去。我看到幾乎只剩頭蓋骨的東西。我一直弄不大清楚。我只記得小琪發出一聲嚇人的慘叫，同時兇猛的撲過來搶走她的帽子，連戴都來不及地，用手把帽子壓在頭上，哭著跑回去。那哭聲慘得叫人害怕。我隨後跑到門外的巷子，叫了她幾聲。但是她越跑越快地消失在拐彎的地方。……

他發現了一個祕密，然而這發現卻是「失手碰壞了一件完美的東西，而無法挽救的了」，使他陷於「極端的不安」。

他回到屋子裏，「把身體癱瘓在林再發的下舖牀」，「胡思亂想著」……

我覺得我沒有力氣爬起來。腦子裏雜亂而翻轉得很快，想了好多好多的事情，但始終忘不了小琪的那種樣子，她的臉，她的眼睛，她的帽子，還有五顏六色結成疤的頭蓋骨。每想到這些，我就痛苦的翻一下身。……

在敍述這段發現小琪的祕密給予王武雄的不安時，作者又插進一些他對推銷工作的厭惡，想揮手不幹，以及因爲林再發的關係又留下維持了兩星期。「不過，今天林再發再也影響不了我了，對這件工作，世界上沒有任何人可以改變我的態度了。我一定不幹了。我就要離開這裏。林再發一定會很傷心，有甚麼辦法。」爲甚麼作者加上這些呢？他這時的心情應該是集中於對小琪的魯莽行動的懊惱與精神不安中，縱然有其他出現在心頭，作者似乎也不宜安插進來，分散了讀者的注意力，也減弱了王武雄受這一擊的反應的緊張。

恰在這個時候，郵差送來了限時信，在自知不應該的情境下，王武雄在心情紛亂緊張近於崩潰時，竟然對這信產生了好奇心。他有很好的藉口拆開它。「林再發平時毫無保留地說他太太，和把美麗每封來信的內容，不厭其詳的告訴我。他那種誠懇的態度，相信當時我要看他太太的來信，也不至於反對。」於是就慢慢拆開那信，他看到的是林再發太太在路上跌了一跤，回到家裏，發現下部出血，她心裏害怕，希望林再發回去一趟。

又是恰在此時，警員來通知他——

我爲自己揑一把汗，等著他再說下去。我只能在心裏叫上天保佑。

「林再發上午在民樂里的一個老百姓家，試驗快鍋給好多個婦女看。結果快鍋大爆炸了。炸死三個人，好多個人輕重傷，……」

「林再發呢？」我急切的問。

「恐怕也很危險，脖子揷了一塊破片，眼睛是瞎了。唉！」他又嘆了一口氣。

「現在人呢？」我強支持自己。

「都在縣立醫院。等一下你要跟我到醫院和局裏去一下。」

眞是禍不單行，這三樁突來的打擊够王武雄承擔了。在結尾的時候，他產生了一個念頭：

> ……我手放進口袋裏把信掏出來握在手裏。這時有一個很短暫而堅決的念頭在我腦子閃現了。要是林再發死了就跟美麗結婚。我知道這在一般人看來是很荒唐，說不定還被視爲卑鄙。我不管，要是林再發死了，美麗，還有那個小孩子怎麼辦？我要盡我的努力，讓美麗相信我，嫁給我。想到這裏我淚流得更厲害。警察先生走近我說：
>
> 「我們進去吧！」
>
> 我默默地隨在他後頭。但是我變得甚麼都不怕了。

王武雄想到林再發萬一死了，那孤兒寡婦怎麼辦？他很自動地擔負起照顧她們的責任。

我們且不管這個故事爲甚麼以「小琪的帽子」爲題吧，但小琪自己的祕密——也是她的醜——被發現之後，又怎樣了呢？王武雄曾十分擔心小琪的爸爸會找他去算賬，但這件爲他憂慮的事並未發生。小琪跑同家去之後有怎樣的感受呢？這似乎是應該處理的問題，它比一再重複的王武雄恨他的職業要重要得多了。小琪在這篇故事裏究竟代表甚麼？爲甚麼要介紹她進入這故事裏呢？從這篇故事本身，我看不出來。

記不起是哪一年了，可能就是在寫「小寡婦」之前吧，黃春明和我一起在街上散步，他說他有太多太多東西想用文字表示出來，他習慣地搔一下亂髮，「我說不明白。」我記得我曾說：「能用口說得明白的也許就寫不出來了。你寫吧，至少先寫出來的，做一部長篇小說的原始材料。」我們談到街上酒吧林立之類的現象。黃春明說：「那些年輕的美國兵，來盡情享受嗎？可是他們多麼悲哀。」彷彿是這樣說，當然不是他原來的話，因爲他當時說得那麼有力。當時，我猜想，他也可能在構想這篇中篇故事「小寡婦」了。我第一次讀到這篇故事，是以它爲名的那本書出版之後，就是去年，不知道他在別的地方先發表過沒有。去年二月，可憐的美國兵已經死的死，傷的傷，活的都撤回本國了。而酒吧這一新興行業，恐怕也凋衰了吧。

作者一開始就先說明：一九六八年，臺灣被增列爲駐越美軍遠東區的另一個休假中心，於是「有一度萎縮蕭條的酒吧業，這時候，突然像見了陽光，一下子又蓬勃了起來。」這新行業蔓延到偏遠如花蓮的地方去了。茶孃搖身一變成了吧女。「要賺錢苦沒機會，現在喏，機會來了。要賺，賺美國仔才快。」老闆們當然都眉笑眼開了。黃老闆便是這行業中的一個。他在花蓮主持一個酒吧開業，敎吧女們職業性的那些功夫，你看他的得意相：「我們下個星期一就開幕。我在這裏的時間只有三天。明天回臺北，然後又要到高雄。在臺中我可能再跟人合開一家。一個人要經營四家酒吧，你們想想有多忙。」多麼神氣的老闆啊。

在臺北開股東的高階層會議，他請到了「美國讀市場學和旅館經營，並且在美國有四五年的實際工作經驗」的專家馬善行爲他們解釋如何開好酒吧。對這位留學美國的專家的一言一行，作者都刻畫得維妙維肖，一副自以爲了不起的神態。他分析了美國人的反戰，美國兵的士氣低落，心理空虛，所以會一有錢就花天酒地。爲了迎合他們的好奇心，他對酒吧經營做了許多建議，其結果卽是「小寡婦」的產生，那裏的吧女們是，馬善行說：

「我們的小姐們，完全是淸一色，像淸宮祕史裏面的打扮，當然，民初也可以，完全是中國的打扮就行了。這種打扮化裝小姐不會，我們可以請電視公司的化裝師兼差，裏面的奶罩之類管不了。……

「最近國泰建設蓋了不少大厦公寓，貸款額百分之六十，時間是十五年，這個可以考慮買一棟。這是一舉兩得；從長遠看，是房地產的置產投資。馬上派上用場的是，分給小姐住。然後叫小姐勸美國大兵不要住飯店。只要住進我們的房子，照飯店收錢，說不定還要得更多。每個房子每期的分期付款，靠這收入足足有餘的。這另有辦法。……

「有公寓當作小姐的家，還可以向留客的美國大兵套購PX裏面的烟酒出來。還可以特約二三十部計程車，載送小姐和客人出門，甚至於環島旅行。我們還可以向計程車拿 Commission」。

小寡婦酒吧裏的吧女們受職業訓練時，馬善行對她們說：

「各位小姐，你們從現在開始，已經不是露茜吧的Bar girl。不，不是酒吧的Bar girl了。你們從現在起，就要扮演最不合乎時代，最落伍的中國婦女的一種，小——寡——婦。

這種小寡婦的特性是，外表上看來是一座冰山，其實裏面是火山。你們都要記住，你們都是婚後不久，正在享受美滿的婚姻生活的時候，不幸死了丈夫的小婦人。但是丈夫之情，還有，有些傳統舊禮敎的約束，你們不得不守寡。」說到此，已經有人吃吃地笑著，馬善行故意不去理。他繼續說：「你們的心理是矛盾的，開始守寡時，一半是自願，一半是莫名其妙。爲了生活你離開了夫家，……

「……總而言之，你們要叫來度假的美國大兵，覺得是跟一個中國的小寡婦鬧戀愛，叫他們沒心再跑到琉球、日本、香港等別的休假中心去花錢。最後他們求上牀，可以！但是你們可以告訴他到你的公寓更像家。對了，到了家不要忘記在美國人的面前，把案上的那幀丈夫的遺像蓋起來。這是小動作，但是太重要了。好吧！現在解散之後，你們回到各人的茶几坐著，隨便做甚麼都好，但是一定要像個小寡婦。知道嗎？請就座。」

馬善行眞是專家，一肚子理想，一腦子構想。小寡婦就要準備開業。馬善行可眞是細心，在正式揭幕之前，他還特別請來三個洋人，同那些「小寡婦」們談談，看看她們適應這新環境的能力如何。洋人考驗她們的經過，不必費筆墨抄了，不過，值得一提的是，作者特別介紹了阿青的一段歷史，說明一些吧女遭遇到的悲慘問題。

十一年前剛出道的時候，是在臺北的紅玫瑰出勤。那時她認識了一位黑人士官史密斯。她嚮往美國，以爲去美國就可以擺脫她的痛苦。那黑人給了她相當滿意的物質生活，連住在鄉下的母親都享受美國的日用品了。她也跟史密斯同居了半年，結果「史密斯吸毒被押送回國去了」。隨之一個叫史提夫的白人出現了，而她也懷孕了。「史提夫一知道她懷孕，又驚又喜，將錯就錯，一味想負起責任，要阿青嫁他」。阿青又燃起希望，一線希望。但她生出了黑孩子之後，史提夫氣跑了，那黑孩子卻給她帶來了無數的麻煩。現在這小黑十一歲的孩子了，住在阿青的母親處，她母親懇求她：「雪子，你行行好好嗎？你如果還想讓我多活兩年，你趕快想辦法把小黑帶走。」

繼阿青的故事之後，作者又介紹了阿嬌的故事，她在「去年年初，……回去結婚，當時多少姊妹爲了羨慕她而流淚啊。」但她的婚姻是十分不幸的，她受了丈夫的氣和虐待，而後把丈夫打傷，花了三萬，結束了那場婚姻生活。「從良？說得頂好聽。以後我情願把屁股擱起來生蟲，也不再從良了！」

三個洋人考驗的結論是：「做自然和放自然不同，」基米解釋說：「你的要求是要她們的行爲跟衣服回到以前，我的意思是衣服仍舊是服裝，而不牽制她們的行爲，她們現在是怎麼樣，就讓她們怎麼樣，不必叫她們去扮演過去。」柯立夫的解釋是「所以馬先生，你應該只把握管理，把行爲樣式的控制，還給小寡婦她們各人去控制。」馬善行的那套專家的理論、構想落了空。

開業了，休假的美國兵們來這新奇的「小寡婦」享受了。通過他們和這羣吧女的接觸，作者處理了一些戰爭給予那些美國年輕人的影響。這是一名叫做路易的經驗：

那短短的三天，一會兒共軍，一會兒美軍，或是越軍，這樣地在這個小村落裏，拉鋸了六七次。當他們支援友軍佔據了這個村落，它幾乎變成一塊冒熱氣的溫泉地了。雨後熾熱的陽光，烘烤著地面，蒸發著滯重的焦味和腐肉味。一扇似乎可掩避的倒塌下來的草門，他端好了衝鋒槍架好架勢，一腳把門踢翻開來，他看到光裸下體的女屍，視線自然地被支離得異常的女陰吸引，同時也正被那腐爛的洞窟的一簇蛆蟲驚愕的當兒，附近戰友搜索的槍聲突然響了起來。接著自己也莫名其妙的扣了板機，眼看那女屍的下半截，在一串槍聲中跳了幾跳，那簇忙碌著蠕動的蛆蟲和爛肉都沒有了。

此後他竟然「每次心裏有慾望騷動的時候，」就會想起這個女屍，便造成了他的性無能。在「小寡婦」，阿美使他獲得小小的成功。

湯姆和比利得到假期來臺灣休假，因爲他們兩個打死了三十二名越共。

「越共是甚麼樣子？」桂香好奇的問。

這一問，湯姆一下子也說不出來。停了一下下，他說：

「越共，越共很像他們的老百姓。他們沒有制服嘛，穿得跟老百姓一模一樣。」

「你們會不會打死了老百姓，說是越共？」

「不會吧?!」湯姆沉思了一下：「那個沼澤地區是越共經常出沒的地方。情報官說他們就是越共。我想他們是的，他們是越共。」……

「……那個沼澤的地方，越共經常出沒，所以我和比利一看到他們走過，馬上就打……」這兩個大孩子喝得醉了，尤其是湯姆。他們分別到菲菲家和桂香家去度夜的情景，我覺得是寫得非常成功。

回到公寓，比利一看到牀，一下子砰然倒下，不管睡得有一半垂到牀外。任憑菲菲怎麼叫他，搖撼他都不醒了。害她剝掉外衣，脫大皮鞋，再把他那垂到牀外的下半截身體扶到牀上擺好，這已經讓菲菲累得冒汗了。

菲菲拉了一條毯子蓋比利，心裏還以爲他頑皮，故意刁難她。她貼近比利的臉，仔細的看著。比利微張著嘴呼吸很均勻。看他睡得那麼安詳，也就無法懷疑他惡作劇。這時候，菲菲也意外的感到自己心裏的一片寧靜。只是她不可能知道，這一片心裏的寧靜，是由於看到比利清秀的臉龐，那麼安祥的枕在綉花枕上所形成的。這種寧靜，使菲菲覺得太清醒而不安，有一點不知道做甚麼好？……

菲菲一邊聽電話，一邊一開始就望著比利，比利那種熟睡的樣子，令她愈看愈討她喜歡。所以聽到馬達母的話，感到厭惡和殘忍。她也很奇怪自己，會產生這種從沒有過的感覺，尤其對一個美國兵，竟想那麼保護他。

第二天他們被帶到郊外去玩，「比利和湯姆一聽說她們要帶他們去玩，高興得跳了起來叫」。多麼童稚得可愛。在指南宮菲菲和桂香都虔誠的燒香跪拜，之後……

最後非非跟桂香買了幾個小紅布袋的香火，向呂先祖拜了拜，很恭敬的拿在手裏。比利看在眼裏，好奇的問：

「那是甚麼？」

「我不知道英文該怎麼說。」非非想了想，說：「比利，你甚麼時候離開這裏？」

「明天。」

「比利，我說了你不要笑我好嗎？」

「當然不會笑你。」

「你明天就要走了，我又沒有東西送你，剛剛我向我們的神做了祈求，願我們的神，也能保佑你。」她有點羞怯的拿出一個紅色的小香火說：「我這個願望就在這裏面了。要是肯接受這個東西，我會很高興。」

「噢！太感激了。」比利很受感動，要不是四周那麼多人，眞想摟抱她，吻她。跟女性相處的經驗，不管是家人，或是朋友，非非給他的印象是特別的。從昨晚一直到現在，他始終說不出被一層温暖的東西包圍著，想了想，不就是非非的體貼的安慰嗎？「非非，太謝謝你了。」

「你回到家，最好把它掛在胸前，像項鏈那樣。」

「現在就掛。」比利拿起來就要往頭套。

「不，不，現在不要。」她拉下比利的手，「這裏有人看。」

「爲甚麼怕人看？」

「你是外國人，他們會覺得奇怪。」

「我不怕。」又要套起來。

「不是這樣。掛在裏面。」

比利套起來，把小香火袋塞到內衣裏面。

湯姆遠遠的看到比利他們。他走過來問：

「你們幹甚麼？」

「比利，不要告訴他！」菲菲笑著說。

「有甚麼關係。」說著把小紅袋掏出來，讓它露在外衣外面。

「那是甚麼啊？」湯姆問。

「菲菲的心。」

單單這個片段，就構成一個極完美的短篇故事。這是「小寡婦」這個中篇裏最爲精彩的部分。後來，比利又從越南回來臺灣看菲菲：

她現在最急切也有些激動的問題是：「比利，你這次有幾天休假？」

「我，我退役了。」

「眞的！」她很高興的叫著。「湯姆呢？」

比利突然停下來，很沉痛的說：

「湯姆死了。」

「啊？」菲菲不敢相信，可是看比利的樣子，也不能不相信了。

比利放開握菲菲的手，把大衣的另一邊掀開，讓菲菲看。但是菲菲沒看出甚麼，也沒注意。

「我的左手沒有了。」

菲菲弄清楚是甚麼事的時候，露出因爲難過而變形的臉，僵住了。比利反而安慰她說：

「總算你救了我的命！」

菲菲僵傻的望著他。

「你知道？」比利伸手到胸口掏出那紅色的小香火袋說：「我一直帶在身上。湯姆他們都死了，只有我同來。我，……」

「比利，到我家去好嗎？」

「你不回到小寡婦那裏？」

「不管了！」

菲菲向一部計程車招手。

計程車駛過來。

他們鑽進車子。

臺泥大樓頂上的溫度計，顯示出比剛才低了一度，是攝氏十四度了。

他們的車子在中山北路，往復興橋那一端消失了。

這就是「小寡婦」這個故事的結束。由菲菲和比利的故事來結束，而不是由馬善行們或酒吧小寡婦的興衰甚麼的來結束，實在是作者非常聰明的安排。菲菲終於成爲一個有善良之心的女人而不是爲賺美金的吧女，比利呢？犧牲了一隻胳臂，換來退役，在菲菲關懷下享受一些心靈上的安慰與寧靜。

作者並沒有忽視他對於馬善行的譏刺，我們通篇都看到他的「傲人的」構想的失敗，最後是「你們不必再花高薪雇我了。就像目前這樣維持下去，一定沒有問題。我想去跟人做房地產。」他自是仍有一套理論的。

這是黃春明寫的另一篇有關「妓女」生活的小說，在情調與氣氛上不同於「看海的日子」。春明接觸面可眞不小啊。

在「沒有頭的胡蜂」裏寫一個讀政治系的大學生，正在忙於寫他的一篇「偉大的論文」，題目是「人、猩猩、選舉權」。他的同學簡金木問他：「你的結論猩猩有沒有選舉權？」他回答說：「有！不過不是那個意思。我的意思是，只要構成社會的份子，而且他的思想達到某一程度，那麼在那個選舉區裏他就有投票權。假如是一座橋，一所公共厠所也有思想的話，當然它也可以選一個適當的人。因爲橋或是厠所，它會知道它應怎麼做是最堅固最衞生的。」以及「我們的問題脫了節了，再這樣爭論下去只有浪費時間。不過我再將你的話補充一下，卽使這些動物回到大自然，假定他們的思想同有權投票的人是一樣的話，當然有資格選舉。原因是他們構成社會的部份，互相產生影響。」宰相有點不耐煩的說：「其實這些東西，永遠都不會有高深的思想的，就是說要是一個小孩還沒有公民權，但是他的思想早熟，已經超越生理年齡，也同樣有選舉權。反過來說，有很多人有了投票權，但是腦子仍然是幼稚簡單。唉！有關很多細節和分析，請以後看看我的論文吧！」

後來他獨自坐在樹下時觀察到「……一二十隻螞蟻在長長的行列中，從草地裏扛著沿途掙扎的小動物正往樹頂上爬。他「好奇的用手指頭把那螞蟻的獵物拈了過來放在筆記本上，原來竟是一隻失去了頭的胡蜂，還在做最後殘死的奮鬥，幾乎還死咬著胡蜂不肯放的螞蟻，他都一一把牠們撳死了。這隻沒有頭的胡蜂開始安靜起來，同時很平穩的和有頭的時候一樣，用六隻腳站在筆記本上。……」他再仔細觀察，發現了一些現象，使他得到結論：胡蜂的頭不管生命（？），胡蜂的頭不管思想等等，胡蜂的頭和牠的身體分開來之後，各自均能有所反應。因此他想：「……沒有思想的人，沒有主見的人，沒有理想，沒有意志，沒有智慧的人等等，他們照樣可以活著。」黃春明似乎通過這位大學生的觀察胡蜂而說明生活的意義是思想，沒有思想，雖然活著，等於沒有頭的胡蜂的下半截身體。但他沒有把這些同「人、猩猩、選舉權」連繫在一起。

黃春明是土生土長的作家，他認識也瞭解生活在鄉村中的這些小人物，所以寫來頗不費力使他們活生生地表現在讀者面前。我們看到一個慷慨的樂觀的黃春明，他永遠在這些小人物身上發現做爲一個人的可愛又可敬的性質，他們有悲哀、有埋怨、有氣憤，但這些都沒有把他們壓死，也沒有使他們對生命失去信心，他們設法適應他們的生活，並不逃避——像斯坦貝克寫的那個流浪漢就是逃避，因爲他們獨自建立了自己的生活規範。脫離開這些人物，黃春明似乎就失掉了他的力量，像「跟著腳走」和「把瓶子升上去」那些故事，就缺乏他在這些作品中所獲得的力量。黃春明從樸實的鄉民中得到他的靈感與想像，這是他的創作活動的活水源頭。

黃春明的文章是噴出來的，不是寫出來的，彷彿他的故事像水勢洶湧的江河，那水向前流時，其力量之大，沒有任何東西可以阻攔。在寫作過程中，彷彿作者就無暇顧及他的文章像一片未開墾的曠野，那裏有參天古木，也有攀於枝幹上的葛草。他常常不顧及結構、句法、修辭。有時敍述會失去比例，就是說，該發揮的沒有發揮，有時敍述詳盡的事件構成冗贅。他也時常不顧及整篇故事的統一性，爲了報告「事情」，便把與主題發展無甚關係的事件也堆在裏邊，造成不可原諒的散漫。藝術家需要在創作過程中磨練，使他的藝術品臻於完美之境。這過程可能長，也可能短。我們在期待極具潛力的黃春明產生出他的更完美的作品。

論楊青矗

1

在過去的近三十年中，臺灣的經濟和工業的發展，由於政府和人民的不懈的努力，有了卓越的進步和成就，世界上的人都稱之爲奇蹟，這是值得我全民自豪的。在這快速的發展過程中，的確產生不少的優秀的企業家，建立了很多規模相當大的工廠；但是我們這些暴發戶的企業家中，有些根本不了解現代企業精神和企業管理的技術。這些老闆們仍是滿腦袋的舊觀念，一切是爲了賺錢，把勞工視爲無生命的機器的一部分，政府保障勞工福利的那些法令，他們一概不聞不問。勞工們沒有工業先進國家那種爲他們爭福利的工會，只覺得付出勞力賺些工資，對於其他的福利，也不主動去爭取，或爭取的結果是自己被解雇，或環境迫使你非辭職不可。政府主動的干涉和在勞資糾紛中訴諸法律的事，還是輓近的現象。對於這工人羣的生活情況，作家們有的開始注意到了，也爲工人們做了呼籲；但眞正能了解他們的作家、能和他們溝通的作家並不多，楊青矗是這少數作家中最傑出的一個，他懷著同情去觀察他們，以眞誠的態度爲他們講出他們要講的話。在這方面，做爲作家的楊直矗是值得敬佩的。

楊青矗這個人，據袁宏昇的記載❶，生長在臺南縣北門區七股鄉，一個貧窮的農村，這一帶的土地貧瘠而多鹽，出產不多。他家世代務農，生活自然相當艱困，但這艱困卻養成他的苦幹精神。臺灣光復之後他才開始讀小學，後來隨家人遷居高雄，在高雄他半工半讀，完成初中和高中教育。因爲經濟關係，他沒有能力進大學，便開始工作。他的求知慾似是相當強的；在人格的修養方面，他的父親可能是他的楷模。他的父親，一位盡忠職守的模範工人。做過十幾年的消防隊員，且在奮勇地救火工作中殉難，這實在是一位典範人物。楊青矗既然生活在這個以勞動者爲主要分子的社會裏，在情感上自然是他們中間的一個，而且他的職業沒有使他脫離他們，他彷彿沒有「流」到大都市裏去不擇手段地往上爬。他開始寫作時並不曾先入爲主地想成爲工人們的代言人，他只是寫他熟知的一羣，不爲他們的痛苦講話，他也許覺得是一種罪惡，一種墮落。就這樣，他逐漸地被稱爲是工人作家了。這位工人作家懷著一個目的在寫作，就是希望通過他的呼籲而使有良知的工廠主人能够改善工人們的生活，使工人們享受人的生活，而不單純是個螺絲釘。

❶ 袁宏昇，「楊青矗素描及其他」，臺灣文藝，革新第六號，民國六十七年六月出版。

2

楊青矗已經出版過五本短篇小說集，即「在室男」（六〇年）、「妻與妻」（六一年）、「心癌」（六三年）、「工廠人」（六一年）和「工廠女兒圈」（六七年），他迄今發表的短篇故事約計四十多篇，這些故事裏的人物很多，並非都是取自某一個階層或某一種職業圈子，不過他集中於工廠裏的工人罷了。試看下列的統計。

一、直接敍述工廠工人的有：工等五等、升（在室男）、低等人（妻與妻）、囿、痲雀飛上鳳凰枝（心癌）、掌權之時（工廠人），另「工廠女兒圈」系列故事有：昭玉的青春、秋霞的病假、婉晴的失眠症、龜爬壁與水崩山、工廠的舞會、自己的經理、陞遷道上、外鄉來的流淚女等。

二、敍述工廠高階層管理人物的有：上等人（妻與妻）、龍蛇之交、工廠人（工廠人）、陞遷道上（工廠女兒圈）。

三、敍述非工人的從事其他職業的卑微人物的有：兒子的家、在室男（在室男）、天園別館（心癌）、那時與這時（妻與妻）等。

四、敍述家庭生活與親族關係的有：同根生、成龍之後、寃家（在室男）、醋與醋、在室女、綠園的黃昏、雨霖鈴（妻與妻）、切指記、海枯石爛、官煞混雜、樑上君子（心癌）等。

前面的分類只是爲了行文方便，恰當與否不必去管它。從這裏我們可以看到楊青矗所寫的人物和生活層面相當廣泛，單純寫工廠工人者並未構成他作品的主要部分。我們爲甚麼要給他一個招牌，死死扣住他，說他只是寫工人小說且是臺灣工人的代言人呢？他寫過許多「人間小角色」，這些小角色的生活、思想、行爲有的寫得也維妙維肖，頗具個性，頗饒趣味。但說他們都有「自己站出來講話的能力，爲他們的處境鳴不平，改善自己的環境」❷，恐怕也不盡然。

在工廠中工作的「工人」應該是直接參加生產的技術工人❸，他們的待遇與享有的社會地位由他們的技藝與成績決定。「工等五等」裏的陸敏成是電氣技工，他畢業於高工夜間部，還考上大學夜間部的電氣機械系。他受過專門訓練，有五年以上的實際工作經驗，是個眞正的工廠工人。「升」裏的林天明是個木匠，工作是工廠裏建造廠房或其他建築物的木工工作，以及整理職員宿舍中的花圃之類雜工，他的工作不是直接參加生產，不能算是技術工人。「麻雀飛上鳳凰

❷ 蔣勳，序王拓的「望君早歸」。

❸ 當然一個工廠的建立，從設計、規畫、安裝、試車、製造，到成品出產，要經過很複雜的過程，一定少不了投資設廠的老闆，也少不了各項專業的技術人才。由於他們的專業知識和經驗，完成建廠，同時更少不了從建廠到生產成品過程中的各種工人羣（引自袁宏昇文）。但一般人所謂的「工人」，多是指直接參加生產的技術工人。

枝」裏的潘柱是個臨時工，擔任甚麼工作，沒有說明。「低等人」裏的董粗樹是在一家工廠的宿舍裏拖垃圾車的，當然不能算是工人。「囿」裏的史堅松只是「栽種花木，修剪樹形，編製花籃，調整盆景的姿勢」的負責園藝工作的園丁，在一個擁有五、六千名員工的塑膠公司中，園丁不能算是正式技術工人。如果說臺灣工業化了，臺灣的勞工人數已近四百萬之多，勞工階級自有他們的問題，他們是在不合理的管理制度下被剝削的工人羣，那麼，生活貧困的潘柱、史堅松們不能做爲代表，就連「外鄉來的流浪女」中的田原卿也不能，洗洗整整蘆筍的工人不是產業工人，而且這位流浪女只是個玩票的工人而已。她以電話約總經理到氷果店裏責備他未能爲工人的福利著想的幾句話，以及總經理的唯唯諾諾，她好像是內政部派去的視察員。這些臨時工職業沒有保障，不能享受正式員工的福利——而正式工人的福利是很好的，有宿舍，有醫藥費，有勞保，有退休金——他們的生活都很苦，他們唯一的希望是升等，升爲正工，獲得一種可免於飢寒的生活。但升等的大權操在小主管手裏，要想升等就必須賄賂他，就必須送紅包拍馬屁。有些人爲小主管所不喜，便休想升等，於是永遠做臨時工，這一肚子怨氣無處發，便只有怠工。這就是楊青矗最喜歡寫的主題。所謂工人有站出來爲自己講話的能力表現在「囿」裏的史堅松和「工等五等」裏的陸敏成，他們敢於頂撞他們的上司，其結果是陸敏成辭職不幹，他還有能力去奮鬥，做自己的事，頂壞還可以「爲同業打打散工」。史堅松更大膽地拍桌子向主任咆哮，甚至高舉起椅子「無頭無面地打下去」，他也知道打死人會受法律的制裁。這些洩憤，雖然讓人感到痛快，但我覺得，還不如老粗樹伯爲了五、六萬元撫恤金養活年邁的父親而故意讓汽車碰死，這無聲的抗議更有力量，更能給讀者一種揮之不去抹之不盡的印象。眞正敢於代表工人講話的有「陞遷道上」裏的藍瑞梅，她「好像是她們默推出來頂她的代言人」。在領班很威風地向工人們吼叫時，藍瑞梅敢抗議管理人員的作威作福，因爲她「是班員中無形的龍頭，班員尊重她，沒有不聽她的。搞不好，她相邀一下，整班被帶著跳槽到別家工廠去」。她能召喚她的班員們追隨她，也就是她背後有工人們的支持，她才硬得起來。她對升爲經理的林進貴，一個流氓，深爲不滿，所以寫匿名信給他，指斥他不顧工人的生活，一切均是滿足私慾等。這篇故事中還有個女工侯麗珊，爲了能升組長，甚至爲林進貴所姦污，雖然她心不甘，但爲了升等，只好容忍。她升組長後，也開始擺出組長的架子，後來看到藍瑞梅的作爲，最後看到「全廠的作業員……沒有人不佩服藍瑞梅」的，她「終於鼓起勇氣」，要去洋人總裁那裏告林廠長。最後她了解「他們利害相關」，一定互相袒護，她決定不去找總裁而「跟藍瑞梅商量，直接找林進貴算這筆帳」的經驗使她醒悟了，知道一切應享的權利必須去爭取，想讓這些工廠主自動關懷工人實在是夢想，金錢已經蒙住了工廠主的眼睛啊！

寫工人的典型似乎應該從大塑膠廠、大紡織廠、大鋼鐵廠等擁有數以千計的工人羣去塑造，這些直接參與生產工作的勞工們的工作環境如何，他們的工作情緒如何，他們的家庭生活如何，他們的升等加薪是依賴技藝與成績呢還是靠拍馬屁送紅包。他們與管理階層的關係如何，在管理方面他們有沒有發言權，他們的人格是否受到尊敬，他們的勞力所換來的是否每月只有二、三千元，「工作評價」這種制度是不是壓迫工人的有效辦法等等，才是核心的問題。從楊青矗的故事中所見到的正式工人，也就是技術工人，並沒有感受到許許多多的壓迫。也許楊青矗所接觸的工廠多是小規模的，這些小工廠的老闆還能面對有人格的工人，大工廠的管理階層則把工人們當作一個整體了。這些小工廠裏確有令人不滿的地方，不公平的地方，在「工廠女兒圈」裏幾篇故事中，描寫女工的遭遇與待遇的較多。這些女工是被無理剝削的，雖然政府訂立了勞工法，但工廠根本不理甚麼法不法，而造成工人們默默忍受這些不公。例如工人因病請假不發薪水（秋霞的病假），工人在工作中受傷，老闆不按勞工法規定，而隨便給幾個佈施錢，就算完事（龜爬壁與水崩山），漫無限制的加班使工人身心疲倦（陞遷道上）。主管有傳統的自私與跋扈，對於工商管理方面的知識一竅不通，毫無現代知識，只知道一味的賺錢，在工人面前要威風，把員工看成下人，看成奴隸。工廠完全是家族經營。楊青矗認爲這些可以由認眞實行政府的法令而獲得解決。例如田原卿向廠長提出的建立健全的制度，實施現代的管理，施行保護勞工的政策等，都是要以漸進的改革使工廠現代化，使工人生活能在法律保護下得以改善，使工人在社會上受到應有的尊敬等。

楊青矗憑著他個人的經驗和理解，以樸素平實的風格描繪這些小人物的貧困生活，寫得倒蠻能感動人的，他有時能够選出極細微的小事，表現出很深刻的意義。「低等人」這一篇裏隨處都可見到。我個人很喜歡這一篇，雖然裏面有一些不必要的敍述，如粗樹伯所見到的職員宿舍中每家生活情況，從任何角度看，它都是篇相當完整的極好的短篇小說。

楊青矗也很突出地刻畫了經理、科長這類上等人的生活，他們是剝奪工人勞力以自肥的階層，但在楊青矗的幾篇有關工廠主階層的生活裏，我們所見到的不是「剝削者」冰冷冷的猙獰面孔，在金錢的控制下，人性全失。「上等人」裏的余總經理是「軀體被地位名譽灌得胖皮胖皮的」「舉止不失爲風流倜儻的公子派頭」，他玩女明星，玩舞女，玩名門淑女和歌星。現在他又同他的女祕書孫妍綾——一個「鮮艷的肌肉結結實實的」姑娘，「人也窈窕靈活」，帶她出去玩樂冶遊。余經理和他的員工關係如何？他對他的事業和工人們的前途是否關懷？他是否不把他的員工當做有人格有自尊的人看待？這篇故事裏沒有任何敍述。一個有錢的風流倜儻的經理同一位自願奉獻的女祕書有些曖昧的關係，也沒有甚麼值得深責的。他開車在路上碰死一個挑籮筐的苦力，雖然他的女祕書叫他「開車罷！」他知道終久必會查出來的，他沒有逃，而叫他的私人司機陳永福來出事地點，並商量由陳替他頂罪坐牢。這種動機實在是很自私很卑鄙的，但這並不是余經理那個階層的特殊屬性，任何人都可能有這種想法，只是有的做得到——如有特權勢者，有的人做不到而已。雖然陳司機「不敢說不字」，但他的屈服不是受到壓力而是受到誘惑，「出獄後平白得到一輛計程車，做什麼能比這個好賺？」而且他有「在獄中期間我每個月貼你一萬元」的允諾。陳司機覺得余總理「一向對他實在不錯，過年過節人家送的東西，吃不完都叫他搬回去，他有困難總經理都能幫忙他」，他並非不願報答這位待他不錯的上司。對於苦主，余總經理也「盡量按照苦主的需求賠償，公司有的是錢」。他碰到送葬的行列時還想「法院傳審陳司機時，他要挺身去自首」，這是一種內疚，表示他是個有責任感的人。作者對他的譴責是他自認對社會貢獻很大，能「充功補罪」，所以「在公祭時默禱致哀一分鐘，以後就像什麼也沒有發生一樣，再也不會難過」而繼續同他的祕書去夜總會跳舞。這譴責中沒有憤怒的咒罵，沒有暴行，但卻非常有力量，對審判余總經理的責任交給讀者的良心與道德。「陞遷道上」裏的林進貴先是經理，後來又陞爲廠長。他對於美色的女工都打壞主意，先有侯麗珊被他在一次員工郊遊時姦污了，他抓住侯麗珊的弱點，當時侯麗珊「閉上眼睛隨他去吧！想著要再掙扎，又想讓他高興一下他會升我當組長！」後來廠裏來了一位女工施妙惠，在侯麗珊的那組，長得很秀美，許多女工都被她迷住了。當了廠長的林進貴便要把她調到他的辦公室去做祕書，雖然她「不懂英文，不會打字，不會速記，對處理文書也沒有經驗」。但這個女孩子拒絕了，她不要做花瓶。曾有被辱經驗的侯麗珊同情她，唯恐她上了當。但施妙惠知道林廠長居心不良，而辭職了。這對林進貴而言也是一種抗議。她的辭職也能增強其他女工對林進貴的憤恨。工廠大老闆皆是些「飽暖思淫慾」之徒，誘惑女工是他們的「罪」，如此而已，然而這不只是工廠主，別的「主」也不乏這種人的。

公司裏的「小主管」有些非常驕橫，有些非常自私，有些非常無能，這些都表現在爲工人們升等的事上。楊青矗對這個階層的狗仗人勢的人描寫得較多，也描寫得較深入。這些人，如「

囿」裏的吳主任，「外鄉來的流浪女」裏的領班魏月嬌等，都以虐待工人爲樂似的。但也有些主管很同情他們，在可能的情形下就幫忙他們。例如「囿」裏的王主管，但是他們不願爲了工人的事而去和同事爭，是發生不了作用的善良人。這類善良人還有「低等人」裏的總工程師，他曾對粗樹伯說：「等一下上班，我下令你們主管申請購買一部加蓋的垃圾車……到時你就隨車工作，不用再辛辛苦苦地拖車了」。然而粗樹伯沒有能站在汽車上面享受一番。「龜爬壁與水崩山」裏黃宿嘉，大學畢業生，也同情苦命的女工們，他也有自己的夢想安慰女工：「我假如有能力開工廠，我一定高薪僱用女工，每年把所賺的錢分紅利給員工；我的企業目的在於造福員工，讓每個員工以薪水、年資或紅利入股當股東，是工人也是老闆，資本大眾化，賺錢大家分。我要做到『工者有其廠』，這樣才能達到民生主義的均富目標。」黃宿嘉對故事中的主角表示了無限的同情與安慰。他曾向她說：「是工人也是老闆，妳等著瞧，我一定要爲工者有其廠奮鬥，把它實現。」「陞遷道上」裏的王瑞方主任也敢有限度地爲工人講話，例如他曾反駁林進貴說：「只要她們不妨礙工作，講話可以調劑工作枯燥的情緒，我是同意她們偶而輕聲聊一兩句。」和「經理，你機台的變動和人員的安排程序不太合理想，浪費人力，也容易造成工作上的錯誤，能不能照我過去的方法安排？」和「程序不理想，要作業員趕產品，累死了也趕不出來。」他們這些人有同情之心，但卻都爲了自己的位置而不敢做有力的抗議。我們看到最有效的抗議是「秋霞的病假」中秋霞的哥哥蕭毅夫。秋霞因爲工作過度患貧血症，在浴室內跌破頭，住進醫院。蕭毅夫到秋霞服務的電子工廠去要勞保住院單，發現那工廠規定「住院期間是否發工資欄」中填的是「不發」；蕭毅夫懂得勞工法令，他知道「一年內病假不超過十四天，工資照發。超過十四天到一個月內發半薪」，所以他決定要力爭，根據法令力爭。他打電話到社會局，社會局自然是「懶於管閒事」推諉。蕭毅夫說要到立法院告社會局，他們才告訴他說去找加工出口區管理處，他去管理處很幸運地「碰」上一位具有「正義感」的人吳先生，把董事長，一個日本人，工廠的負責人，召集一起，迫使他們依勞工法發給秋霞半個月薪水。蕭毅夫勝利了，這勝利是他主動地不懈地爭來的，因爲他不是這家電子工廠的工作人員，他才敢指斥不講理的何課長說：「你是臺灣人，日本侵占臺灣五十一年，好不容易打了勝仗脫離他們的侵略。現在你當課長的，不爲自己同胞的勞工姐妹說話，還幫日本人經濟侵略，剝削我們的女工。難怪在日本人開的工廠工作的女工都罵中間幹部的中國人課長、經理、主任是哈巴狗，只顧自己的升遷討好日本老闆，幫他們設想剝削的辦法，不爲自己的女工同胞爭取福利。」

楊青矗喜歡的另一類題材是在我們這個工商業日漸發達的社會裏，金錢財富腐蝕了人心，破壞了傳統的道德，不但人與人之間的關係疏遠，就是親子之間，也沒有親情了。「同根生」裏的父親從一個「在路邊給人補破鍋、破鋁桶」的三餐不飽的窮人，由於偶然而非奮力苦鬥的結果成爲一個「擁有鐵工廠製廠廠」的老闆，金錢使他的長得頗不美麗的小女兒嫁給一個神采逸逸的美國留學生，但他卻看不起大女兒和大女婿，因爲大女婿是踩三輪車的，雖然他是個非常正直的靠自己的勞力養家的人。「成龍之後」裏的阿泰伯到都市裏找他的成龍的兒子，卻受到過著相當豪華生活的兒媳的冷落與輕視，「菜都配好了，盛些給他吃就缺菜了。客人吃過了再吃罷。」這個「土里土氣的長相」的老農最後只有悄悄離開兒子兒媳，挨著餓回家去。「這年頭娶了一個媳婦等於死去一個兒子」，老農無奈地想！

隨著工廠的大量建立，農村的人口被誘著往都市去，逐漸地，很少人願意在農村生活，只有在都市裏才能創業和謀求發展。這是開發中國家的普遍現象，年輕人去都市和工廠，並不一定是爲了生活舒服，因爲農村沒有他們發展的機會。楊青矗也處理了這個問題。「在室女」比「在室男」寫得更有意義便是因爲這篇故事裏討論了都市的誘惑，雖然作者處理得非常凌亂。在鄉村中生活的惠芬長得是「帶有靈氣，鼻、嘴明艷動人」，但她「五隻手指很粗糙，指頭鈍圓粗大，指甲縫隙有些微的汚黑」，她是「四點多就起來煮豬料和早飯」，是「養豬、曝穀子、煮飯、洗衣、到田裏去幫忙」；瑩秀在都市工作，她的回來，使惠芬想離開家，她曾說，「這一次我已下定決心不想呆在家裏了。」她正在懷春的年紀，作者使她也陷於受異性的誘惑中，她心目中的嚴光儀到城市工作之後，不久交到了女朋友，他的回鄉來看惠芬和給她照像，只是激起她找異性的需要，她乃決定跟許慶達的母親上新竹看許慶達。交交朋友，玩一玩，不一定要答應他的親事。她不喜歡許慶達，她大姐也在信中勸她不要去看許慶達，「不要落入他們的圈套，以致生米煮成熟飯」。這恐懼使她最後說：「還是不要去好。」這篇故事本來可以寫得很好，但作者似乎把握不住主題，也沒有明顯的衝突，因此寫得頗不集中，顯得凌亂。「綠園的黃昏」也是寫農村的沒落——綠園無限好，只是近黃昏。故事中女主角林郁華的家「是村裏少有的清閑斯文的家庭。她家不種田，父親原在鎮上的電信局做事，已經拿一批（筆）退休金退休了。退休後買了一塊一分多的菓園，種種柳丁、番石榴、柚子消遣。她大哥在縣政府做事，二哥是一家國營工廠的職員，已出嫁的大姐任小學教員」，是個公務員的家庭。男主角世榮家則是村中首富，世榮在家裏幫父親種田，雖然他的妹妹惠芬和弟弟世隆都在臺北讀書。世榮對在家務農並沒有絲毫抱怨，但是同郁華接觸後，他感到種田這件工作不再受人尊敬了。郁華勸他「上市內找一個固定職業，或是向你爸爸拿些本錢出去創創事業」，「男子漢大丈夫，志在四方」。郁華不願同世榮談論嫁娶，因爲她「不嫁田家郎」，她也看不起「挑糞的種田人」！勤奮的種田人辛勞的結果常爲天災所毀。有一次世榮的父親因爲噴農藥中毒，這位以前堅持「那有自己的產業不經營而去當人家夥計的道理」的老人經他的在外經營工商業的弟弟們的勸告，了解「孩子們你想留他們在家種田，已經不合時代了」，他不但把農田改爲做魚塭養魚，也同意世榮去經營工廠了。世榮最後留戀地站在魚塭的高岸上，看到「魚頭成羣的浮在水面，張著口吧吧吃水，有的魚潑刺潑刺出水面又潛進水裏」，它們代替了「一片綠油油的田野」，他爲那田野唱了最後的輓歌。這時，騎著機車的郁華招呼他，他「別過頭裝著沒有看見她」，只見她「肩上的頭髮一飄一飄的，背後，車輪沿路揚起了灰塵」，車輪與灰塵代替了綠油油的稻田！世榮終於屈服於工商業的侵襲！這是一組很好的主題。

3

惻隱之心，人皆有之；是非之心，人皆有之。同情受苦難的人，受不公待遇的人，都是源於這惻隱之心，當今我們的社會上，雖然工商業的發展與社會結構的改變在威脅著、破壞著我們的許多優良的傳統美德，但每年都有那麼多的好人好事受到獎賞，就證明這些傳統美德之火焰仍在人們心裏燃燒著，點亮著。作家是更富同情心更有是非心的人，他們的心更容易爲受苦難的人們而跳動。從寫童話的安徒生同情一個賣火柴的小女孩到托爾斯泰同情那些非人的俄國農奴，哪一個作家的作品裏不流露著悲憫與同情，哪一個作家的作品裏不充滿著對於不公不義的抗議呢？生活環境使楊青矗接觸到這些值得同情的人物，而具有強烈道德感和人道精神的楊青矗就受著良知的促使來爲這些人呼籲了。可能因爲他太熟習他們，太同情他們，太急於要改善他們的工作情況，他便整個投身於他們之中，所以在描寫報導他們的生活、感情、想法時，未能保持相當距離，也就是做一個比較客觀的冷靜的觀察者，以致在不少的故事裏，有過多的感情主義的成分。

有些評論家認爲楊青矗太強調了文學作品的社會功能而相當程度地忽視了藝術氣氛，故有「流於粗糙」之嫌❹，認爲這些作品中「好像欠缺什麼，技巧上沒有多大的變化」，技巧指的是甚

❹ 請參看「臺灣文藝」革新第六號，「楊青矗文學研究專輯」中之討論。

麼？範圍甚廣，而技巧的適當運用，要同內容密切配合。楊青矗對這個問題的答覆是「我多多少少也用一點象徵、用一點技巧的」，和「我寫的時候，還是儘量以藝術手法來處理的，如果這裏面含的藝術氣氛不够，那是個人的才氣不够。」楊青矗是一位天生的講故事者，才氣够是沒有人懷疑的，他所欠缺的也許是沒有接受一套短篇小說寫作技巧的專業訓練，也許有人會勸他讀一讀那些學者們爲大學一年級學生編寫的「了解小說」或導讀一類的教本，吸取一些「技巧」。但我認爲楊青矗是一位寫實主義者，而傳統的寫實主義者對於「技巧」是不太注意的，認爲這是「彫蟲小技」❺。楊青矗的短篇故事中，有些寫的非常好，雖然裏面只用「一點象徵，一點技巧」。當然我也同意，楊青矗仍需要一段時間的磨鍊，他會摸索出適合於他的作品內容的「技巧」，技巧也者，並不是加一點兒象徵，或用一點兒意識流、觀點法之類。沒有人不承認莫泊桑的藝術成就的，雖然他還不會聽說過現代文學批評中使用的那些名詞。

我在前面的分析中曾強調楊青矗的惻隱之心，不僅這一點，他還認爲「一個作家發掘問題，最好能指出解決的路來」❻。在「解決」勞資問題上，他不是一個激進主義者。葉石濤說他是「一個純粹的三民主義作家」，因爲「他主張勞資協調，和平共存，勞資雙方能够攜手」。張良澤說：「而且你可以發現楊青矗的精神，很富有中國儒家道統的那種精神。這不能光看他的表面，

❺ 參看拙著「寫實主義的得失」，收於「中國現代小說的主潮」中，遠景，民國六十八年三月出版。

❻ 參看前面提到的「臺灣文藝」，以下引文，除特別註明者外，均出自這本雜誌中的「研究專輯」。

他的內心是這樣的，所以他完全走的是中庸的，他並沒有要激起階層的對立，他是希望儘量能夠和諧、調和，這完全是三民主義的主張。」誠然如此，楊青矗一點兒也不反對管理制度本身，如許南村所說的，他反對的是這制度的管理者的愚昧無知與腐化，他們一點兒也不懂得現代管理制度應該怎樣去實行，他們一腦子是舊日家族工廠的觀念。要改善工人生活，楊青矗不只一次地說明，要眞正地確實地實施政府頒布的勞工法；政府應該加強監督，使勞工法能够有效地實行。他在「工廠人」的自序中說過，「不完全在於制度的不好，而在於實施的不得法。」在「秋霞的病假」裏，我們就看到法乃良法，而實施者不盡力的情況。實施者如係善良的人，工人能獲得實惠；實施者如係擅權、貪汚、任用親信、善於逢迎的小人，工人便得不到法律的保障。楊青矗把工人的不公待遇歸之於人，而非制度，而非法律，他一再地強調「依據政府的法令」來「合法競選」，來「把工會搞好」，因此他特別強調了道德問題。我們看到他所刻畫的經理階層的人物們的玩弄女孩子的嘴臉，這完全是屬於道德與人格的問題。楊青矗，也和美國小說家德萊賽一樣，把我們社會上受尊敬的有地位的中堅人物的腐化墮落揭露出來，爲了使社會進步，爲了使社會純潔，爲了使社會和諧，這自然也是必要的。這些經理仍然是人，他們可以「懊悔」，而了解自己的錯誤。在「工廠人」裏，總經理在被調職之後，曾最後依戀地把工廠區和宿舍區巡視了一遭，發現工人宿舍區環境的改善，覺得可慰；他看到工人們頗有秩序地指揮工人，使他不期然地走向曾受他迫害的工人莊慶昌，去拍拍他的肩膀。這就是一個「懊悔」的例，也是尊重工人的例。楊青矗可能說指出勞資雙方取得和諧之路吧。

一位作家必須能夠創造出活生生的人物。但這並不是一件容易的事。許多作家能夠講出有趣味的感動人的故事，但卻不能刻畫一個典型性的人物，這樣的作家只是成功了一半。在當代作家中，筆者認為，白先勇和黃春明都創造了令人難以忘記的人物。做為工人小說家的楊青矗在這方面還沒有傑出的成就。斯坦貝克在「憤怒的葡萄」裏創造了不朽的代表美國精神的「媽」和「湯姆」，成為貧農們的精神代表。楊青矗還沒有創造出一個能代表著我們的道德力量的人物，不論是經理階層者或工人階層者。他應該在這方面努力，而不是「多用一點兒象徵」之類。粗樹伯具有了典型人物的因素，他的形象可以存在下去，但還不夠突出鮮明。

論洪醒夫

1

洪醒夫的第一篇短篇小說「逆流」於民國五十六年發表❶，到今天已經有十二年了，也就是說，他已有十多年的寫作歷史，但在這十二年裏，他發表的作品，同其他的年輕作家比較起來，實在是太少了，而收於最近出版的短篇故事集「黑面慶仔」裏者❷，只有十個短篇故事。從量上說雖然不多，但是在這十篇作品裏，卻有五篇曾獲得不同的文學獎，尤其是在民國六十七年，他的兩篇作品分別獲得兩個頗受文藝界重視的獎金，因此洪醒夫便成爲眾多讀者所注意的作家了。

❶ 「黑面慶仔」中附有作者的寫作年表。

❷ 前書係「爾雅出版社」六十七年十二月出版。

他的「揚名文壇」，除了數度獲獎之外，另一個主要原因，我推測，可能應歸之於近幾年來大家對於所謂土生土長的鄉土作家的注意。在洪醒夫開始寫作的時候，當然還沒有人喊出「鄉土文學」這個曾引起一番激烈爭論的名詞，所以他不是爲了時髦而搭乘「鄉土文學」列車的作家。他開始寫作時就選取了他所熟習的農村中的人物，如他在「黑面慶仔」的自序裏所說，是「臺灣農村裏的幾個小人物或小故事收集在一起，希望或多或少描述一般農民的生活的內容，對事物的看法，以及他們刻苦耐勞奮勉不懈的精神。我自小與他們生活在一起，印象深刻，寫作時，他們的影像清晰的浮現出來，所以特別感到温馨與親切。故事的背景大部分在臺灣光復後的十幾二十年內，那時一般農民的物質生活都比較匱乏，知識水準也比較低，生活壓力很大，再加上那許多自古以來就輾轉相傳他們也固執著去維護的愚昧的觀念在那裏作祟，使他們顯得更加窮困艱難，但他們畢竟誠懇、勇敢、強韌的生存下來，而且一代比一代生活得更好，更有希望。使我非常關心。」簡言之，洪醒夫所處理的人物是臺灣步向工業化之前的農村裏的小人物，也就是被許多人稱之爲卑微的小人物，跟王禎和、黃春明早期作品中者一樣。

評論家葉石濤論到居住在臺灣島上的人時，曾說他們有一種獨特的性情，就是勤勞、坦率、耿直、奮鬥、忍從以及富於陽剛性③。這些特性也就是我中國農民所共有的民族性，這些特性在早期的臺灣作家的作品裏流露著，表現在和日本統治者的有形無形的鬥爭裏。但是在當前許多鄉

③ 引用葉石濤的文字，均見「臺灣鄉土作家評論集」，係遠景六十七年出版。

土作品裏的人物，卻泰半缺乏這些性格的鮮明而具體的表現。我們習見的那些時常被人們提及的「卑微的小人物」身上鮮有陽剛美所閃爍出來的燦麗光輝。葉石濤在論及年輕一代作家時曾說，「雙腳陷於誇張的鄉土觀念的泥沼裏，久不能自拔」，這也使臺灣作家永遠活在閉塞又狹窄的囚籠裏。這不是鄉土作家們應走的一條康莊大道，因此有人擔心這種趨勢會導致「鄉土八股」，又把文學引向一條狹窄的小徑，縱然不是「囚籠」。葉石濤就語重心長地期待我們的作家能够「從特殊的鄉土的發掘出發，發揚人性的光輝，繼而昇華爲普遍的、人類共有的人性」。作家們唯有把視野放遠大一點，使心胸開闊一些，更勇敢地往前走，才能脫出葉先生所說的偏狹的泥沼。不過迄今爲止，就我個人讀過的那些「卑微的小人物」，仍是緊緊地被傳統的愚昧、迷信束縛著，他們背著一筐一簍的經驗——通常是些或多或少有些怪誕或滑稽的個人經驗，在讀者面前或快或慢地走完作者給他們畫定的一條小徑。讀者對於他們的怪誕拍拍手，對他們的愚昧嘆惜一聲，對他們的悲慘命運流一把同情淚。可是他們這些經驗給予讀者的衝擊和啓示是甚麼呢？容我再借用葉石濤的一個詞兒，能「啓人猛省」的又是甚麼呢？關心我國文學前途的人時常在心頭浮現過這樣的問題，在尋覓答案時，或感到茫然，或感到沮喪。當然我不是要專橫地無知地毫無同情地把這些作品一筆抹殺。我特別喜歡讀這些作品證明我對它們的興趣與關懷，我，也和其他的同情的讀者一樣，很感榮耀地承認，新的一代作家在起步時在很多方面都優於前一代，無論在語言文字的運用、寫作技巧的關懷都有驚人的進步，然而在作品中所表現的廣度與深度上卻仍未能踏著大步往前走。當然文學的發展需要時間，需要有天分有寫作熱忱的作家不斷地努力。文學創作畢竟不是急就章的，偉大作品要歷經磨練。

我覺得洪醒夫收在「黑面慶仔」裏的十個短篇故事，具有所謂鄉土文學的優點，但也未能洗盡其缺點，雖然在這些作品中有一半可以稱得只是相當出色的短篇小說，也是很多批評者公認的優秀作品，否則它們怎能得到那麼多的獎呢？

2

洪醒夫在「自序」中說他寫的這些「故事的背景大部分在臺灣光復後的十幾二十年內，那時一般農民的物質生活都比較匱乏」，在「物質生活比較匱乏」的情況下，才能表現出人們的「誠懇、勇敢、強韌的」生存的意志，這種意志給他們力量，支援他們面臨窮困艱難。如何面對或解決這些窮困艱難呢？當然每個人因爲環境不同而做相異的選擇。這種差異是必然的，沒有這種差異，文學作品便成爲清一色的單調的了。洪醒夫筆下的人物所做的選擇，愚昧背理者有，但並不太多，合情合理者居多數，而且他們在做選擇時，總是懷著一種希望，那就是他所說的一代比一代生活得更好的強烈期望，他們爲了這希望而以自己能够做得到的方式去奮鬥。在描述這些仍「固執著去維護愚昧的觀念」的卑微的小人物時，作者洪醒夫很少以譏諷的筆觸去誇張他們的滑稽，他創造的人物中沒有王禎和的萬發或宋澤萊的花鼠仔等，他是極樸實地「用平凡的文字」來刻畫他們。在讀他這些短篇故事時，我個人深深覺得他的最大特色之一就是這種樸實與平凡。他不做任何的誇張以贏取和刺激讀者，他的作品平實得十分可愛。葉石濤在「鍾理和評介」一文中論及鍾先生時有這樣的讚詞：「他的作品平實、不炫奇、沒有憤怒、沒有咆哮，客觀之極……」我覺得文學作品應該是從「平實、不炫奇、沒有憤怒、沒有咆哮」的寧靜裏產生眞正的力量，這種力量才能持久，才是深的。憤怒與咆哮常似一陣急雨，是一時的激昂。偉大的作品是產生於寧靜中而非吶喊中的。當然今天的洪醒夫還沒有達到鍾理和先生那種「崇高心境」，但在這無處不注重炫奇的文學環境裏，他能保持著這種平實淳樸，不能不予以特別的注意。

3

「黑面慶仔」集中十篇作品的排列次序不是依照它們的寫作前後的次序。在這篇短文中討論每篇作品時也沒有依照一個符合某種原則的次序。就以那篇做書名的「黑面慶仔」開始吧。一開始作者這樣寫著：「小小的畚箕村陡然喧騰起來，像一鍋滾水沸沸有聲，左隣右舍互走互告著：瘋阿麗要生了，瘋阿麗要生了！」本來一個女人生孩子是不會使一個小村莊喧囂起來的，這兒畚箕村爲一個女人生孩子而「左隣右舍互走互告」，是因爲這個女人不是一個普通女人而是個瘋女人。縱然是個瘋女人生孩子，也不至於使村民們像宣布一件要事般叫著「瘋阿麗要生了」，瘋阿麗的生產必定要有更引起村民興趣的他們早已知道的祕密，但是讀者不知道，這五個短句就把讀者的注意力吸住了。第二段最後一句說「但還是忍不住議論紛紛」使讀者霎時的懷疑獲得了證實，更激起讀者要知道何以會「議論紛紛」的。這個開始寫得很成功。如果從第三段做開始也無不可，「早上，約莫七八點鐘辰光，賣魚温仔看見阿麗躺在路旁稻草垛下翻來滾去，驚天動地的嘶喊呻吟，用雙手捶打小山般的腹部，一副不想再活下去的模樣……」但就缺乏力量，前兩段像是兩隻有力的手，抓住讀者的肩。在第三段中，作者使用了「驚天動地的嘶喊」和「小山般的腹部」，有些誇大，不過這「驚天動地」是賣魚温仔聽來如此，「小山般」是賣魚温仔看來如此，表示了在這小小的平靜的畚箕村遇到這件事是不平凡的，所以才有「陡然喧騰」。鄉村的居民總是特別關懷別人的，愛把人家的事看成自已的，因此賣魚温仔「飛快奔到產婆罔市嬸」。產婆罔市嬸知道要生產的是瘋阿麗時，沒有像賣魚温仔那麼急，女人也許對於這類不道德的事特別反感，所以她先狠狠罵起來。「有這種可憐瘋查某，也有那種不三不四垃圾查埔……皇天無眼……」等。讀者知道了原來瘋阿麗要生的是個私孩子。罔市嬸雖然對阿麗有番責罵，但還是到稻草垛前指揮一切，這時已有一打以上的男女和一堆小孩圍在那裏，女人們「吱吱喳喳說個不停」了。消息自然地會很快傳給黑面慶仔的，他一出現時像個凶神，他是「撥開一條路」，他「揮動雙臂大聲叱喝」，他的「兇猛的樣相，看了叫人心寒」，人們在他的「怒目相向」下「嘴巴像一下子給誰縫住了，都低著頭，默默的散了」。黑面慶仔像隻瘋狂的野獸般前來保衞他的女兒阿麗。作者很聰明地沒有描寫阿麗生產的過程，他接著在第二章介紹慶仔的生活和阿麗的遭遇。黑面慶仔是移居畚箕村來的貧窮的做粗工的農人，剛來時「帶著八九歲的女兒和似乎剛出生不久的兒子」，他說他的老婆死於難產。在村裏，「他一直靠著做粗工的微薄收入過活，一枝草一點露，卻也養活了他這一家三口」，他的兒子如今在國民學校念書，據說成績不壞。因爲這篇故事的主題不是要敍述黑面慶仔的貧困與掙扎，所以作者沒有在這方面浪費筆墨。他要讓讀者關懷的是阿麗，所以對她著墨較多，著色較濃。阿麗，一個無傷於人的文瘋，因爲她像她娘一樣，長得非常漂亮，「美得叫人不敢仰視」，所以才十六歲時，就被村子裏的「無聊無賴的男人」「無恥的姦汚了」。這「無聊無賴的男人」是誰，智能很低的阿麗說不出，村裏的人竟然閑言閑語地說「是阿麗自己願意的」。這種恥辱是黑面慶仔無法忍受的，他痛打這只會「文文地笑」的女兒，結果只是造成了阿麗的驚恐而已，阿麗可以說是嚇破了膽。這次她生了個私孩子，黑面慶仔是「憤怒、憂傷、悲嘆」，「心情複雜得很」，恐怕還不止於此。恥辱帶給他的痛苦是可以想像得到的，但他又能如何呢？他看到阿麗會「餵奶給嬰仔吃，整天看著嬰仔文文地笑」時，慶仔想到他的妻子，原來他那去世的妻子也是個美麗的但精神不正常的女人，阿麗就完全像她的母親，她的智能很低是得自母親的遺傳，她母親比她幸運是得到了一個不知底細就被其美色所迷而驟然結婚的丈夫，但她沒有。阿麗的命運，黑面慶仔認爲，是上輩子註定的，是上天在責罰他。但對那嬰兒如何解決呢？

它似乎代表著一種屈辱，怎樣解決呢？慶仔只是一肚子氣，所以由罔市嬸和賣魚溫仔提出送給別人去撫養，但是沒有人要。在這種生活情況下，慶仔的脾氣愈來愈暴躁，先是無緣無故揍兒子旺仔，事後慶仔也有些懊悔。最後像逼得他做了決定，「他決心下手捏死嬰兒，然後嫁禍阿麗，一口咬定是阿麗捏死的，阿麗又不會辯白，她沒有辦法指明什麼……」這不是一時感情衝動所做的魯莽的決定，作者耐心地一步一步逼著本心善良的黑面慶仔爲了他和兒子和女兒的生活，不能不這樣做。但是當他看到「阿麗與嬰兒都還沉沉睡著，表情都很安詳，純粹與世無爭的安然自若。純粹潔白無瑕的了無遺憾。」母子都是無辜的，是純潔的，慶仔「心裏不禁一陣抽搐」，他看到的「……瘋子與嬰兒都是這樣清潔無辜一塵不染的啊！」他們「乾乾淨淨的躺在那裏，坦然的入睡，睡得香甜，呼吸勻稱，眉目開朗」，怎忍心殺死這樣的一個無邪的生命？但是慶仔自己也要生存啊。這種矛盾的心情使他接近嬰兒的時候，「手發抖。腳發抖。身體也抖個不停」。嬰兒受驚哭號驚醒了阿麗，她「眼裏露出十分畏懼的神色，身體不斷的往後縮」，這使他想起他毆打她的一段往事，他曾想，「那是罪惡！對神明來說，那是罪惡！」而今望著那「淨潔無瑕的心靈」，他不忍再傷害她了。我們撇開「罪惡」的問題不談，但就親情說，阿麗畢竟是他的骨肉，她帶給他的痛苦，她又是不能負責的，所以黑面慶仔終於接受了這嬰兒。「黑面慶仔掉頭就走，走出門外，看到一片無涯無際的翠綠田野在豔陽下亮麗的舒展開來。」這是個很好的結尾，黑面慶仔接受了現實，表現了他爲人父爲人外祖父的仁慈，也表現了極大的道德勇氣。他獲得了心情寧靜，所以能看到翠綠的田野與豔陽的亮麗，象徵了一切悲愁、憤怒、痛苦等的消失。愛，是的，他浸溺在愛裏。

我個人覺得「最後一章」裏又重述慶仔的對於兒子旺仔以及嬰兒的態度改變和對他們懷有的希望，例如叫兒子給嬰兒取名爲「國王」等，實在有點兒多餘。也許你能爲這些重疊找理由辯解，但沒有這一章，結局頗有含蓄之美，使讀者能感到餘味留香，也就十分完整了。藝術作品中都一洩無餘，會給讀者一種厭煩之感。

「素芬出嫁這日」是寫得十分完整的一篇。作者開始寫晚秋季節，天氣溫暖，充滿著收穫時豐實的快樂。在這個時候結婚，應該是格外值得高興的，「然而，幫忙打雜湊手腳的村人，卻沒有其他婚嫁場合中歡頭喜面的氣氛」，大家雖然勤快地工作，但卻是默默的；連談話都壓低聲音，只有不懂事的小孩子「約略能顯出一絲喜事氣氛」，緊接這一句，作者宣布了「天氣實在很好。素芬要出嫁了！」大喜的日子，爲甚麼是「默默無笑聲的」？讀者自然會問。素芬的爸爸張有財是「連鬍子都沒有刮」，是「面色凝重」，坐在院裏的村中長輩也都默然無語。有財嫂卻有「那些說不出口的話」，「壓在心裏，壓出眼淚來」。讀者很自然地想到這未來的新娘素芬一定是有甚麼隱密使得她的父母在她出嫁之日表現出這樣沉重憂鬱的情緒來。該是充滿笑聲的，卻只籠罩著沉默和「壓出」來的「眼淚」。這「壓出」二字更道出那沉重的力量。是甚麼大不了的事情呢？「這樣的氣氛一直持續到素芬的大哥水木帶個女孩在大門口出現，才略微緩和」。水木是不反對素芬的事的。「這件事他比誰都淸楚，未來的妹婿他認識，長相平凡，卻是個腳踏實地，也知道上進的年輕人，跟這樣的人過一輩子，應該可以放心。」那他們的父母何以那樣憂鬱呢？

故事漸漸展開，我們知道素芬才不過十七歲，她國小畢業，就學習做裁縫，十六歲時去臺北的一家頗具規模的時裝店工作。她的哥哥水木也在臺北市附近的板橋一家工廠做工，「薪水比素芬低，卻不抱怨，工作很賣力，心裏也有一套將來自己去打天下的遠景。」但是鄉村的年輕人到了大都市，脫離了父母的照顧，也擺脫了昔日禮敎的緊緊束縛，難免會「走入歧途」。素芬認識了一個男孩，水木發現「她好像變魔術似的，啪的一下，忽然長大了」。在水木覺得素芬年紀還太小的疏忽下，她同那個年輕人發生了關係，他的獲知此事還是接到素芬的限時信，說要跟那個青年結婚。作者沒有爲了，譬如說，討好一些讀者而寫他倆之間的來往，因爲作者知道這篇故事要寫的是這件事的後果，事情本身無重要性，他頗能控制故事的主從與發展。在較保守的小村中長輩人物之間，這自然是件頗不名譽的事。村裏長者看到水木和他的女朋友秀卿時，一個長輩人物和張有財談話時，實在是極爲諷刺的，話後邊隱藏著對素芬的輕視：「哎哎，要甚麼聘金，我們要娶不要聘金的才行啊！哈哈……時代不同囉，現今的少年人，攏總先在一起，肚子大了，再娶過門，要甚麼聘金？哈哈……」「阿水木，我們家裏窮，娶牽手要靠你自己，出去外面做事，若有較滿意的查某囝仔，你不要客氣，先給她下去，有身了再娶回來，人就是我們的了……假使對方到時不願意，就散散去，反正吃虧的又不是你，而且是伊們自己不願意嫁的……」這些話使得那爲父的張有財「呆呆的不好意思的笑笑」。但後面跟了一句「看樣子並不反對」，使讀者有些感到驚異。怎會呢？那他豈不是承認他的未來的女婿的作法是對的了？被認爲不再重視舊禮俗的年輕一代的水木的反應是「低著頭，不敢正眼看人」和「感到吃驚，這些長輩怎麼……」當然水木對這些長輩的不正經感到驚異。他們，作者說，不懂得男女之間的友誼，認爲男人跟女人就是那樣，所以他們認定水木和秀卿之間也早已不清白了。他們不是應該很重視這種清白嗎？否則怎會那樣地輕視素芬的「被人拐去騙去」呢？

我們看到張有財並沒有咆哮著責備女兒，他也接受了這一現實，審愼地處理這一現實。最後他向兒子說：「阿水木，你對秀卿要有禮貌，不可超過，你知道嗎？」他這一道德的警告，也許是由素芬的遭遇而激起的。但無論如何張有財代表著一種信念：己所不欲，勿施於人。

「金樹坐在灶坑前」的主人翁金樹是個貧農，我們先看見的是他的太太，她走在路上時，「踩在碎石路上那雙終年不穿鞋子的大腳，有許多密密緻緻的皺紋沿著腳背往上伸延。經年累月爲風霜所侵蝕的，她那張斑斑駁駁的臉面，此刻竟也稀奇的泛著一抹淡淡的蘋果紅」。既是「稀奇的泛著一抹淡淡的蘋果紅」，平時當然是蒼白的了。爲甚麼「此刻」會有這一抹的蘋果紅呢？原來是她要同丈夫金樹去看看送給人家的孩子，這使她很興奮，也有些擔心，「你想阿猴會叫我媽媽嗎？」孩子雖給了別人，畢竟做母親的仍然懷著無限的思念啊，這一句就把這些都表現出來了。

他們走到小鎭時，金樹太太的「隆起來像一座小山的腹部」引起了人們的注意，因爲「那麼老了，還……眞是！」她已經四十五歲了。在一家他們「熟識的小店」裏同老板娘的幾句簡單的對話，我們讀者知道她腹中嬰兒已有六個多月，這是「第十一個」，而他們的長子已經二十四，去年退伍，在臺北一家工廠做事。本來他們要買奶粉，但是沒有那麼多錢，只好買十五元一包的代乳粉。他們走進一家賣衣服的舖子，受盡店員的奚落，幾經選擇，才買了最便宜的一套淺黃色的童裝。然後步行兩小時，到了收養阿猴的人家。「這眞是阿猴的家嗎？」她眞不敢相信，「他們那麼有錢！」「我們阿猴命好，他會過好日子。」請注意金樹的太太用的「我們」，在她的想法裏，阿猴仍是她的兒子，她爲了阿猴的好命而喜悅。當他們看到收養阿猴的李開金夫婦的情形是怎樣的呢？禿頭李開金說：「當初我不是給了錢嗎？你們還來我這裏做什麼？」金樹的女人解釋說只是想看看孩子時，李開金說：「有什麼好看的？我們都很疼他。養得白白胖胖的，吃的穿的比你們好上許多，有什麼好看的？」聽了這話，金樹是「頭皮一陣發麻，身體猛然打一個顫」。孩子是看到了。當金樹的女人想去摸摸他時，孩子卻哭了起來。

「阿猴，是我呀！我是你媽媽呀！」

「什麼阿猴不阿猴！」禿頭李開金咆哮起來。「他叫進利，我們不取那麼難聽的名字！」

進利那小鬼只顧哭叫：「媽媽，媽媽，我怕我怕，她不是我媽媽，我怕！」金樹的女人越是哄他，他越哭得厲害。戴墨鏡的女人抱起他來，轉身就要走，金樹的女人著急地叫道：「妳等一等，請妳等一等！」

那女人回過頭來：「怎麼樣？把他嚇成這樣子，難道還不夠。」

頭一昂，不顧一切地抱著孩子走進屋裏。

最令金樹不能忍受的是他把給孩子的禮物要交給李開金時，他根本不伸手接，也不看一眼，卻說：「這樣好了，我再給你們一千塊錢，請你們以後不要再來了，免得把孩子嚇出病來。」金樹夫婦兩個爲了看看親生的孩子，借了錢買了禮物，人家卻不屑一顧，而要以金錢阻止他們再來看孩子，金樹當然是會「頭皮又是一陣發麻，隨即全身血管暴張起來」。後邊的舉止讀來使讀者挺過癮，但是金樹能這樣做？「他把禮物扔在地上，破口大罵，並且搶過那一千塊錢，撕得細細碎碎的，迎風一撒，許多花花綠綠的小紙片，就像一陣花雨，紛紛飄落下來，灑了禿頭李開金先生一頭一臉的。」人的自尊受到極端傷害時，會做出極端的事情。金樹的憤怒是發洩了。但如他背負著這屈辱和傷害而離開李家，金樹太太仍呢喃著祈求孩子的原諒把他嚇壞，也許在讀者心上產生更大的效果，博取更大的同情。這個故事，也就是作者標題爲「第一組構圖」的部分，結束了。

「第二組構圖」中寫金樹太太生了第十一個孩子，因爲年齡過大，恢復不易，下牀就喊頭昏。因此所有田裏的家裏的事都落在金樹的肩上，使他深深感到孩子多、養之不易的痛苦。雖然早已有很多人叫他們夫婦節育，但是金樹「不是聽不懂，而是根本不去搭理」，「用任何方法剝奪別人出生的權利，都是罪大惡極的」。這大概是農民的愚昧的一面。現在的問題是第十一個孩子該如何處理，割愛送給別人？阿猴那樣實在是幸運的，總比在家裏挨餓好得多。但阿乾伯來說這個嬰孩該送人時，金樹說他還要考慮一下。

就在這時，金樹從村莊後邊竹林裏走過，聽見鄰居閑談他們夫婦生那麼多孩子時，有這樣的諷刺的話：「……金樹可不在乎這些，孩子給人養，人家還會給他錢，又爽歪歪又有錢拿，還有比這種事更好的？」這些話使金樹頭上冷汗直冒，渾身像虛脫一樣，輭了。這種侮辱比他過窮困生活還難忍。怎麼辦？金樹決定叫大兒子天鼠回來商量。這一部分主要是描寫兒女多，活作孽。

「第三組構圖」裏寫金樹的長子天鼠接到父親的信叫他回家，他向工廠的領班請假。接著我們看到天鼠在工廠裏工作努力，人緣很好，老闆借工資給他，還有個穿紅呢大衣的女孩送他，替他花錢買車票，而天鼠對她的態度卻是冷淡與粗暴。天鼠想到父親爲了弟妹們的溫飽，終日勞碌，弄得「其視也茫茫，其髮也蒼蒼，其齒也動搖，其背也駝」，也深感爲長子者的重任。他本來有個女朋友，他們兩情相悅，只是因爲「由於女友不經意的說出一句不可原諒的話，嚴重的擊傷他的要害，使他像一頭發怒的獸，給了她幾個巴掌，便結束了那個故事」，以後他竟然不敢再戀愛，所以連這位如此專情癡情的穿紅呢大衣的女孩兒也推拒了，而且說的話是十分令人不能忍受的。他心裏的創傷如此之重，我們不難想到他的初戀的女朋友講的話必是使他無法容忍。後邊我們知道，她說他的母親「像隻母狗那樣善於生育」。穿紅呢大衣的女孩雖然說她不在乎這些，但天鼠認爲哪有不在乎這些的？所以他不敢接受她。作者彷彿告訴我們，天鼠的不敢戀愛，實在他是源於父母生育弟妹太多的關係。他在火車裏的那段幻想或胡思亂想中，雖然跡近荒唐，但也說明他在下意識中感到家中人口少，才能過幸福舒適的生活，因此想家裏的人坐飛機失事，死八個，得一筆賠償費，兩百七十二萬元，過高尙舒適的生活。

「第四組構圖」敍述天鼠到家之後，父子之間實在也不好開口坦率地討論這個重要問題，只好「對酌」天鼠買的一瓶米酒。作者用第一人稱使父子二人道出各自的想法。金樹也知道最好把孩子送掉，但他想到人家說他爽歪歪又有錢拿的閒話時，他覺得「我窮雖窮，志氣還是有的，拚掉老命，也要把孩子養下來！」還有去看阿猴時受到的侮辱，這些可如何向天鼠說明。天鼠所想的是「我們實在不能有那麼多的孩子，阿爸，你知道這對我的壓迫有多大？」在「第五組構圖」裏則是父子二人解決不了問題，每個人都張著嘴巴唱歌。天鼠是手舞足蹈的大笑，是莫可奈何的沉醉於幻想中：「大聲呼叫紅呢大衣的名字，在此刻，他完全相信，自己是一個擁有兩百七十二萬元的人」。金樹則在不知道做些什麼好，想了很久，決定唱歌，卻唱不出完整的一句，只好「儘量使自己相信他是愉快的」。這一篇雖然由「五組構圖」構成，主題很明顯，刻畫得也很生動，尤其是前兩個「構圖」。但後面的敍述中則因爲不必要的重複而嫌無力與凌亂。前面的部分完全是寫實的，客觀的；後面則多是作者通過人物們的嘴做些感情宣洩，在整個氣氛上說似不太協調。

「吾土」我認爲是一篇相當堅實的作品，它寫了馬家兩代的故事。第一代的創業者表現了那種爲了取得土地的不屈不撓的拓荒者的精神；第二代則爲了一種愚蠢的信念而把土地糊里糊塗地賣了出去，這個家族必然是中衰。很好的故事，也頗具深刻的意義。我們首先看到的是馬水生的賣地，地要賣給溪尾寮的陳水雷，專做土地買賣介紹的富貴伯——牛駝子，背地裏人們叫他「龜仔」。這片土地裏種的盡是芝蔴，再過一個月就可以收成了。買地的「肥番鴨」陳水雷頭一句就是「……其實，也沒有什麼好看，攏總是貧瘠的沙丘地呀！」買東西的人差不多都要把欲購買的東西說得品質不佳以壓低價値。在賣主馬水生看來，這不是單獨的一片土地，這是代表著馬家賴以生存的最後一甲多地，「往後便沒有可賣的了，一家二十幾口的生活……還有，爹娘的病……唉！」他又想到「阿媽阿母最大，做兒女的，怎麼可以丢下他們……再說，這些地也是他們帶著一家大小辛辛苦苦開墾出來的，沒有他們，怎麼會有這些地？……」爲了治父母的病，不能不賣地。這是「吾土」這篇故事的梗概，作者便一步一步來詳細解釋這些。買賣雙方的價錢爭執。在沒有議定好價錢之前，作者使用了「插敍」，敍述這片土地被墾殖的經過。「那時馬家很窮，沒有自己的土地，阿榮伯時常說，爲這一家的長遠發展打算，要想辦法開墾一些土地，有土地才有依靠。」但哪兒有荒地可資開墾呢？離海不遠的沙丘地上是保安林合歡樹，禁止砍伐，誰也不敢惹四腳仔日本鬼。後來在戰爭期間，馬阿榮因身體瘦弱，沒有被抓去當兵而留在家鄉給四腳仔種田。日本人獎勵種蓖蔴，阿榮伯利用機會，在保安林砍倒合歡樹，挖出一點點空地。那時十五六歲的水生跟著父親挖地，手都起泡疼痛。他父親給他上的第一課就是「不要哭了，我知道很痛，但是我們要忍耐。你想想看，我們就要有自己的土地了。」而阿栄伯的手上都是血，有的血已經乾了，變成黯紅色，有的卻還是鮮鮮豔豔的紅。而母親的手也是一雙血跡斑斑的手。這對夫婦雖然是以血來換那一點點開墾出來的土地，但是，十五六歲的水生看到的父母，「……並沒有我這樣愁眉苦臉的表情，反而有一種和平的堅定的淡淡的喜悅之色……」這種喜悅來自「我們終於有自己的土地了」和「有一天，四腳仔會被趕走，那時……」的希望。他們把「開墾出來的土地先種上蕃薯，再胡亂撒些蓖蔴種子，然後轉移陣地，離開幾百公尺，又挖起來。種蕃薯是眞，種蓖蔴是瞞天過海，卑屈的求生存的辦法。……」但這種「瞞天過海」終於被四腳仔發現，全家受了一頓辱罵和拳打腳踢。阿栄伯悲憤地說：「伊娘咧，我們自己的土地，我們自己爲甚麼不能開墾！伊娘咧，總有一日，不信你試試看，總有一日，你們這些四腳仔，幹！攏總要跳海！」阿栄伯還當場敎訓他的孩子們：「你們千萬要給我記住！今日的事，你們都看到了，你們不可忘記！我，你們的阿爸，今日，伊娘咧，向四腳仔下跪！你們，大大小小給我記住，男子漢，一跪天地，二跪神明，三跪父母，其他的，打死了也沒有下跪的道理！你們的阿爸我，今天爲了一家大小的生命，爲了我們的土地，向四腳仔下跪。你們不可忘記，什麼人忘記了，將來落了地獄以後，我還要找他算帳……。」「說到後來，他竟然泣不成聲！」這又是馬水生學習的一課，人要有志節。後來，臺灣「剛光復那兩三年，因爲四腳仔走了，一切又都還沒有上軌道，尤其在這窮鄉僻壤的地方，根本也沒有誰來講過什麼，所以大家都大大方方的把合歡樹挖掉，把土地墾出來，馬家人又多，又素有開墾經驗，就以原先開好的幾塊地爲基礎，向四面八方擴展起來，此期間又弄到幾塊「日本人的土地」，合起來就有好幾甲了。雖然有好幾甲地，因爲一家人都勤奮，所以又替其他地主種了幾甲地，一年復一年，田地裏有些收成，省吃儉用積下來，又拿去買地，過不久，土地政策逐一實施，三七五減租、公地放領、耕者有其田，眼睛一眨，做夢一樣，他們竟然有十幾甲屬於自己的土地了！」我引用了這長長一段，是爲了說明阿菜伯家的希望實現了，欺壓他們的四腳仔走了，土地屬於他們了。但是他們在後期獲得土地未免太容易了。作者說，「他們竟然有十幾甲屬於自己的土地了」，這「竟然」二字表示有些驚異的意思。但是好景不常，阿菜夫婦受了半輩子的折磨，小病積成大病，病了只知求神問卜，或是胡亂吃些草藥，最後他們患了肺結核，進醫院時已是「讓醫師搖頭的地步了」。這一輩的人沒有知識，不相信醫生，不住醫院醫療。後來有位陳醫師給他們打針，兩位老人居然是臉色紅潤，很是喜歡。陳醫師也告訴了馬家的人，「他打的是嗎啡，並詳細說明嗎啡的性質，功用，價錢，以及可能產生的後果。」而且說：「你們要想清楚，一兩年以後，就是破產了，問題還是沒有解決掉！」做爲一個醫生，我認爲陳醫師是無可責備的，他不是沒醫德的騙子，也不是存心要賺馬家的錢，因爲他先把一切告訴了馬家，這決定是應由馬家負的。馬家兄弟面對這「病無法治好，人也不會在短期間內死去，老人家又固執得不近情理，不肯去住療養院」的情況下，怎能「眼睜睜看他們痛苦地拖命」？我們知道馬水生和他的弟弟們是要盡孝道的，「只要能讓阿爸阿母歡喜再活一兩年，就會破產，也要笑笑」。一個兄弟說出這樣的豪語：「時到時當，無米煮蕃薯塊湯！」這話使陳醫生都「搖頭，長長嘆一口氣」。這樣打了兩年嗎啡針，十幾甲地就快打完了，而今賣到最後的一塊地。阿榮老夫婦自然不知道他們的兒子在賣他們以血換來的土地治他們那已無望的病，他們還無時不關懷著土地，和地裏的出產。他們經常同水生討論著田裏種植的東西。下邊一段寫得很平淡，但十分動人。

笑過一陣後，他母親滿懷憧憬的，興高采烈的說：「水生仔，哪一天我們卡好一點的時候，你要帶我們去田裏看看哦！我感覺，我們已經很久沒有去田裏了，這麼久以來，我們只有去過牛屎埔，因爲牛屎埔較近，你就只有帶我們去那裏，其他地方，很久很久都沒有去了！」

「對對對！」他父親的眼裏露出異樣的光彩；「你要帶我們去，用牛車載我們去，車上面可以鋪稻草，裝上車板，用棉被墊著，我們可以依靠在車板上，去溪尾寮，去草湖埔，去沙崙頂，一次去一處就好了。兩三公里的路，我們有法度擋得住！你不要擔心！」

說完，嘆了一口氣，尾音拖得很長，由強漸弱，終於無聲。他的身體一動也不動，眼睛怔怔的望著泥土牆壁，心裏似乎在想一樁極其遙遠的事體，說話的聲音，也就特別給人一種飄渺而不實在的感覺。「水生他娘，想想看，我們靠著棉被坐在牛車上，在樹陰下，慢慢的走，走去我們的田園……」最後這一句卻是堅定的，他說：「要死以前能再去看一次自己的土地，死也甘願！」

對於土地的熱愛，還有比這個寫得更動人的嗎？臨死前再去看看裏邊浸有自己血汗的土地，「死也甘願！」而他們卻不知道那些土地已經不屬於他們了——那些他們在防風林裏挖出來的一小塊一小塊的土地。

賣掉這些土地，兄弟們當然不免「黯然神傷」，但他們卻都有一種信心，就是也能像父母那樣，憑著勤儉打拚，還有力量重建這個家園。其實，在文章裏，水生兄弟們一番激昂慷慨的話，有力量是有力量，卻也是敗筆。如果不寫出這段表示信心的話，而讓水生站在屬於他人的地邊，「黯然傷神」之後，望望自己的手，暗暗許下重建田園的話，可能會更有力量些。

後來，因爲妯娌間的爭執，四弟媳大聲道出爲給父母打嗎啡而賣土地的實情。正在吵吵鬧鬧時，兩個老人家「各人拄著一根拐杖渾身顫抖的站在那裏」，而阿菜伯氣得拐杖都拿不住，罵著「不孝！你們這些不孝！」氣得令水生仔「跪下！」最後的話是「土地是我們的，我們辛苦開墾的，那是我們的命，你們要勤懇，不管怎樣，都要積錢再買回來！」他說的這幾句話才是有力量的。兩個老人自覺是自己連累了子孫，最後竟雙雙縊死。馬水生看到「雙手緊緊握在一起」的懸樑的父母時，恍惚間好像看到他們駕著牛車走在自己田裏，「緩緩前進，有說有笑」。也恍惚聽到父親叫他們把土地再拿回來的聲音。

這結尾寫得非常好。尤其是父親拄著拐杖出來時，連聲罵著「不孝，不孝子！」而水生兄弟們決定出賣土地卻出自眞摯的孝心。爲了使父母歡歡喜喜多活兩年，結果卻是使父母自縊而死。

我覺得這篇小說是寫得十分完整的。它的前景是馬水生賣地——最後的一塊，而把阿菜伯早期的艱苦奮鬥與兒子們爲了使父母能多活幾年而一次一次賣地的情形，這些都以揷敍方式穿揷其間，故事發展螺旋前行，愈來愈緊張。敍述時作者雖懷著極大的同情，但也常常有批評，像最後阿菜伯罵兒子「不孝」就是有力的敲擊。故事中最大的缺點是陳醫師已經告訴水生打嗎啡沒有用，而嗎啡是毒藥，也不能治療肺結核，爲甚麼選擇打嗎啡呢？如果選擇一個眞正的庸醫，或是求神問卜，以別的方式叫馬水生們耗盡家產，一方面強調了村民的迷信，不是會更有力量？

「僵局」是篇速寫，有強烈的現實性，反映了現在鄉村裏（其實是任何社會裏）存在的問題。故事很簡單。阿旺嫂過馬路時被一輛機車撞倒，路人把她送進醫院急救。阿旺是在田裏爲人打工的，騎機車者是賣菜輝仔的囝子，他是「無照駕車、超載、超速」。阿旺嫂傷勢不輕，昏迷了七個多小時。阿旺覺得像他們這種苦命人，命硬。有人叫阿旺「不要輕易跟他們和解」，有人叫他報警，阿旺卻說：「……無照駕車、超載、超速、要罰好幾千。輝仔嫂是可憐人，心腸不壞，替他省點錢也好。」阿旺眞是個老實人。他有個兒子雄仔，是個敎員（國民小學？），他請假時校長還對他說：「和解時要硬一點，不必同情對方，這年頭大家都會說自己很可憐。」雄仔到了醫院，他父親向他說的是「沒有什麼要緊……昨天問過神，吳府千歲說，等病情略有好轉時，就回去收驚。」而這家醫院的醫生似乎不太負責，雄仔建議換醫院時，他父親仍是那一套古老的迷信說法，「……收驚是先把靈魂收回來，再醫軀殼，才有用……要先收驚解厄……」

收驚的儀式是一般人所熟知的，作者也曾做簡單描寫（五九頁）。院裏熱鬧非凡，但阿旺嫂則「頭昏眼花，尙有欲嘔之現象，說話甚爲吃力……」雄仔是非不爲也，蓋不能也，只「傻楞楞地坐在那兒」。來吃的客人中有鄰長、族老、鎭民代表蘇某，不務正業橫行鄉里的輝仔的長子，氣勢浩大，來的目的自然是強迫和解的，條件是截止到那一天爲止輝仔嫂負責醫藥費，另送一千元，自第二天起，由阿旺自己負擔。阿旺支支吾吾莫可奈何地答應了。但雄仔不幹。要換醫院作檢查，但是那羣從地方上的重要人物到流氓，這是一個結爲一體的集團，統治著地方，阿旺在畏懼這種惡勢力的情形下，再加上一點兒對輝仔嫂的同情心，只有接受他們的條件。雄仔是受過敎育的，明事理的，懂法律的，但在那個鄉村裏，這些都沒有用。阿旺爲了要生存，必須有他的「處世之道」——屈服，正如他說的，「強龍不壓地頭蛇，你怎麼能惹他？」雄仔在這情況下，又能如何？他最後去看母親，母親的屋門被鐵絲扣牢，門楣上貼有黃色紙符。這時他只覺「一陣寒意從底下沿著背脊骨涼了上來」。他「頹然放下手。遲疑一下，最後還是把門推開。」故事完了，但這「涼意」，「頹然」，是否暗示他母親已經不在人世了呢？是否雄仔就這樣默默地接受了這些不公呢？當然作者沒有必要也不需要給予答覆，但是做爲讀者我們不以看完阿旺的接受一切爲滿足。

曾獲得吳濁流文學佳作獎的「跛腳天助和他的牛」裏寫農民跛腳天助愛他的牛的故事。開始時描寫天助誇讚他的牛，和以這牛引以爲榮的樣子，眞是活里活現。「像我這樣的牛，不要說八千五，就是一萬二我也必須愼重考慮！」說這話時，他「一個大巴掌拍在牛背上」，「那份得意勁，眞叫我錯以爲他那麼一個大巴掌就拍在他自家的胸脯上」。這條牛雖不像牛販子故意說得「兩眼無神」，「後勁不足」，「前腳膝間的彎曲太大，使不上力」，但這條牛並不是非常出色的，處處表現的是「十分疲累的味道」，但天助同牠有深厚的感情。這條牛當年有過輝煌的歷史，是牠維持著天助一家大大小小六七口人的生活。天助的工作是「迅速實惠」，「人又好，不會在小處跟人家計較」，所以人們都樂於雇用他。而今天助成爲跛腳天助，走路一瘸一拐的，他的牛「瘦巴巴的一副乾酸身子，一張老皺的皮面搭在骨架上，泛紅的眼睛總是拖著兩泡黃眼屎。」現在他倆都不行了。在賣牛未成之後，故事的敍述者和天助和村民大目旺到鎮上喝酒，天助是默默的，悽然的。酒醉之後，他不但話多且語無倫次，不停地唱起歌來，（我們記得，金樹和天鼠在無可奈何時也是唱歌的）。最好一次試鍊，「過了幾天，我的頭家要挖一個池塘，必須把挖起來的泥土運到河邊去……頭家雇了幾部牛車去進去搬運工作，跛腳天助也是其中之一。」

不行就是不行了，牛雖然很賣力地拉車，但「拉得氣喘吁吁的，嘴角白沫直淌，但也只是動了那麼一下，車輪卻越陷越深了。」天助這時是「揮舞著籐條，在牛背上兇猛的鞭打著」。他向故事敍述者說：「這年頭不好生活了，從早上拉到現在，才拉了四車，一車十塊錢，一天下來也只不過七八十塊，唉！一家七口，日子難啊！偏偏我腳又有毛病，這頭牛好像也越來越不濟事了。」他開始兇猛抽打他的牛，「他的心情由此可以想見」。「那頭牛眞的在拚命，牠的全身顫抖著，頸子上的鮮血一定還在汩汩流出。跛腳天助手上的籐條不住的在加急，吆喝的聲音也越來越大，牛的全身抖動得相當厲害。突然，車子震動了一下，叭的一聲，整個牛趴在地上，四隻腳抽搐得相當厲害，嘴裏的白沫一直往外流瀉！」這是這老牛最後的掙扎。天助去拉牠時，自己也「……前腳掙到一半，叭的一聲，又整個跌落下去」。後來，牛病了，天助「每天出去找草藥熬湯給牛喝，但牠的病情一直不見好轉」。在牛死去時，天助夫婦眞是悲痛不已，如喪考妣。天助與牛的感情完全流露出來。這時，故事敍述者說，「他跟他的牛是多麼相像啊！」和「使我意識到生活的獰惡面貌，眞叫人不寒而慄。」這結尾一句緩和了一些天助之悲痛完全是爲了牛，而是生活把他和他的牛壓垮了。這篇故事是十分傷感的，但它不是一篇好的作品，有太多的感情，較少的冷靜分析（如「金樹坐在灶坑前」中者），頗似是初期習作。

「扛」於民國六十四年獲吳濁流文學佳作獎，但不知是否這篇故事的寫作年代。如果是，在這個集子裏收集的作品，該是屬於後期者。同其他幾篇後期作品比較，較遜色一些。主角阿秉是個在趙姓大戶人家做工的貧窮的工人，應該是在農田裏工作的農夫，有時被雇去扛大厝，就是做抬棺材的。在性格上他跟「素芬出嫁這日」裏的有財、「僵局」裏的阿旺、「金樹坐在灶坑前」裏的金樹諸人有所不同，他不是個甘心情願的認命者。作者可能要把阿秉部分地寫成一個「人窮志不短」的傢伙。（我不稱他爲「漢子」，因爲他沒有那分豪氣。）正是新正月裏，剛破五，阿秉獨自坐在廚房乾草堆前飲酒，水牛伯，在趙大戶家做工頭，來到他這裏，要說服他，請他去爲趙跛腳抬棺材，任憑水牛伯說破了嘴，他都一口拒絕，因爲他恨趙跛腳看不起他，恨趙家兩個敗家子整日裏吃喝嫖賭，講話沒有分寸，對村裏的長輩也無大無小，全然是無賴的樣子。趙家父子的話最傷阿秉的心者是瞧不起他的貧窮。他雖曾暗地裏發過百十次誓，不再替他們做工，但是他家幾口人吃飯，不給人家做工怎麼辦？因此「什麼不順意的都往下嚥，一嚥一嚥的，就嚥了二十多年。這次趙跛腳死了，阿秉是硬起來了。」水牛伯聽過他發牢騷罵街之後，問他「扛大厝的事，你到底怎麼決定？」他毅然地回答：「我不去！」「不去，講不去就是不去，我不扛趙跛腳！」水牛伯告訴他每人可分到三百元，以這個不小的數字誘惑他，他說：「我不去，給我三千我也不去！」水牛伯無計可施，只好去找阿秉的女人，請她勸阿秉。阿秉的女人到廚房找到阿秉，先談別的，再引到扛大厝的事。

「喂喂，三百元，三百元眞多，眞好呀，三百元我們可以做很多事！」

「妳識啥?!我跟妳講，我不去！」

「不去?!三百元，爲什麼不去？」

「爲什麼不去?!幹，妳也要問？妳敢不知？……好，我跟妳講，別人，我去扛，不給錢我也去，這個跛腳仔，我不去，給我三千元我都不扛，就是會餓死，我也不扛！妳知不知？

嗯？——我阿秉今年五十三，兒子媳婦都很孝順，我不去扛！呸呸呸！跛仔死好，我一世人給伊做牛做馬，一直被伊壓在下面，壓一世人，壓得死死，嘿嘿，有一日，有一日我阿秉要把伊壓在下面，把伊壓得死死，所以，我不去扛。妳想想看，妳仔細想，今日他去了，威威風風去了，我怎麼可以扛？我阿秉，我阿秉一扛，不是又被伊壓在下面，到伊死了還要被伊壓在下面，騙笑，我不去，給我三千三萬我都不去扛，妳知不知？知不知！……」

他的太太聽到他這語無倫次的話，是「只要他說一點，她就可以知道很多」；她知道他喝醉了，她了解他的心情，所以把他要拒絕扛大厝和報復的話又一問一答地重複一次，使他能把壓在心頭的鬱悶發洩出來。最後他得勝似地說：「幹，說不去就不去，我死也不扛趙跛腳，妳聽到沒有？嘿嘿，有一日我阿秉，我阿秉死了，要叫趙跛腳兩個敗家子去扛我，哈，扛我，妳知不知，叫那兩個來扛我，我要把他們壓在下面，壓，嘿嘿，壓得死死！嘿嘿嘿……」

她回到大廳，見到水牛伯，告訴他說，明天待他酒醒後，一定會去的。但她開始說時語調肯定，咬字清楚，後來「變成喃喃自語了」。這不是失掉信心，而是她知道阿秉「一定會去」就等於他又屈服了，那一陣發作的反叛精神消失，使得阿秉又成為阿秉——扛大厝的阿秉。她再回到廚房，阿秉在草堆上，「鼾聲如雷」了。阿秉雖然誇耀著兒子媳婦都很孝順，他已經五十三歲，彷彿可以不必為生活而屈服於趙家的侮辱。但開始時我們看見他獨自喝米酒的情形，以及他太太說他欠酒錢五元和兒子三個月無信又未寄錢的情形看，他還要繼續「不順意的往下嚥」。

「散戲」是洪醒夫的幾篇故事中被討論得較多的一篇，主題很明顯，是寫歌仔戲的沒落，其情節比其他各篇都較複雜，它以舞臺上演戲和臺下兩種場景交織一起，雙線平行發展，也處理得非常完整❹。寫歌仔戲日趨式微的故事很多，在這些作者的眼裏，歌仔戲所代表的不只是一種茶餘飯後的娛樂，而是一種有深遠意義的文化傳統，今天有些熱心的尋「根」者從事歌仔戲的研究與提倡，就說明這一點。它也代表著過去我們的農村中的一種精神生活，因為這些戲裏所表現的多是我們民族的傳統道德，富有教育的意義。在今天的商業文明裏，獲得金錢利益是一種競爭的目標，為目的不擇手段，商業主義侵入農村，腐蝕了傳統的文化，面臨這種古老傳統的崩潰時，多少人會感覺到無限的悲悽與痛苦，一種令人抽搐的痛苦。這些，「散戲」都相當有深度地表現了出來。

「散戲」裏的主要人物是「玉山歌劇團」裏的幾位演員，他們是這個戲班子的班主金發伯、金發伯的兒媳阿旺嫂以及秀潔和翠鳳。「現在」這個劇團正在上演他們的招牌戲之一的「秦香蓮」，戲中分別由金發伯飾包公，阿旺嫂飾秦香蓮，秀潔飾陳世美，翠鳳飾國太。這是一齣無人不知無人不曉的戲。「散戲」開始時是：包大人大喝一聲：「來人啦，將那陳世美帶上來！」然後，前臺一聲應和，胡亂喊起堂威。鑼鼓喧天，鼕鼕噹噹響了起來。在後臺的秀潔「聽出金發伯的聲音裏透著幾分懶散，全沒有了青天大老爺的威嚴，喊堂威的也只是象徵性的乾吼兩聲，便歇

❹ 參看呂健忠的「析『散戲』」，刊「中外文學」第七卷第八期（六十八年一月一日出版）。

住」。這是秀潔聽到的情形。秀潔個人感到的是「戲演到這步田地，叫人覺得好笑，也難怪鑼鼓點子全亂了起來」，和「只怕金發早已提不起這個勁了！」一開頭讀者就立刻感到那「秦香蓮」演出時的「全亂了」。接著就是一步緊似一步，「秀潔懶懶散散地對著臺詞，她發現金發伯竟然忘詞忘得厲害」，「金發伯的神情十分頹喪」。簡單幾句話，把金發伯內心的痛苦刻畫出來。這不是「突然的」一次，因爲金發伯「早已提不起這個勁了！」暗示出後來敍述金發伯和他的劇團的遭遇，使他「提不起勁兒」。這次的觀眾，更是令人洩氣。秀潔「向臺前掠了一眼，像被什麼刺痛了一般，趕緊收回視線，低下頭，心裏隱隱作痛。眞是一目了然哪！臺前只有七八個觀眾，三四個上了年紀的老人家，携帶兩個五六歲的娃兒，另外還有兩個穿著制服在廣場上追著打著的學童」。從許多倒敍部分，我們看到當年「玉山」演出時的盛況，也看到「玉山」的一步一步被擠下臺。最令金發伯傷心的是「三年前金瓜寮大拜拜，新廟落成，空前的熱鬧」，三個戲臺演布袋戲、康樂隊的流行歌和「玉山」的歌仔戲。那一次金發伯爲了歌仔戲的前途做了準備，他精神抖擻，演員們「人人夢想著美好的未來」。但是「玉山」慘敗了，觀眾們被「十來個年輕的女孩，穿暴露的服裝，跳熱烈的舞」引了去。演布袋戲的也爲了迎合觀眾而離了譜。當我們聽到金發伯突然命令秀潔說「以前是以前，現在是現在，現在我叫妳唱，妳就唱！呵呵！唱！把他們唱過來！妳是最好的演員，是不？妳的歌喉最好！」秀潔一再躊躇後，這穿戰甲的岳飛唱起流行歌曲來。秀潔的內心痛苦是「她覺得她的軀體已經不屬於她了，一切的一切，都不是她的」。忠於歌仔戲藝術的老藝人金發伯「在後臺哭著叫著，拿酒瓶砸自己的頭」，以後就是「一敗塗地，從此一蹶不振，變成一個整天哼哼哈哈、喝酒、打盹、逢人便訴說『玉山』輝煌時代的故事的老頭」了。爲了生活，歌仔戲的演員們竟然淪落到表現「蜘蛛美人」，唱流行歌曲，其實做更下賤的職業。還有比這個使金發伯更痛心的嗎？一個代表著過去輝煌的傳統倒塌了。金發伯最後叫秀潔好好演一場「精忠岳飛」，唱出最後一支垂死天鵝的歌。然後「……做完這一場，我想，『玉山』是應該解散了，大家去找一點『正經』事情做，好好過日子，從此以後，誰都不要再提歌仔戲了……」在金發伯說這話之前，「玉山」的靈魂演員秀潔也做了決定，「回去跟年邁的父母學種田，將來不要太挑剔，找個安分勤懇的種田人嫁了，生幾個孩子，好好教導他們，也不必規定他們必須有什麼大成就，只要安安分分做人，不學歌仔戲就可以了。」別的人也早對這種歌仔戲失去信心與興趣。金發伯的兒媳阿旺嫂——秦香蓮原本該在臺上唱戲的時候，聽到孩子哭，「慌忙下臺去了」，她「竟然」帶著她的孩子去冰店吃冰去了。金發伯被迫刪掉包青天和秦香蓮的最精彩的一段戲，直呼「來人啊！將那陳世美搭在鍘口上」！叫金發伯還說什麼呢？從臺上到臺下，都宣告了歌仔戲的死亡之降臨。

「散戲」裏寫歌仔戲的衰微是受到外來的壓力，就是穿迷你裙的熱情跳舞和色情的流行歌曲，這些代表著的是打破墨守成規的形式主義，迎合觀衆的低級趣味，這是所謂的「大衆文化」，這種文化雖然能「普及」，但商品化和感官化卻拖著文化走向庸俗，「高超與精緻的文化」被擠得無立足之地。

在這個集子裏，還有「神轎」和「人鬼遊戲」兩篇實在是遊戲文章，似乎並沒有多大意義和藝術價值。我對洪醒夫的這幾篇故事的整個印象，他也和當今許多年輕作家一般，運用語言文字的能力比起前一代的較老作家要強得多，他已經能隨心所欲地操縱著它。他在寫作技巧方面也很注意而不只是單調的直線的平鋪直敍，對於事件的選擇，也能和主題配合，或使人物突出。不錯，我們必須承認這些。但是在典型人物的創造方面，卻是令人失望的，每個人物寫得也許很有趣，甚至很逼眞——大多數的小說人物仍是作者拿來作他的觀念之傀儡的，但不是典型，也就是缺乏普遍性。故事中的人物不必非是在某些方面特殊的人物，平凡的人物的平凡言行也會具有感人的力量，讀一讀契珂夫的短篇故事，看一看佛克納的「兩兄弟」那篇小說，就不難了解。此外，當今的——包括洪醒夫的——作品似乎都注重在使故事迷人，而缺乏內在的精神——也就是作品的靈魂。這種內在的精神源於作者本人的思想感情，將這些注入作品中，才能使作品成爲活的。在此，我想再度介紹葉石濤那本「臺灣鄉土作家評論集」供作家們參考。在討論到作家的基本條件時，談到作家各方面應有的修養，頗具見地。

論宋澤萊

1

去年暑假，我曾計畫寫一篇討論現代小說的文章，所以曾請幾位平時卽對年輕一代小說家特別注意的朋友爲我列一個名單，推薦幾位最具代表性的新作家和他們的代表作品。有好幾位朋友提到了宋澤萊，到那時，孤陋寡聞的我還不曾讀過這位作家的任何作品，而且我直覺地想，這位新出現於文壇的青年，大概是屬於一般人所說的鄉土作家吧。後來我看了「小說新潮」第四期上他發表的那篇「婚嫁」，才知道他並不是位寫最流行的農村卑微小人物或工廠女工的作家。直到最近，讀了高天生的「乍見的曙光——初論宋澤萊的小說」❶，才知道他早已經開始寫作，早在

❶ 民衆副刊，民衆日報，六十八年一月二十四日、二十五日連載。

作品多發表在「中外文學」，而那時期他在作品中所表現的也多是，如高天生所說，「充滿愛慾糾纏，死亡夢魇和陰鬱冷澀的暗影」的「虛妄世界和虛妄」的人，是被籠罩在那個年代裏流行於一般作品中的荒謬的氣氛裏。朋友們向我推薦的宋澤萊，當然不是這個時期的宋澤萊，而是「打牛湳村」❷的作者的宋澤萊。在這篇文章裏，我所討論的便是自「婚嫁」始，到「糶穀日記」❸裏的那些作品。

2

「婚嫁」這個故事發生在雨花鎮，「它座落在過往大都會的一個峽谷裏」，它不是一個山窩裏落後的小村落，因爲「以前東方的統治者曾住在這裏」，而且又「以雕刻著名，昔日曾是家庭飾物和裝潢的名產地」，故而產生過富有的林姓大家族，但在「迭次的土地變革中，他們的親族便沒落了」，沒落貴族的後裔，常常會遭遇到悲慘的命運，他們不能適應貧苦的生活，精神上自然感到莫大的壓力，尤其是那些有「高貴的、闊綽的丰姿」的美麗的淑女，要保持原有的大家

❷「打牛湳村」是六十七年九月由遠景出版社出版的。

❸在讀「糶穀日記」時，這本書尚未出版，我看的是刋於「前衞叢刋2」號中者，另兩篇「花鼠仔立志的故事」、「糜城之喪」則是向遠景借來的原稿，故文中引文時不注頁碼。

風，在別人的眼裏就成爲「一種矯飾、做作」，「富家子弟」不把她們視爲「門當戶對」的結婚對象，而她們自然也不心甘情願地嫁給卑下的農家子弟。這個故事的女主角林芙蓉對這種遭遇產生了憤怒：「怨怒自己這個無用的家，更進而遷怒了整個古鎭所有的人」，這種怨怒使她拒絕「還算有錢的子弟」而「在自棄中，她便選中了一位貧窮而平凡的人家，沒有嫁粧、沒有產業、沒有婚儀，嫁了他」，便同丈夫遷居到城裏去了。臨行時，憤憤地說：「沒有成功的一天，我當然是不會回來的。」她的那位貧窮而平凡的丈夫是個怎樣的人物？作者沒有做任何介紹，只說「但後來，在輾轉中，他們加入了教會，在教友的攀引下，她漸漸地有了產業。」有了產業，在今日的社會中，自然就有了社會地位，就是成功了。成功之後，林芙蓉當然要錦衣還鄉，洗刷以前的屈辱。

她回到故鄉，是來炫耀。而她的歸來，也使這個小鎭轟動了。她回來是爲女兒富美的婚禮，她爲女兒選擇的丈夫是個日本青年，嫁給外國人，在鄉村裏舉行西洋式的婚禮，婚禮之後是「舞會正値熱烈，廳堂的歡笑震動了古舊的宅院和春的靜謐」，林芙蓉感到快樂與滿足，她終於報了仇，補償了她那「沒有產業、沒有婚儀」的侮辱。富美的婚禮是由外國牧師主持，拉著新娘的紗衣的是兩個外國的小孩，中國籍的牧師說的是外國語文。我們可以想像到林芙蓉在那麼多的鎭上的賓客的羨慕注視中感到的安慰了。

但是我們聽到她那年老的母親嗆咳著說：「……我們家都羨慕妳去城市，但妳不該辜負妳的父親」，和么妹捶著母親的背說「爹去世時，就只有妳沒返家啊」時，就給林芙蓉一種使她難以擔當的道德的批判。當她說「唉，我說過，不成功不回家」時，么妹說，「大姊總是這麼說，但什麼是成功呢。嗯。」這聲「嗯」不是對林芙蓉之爲成功而忘親情發出的一聲抗議嗎？當她送女兒在公婆丈夫的照護下乘船去日本時，她的女兒流著淚說她怕，說「我有著被迫、被賣的感覺啊！」時，她不能分享與理解母親向她說的「妳當然是榮耀的，妳嫁了外國人，去到一個富足的國度」。林富美的「被迫被賣的感覺」是對她母親所追求的虛榮與成功所做的有力的控訴，具有道德的撼震力。作者在做這種批判時，沒有誇張，沒有渲染，這幾句簡單的對話勝似憤怒的指責。

在女兒的婚禮之後，林芙蓉和她那「頸上掛著相機的丈夫」漫步於田間，這對久居都市的人浸溺在那鄉野的恬靜中。作者像一位田園詩人般這樣描寫著鄉村美景：「傍晚，斜斜的陽光照在向西的坡地上，使古鎭埋在一片金黃的光焰中，濕漉的整片谷地在山木的蔭影裏甜蜜的靜思，溪流和種植的山坡此刻是蓊鬱繁茂，蘆葦並排地抽長了綠青的長葉，陌田上都長滿蔬菜，在泥濘的大地上散步著多隻的牛羊，偶而驚擾，許多的白鷺便在風中飛翔而起。」已經不爲貧困與屈辱所苦惱著的倍受鄉親們尊敬的林芙蓉有閑暇心境來欣賞這種大自然的「不變的景緻」，也使她「懷想起苦難的二十年，不禁輕輕地把心情推向淒愴的境地中，這淒愴使她感到人情變化的空虛，而後她便用著事業、兒女的成就和歸向上帝的愉悅來塡補它，終而她便陶醉在聖潔的充實中了」。這一小段描寫林芙蓉的心理變化雖然很簡單，但卻十分中肯，在這不變的自然中，她暫時地拋開那財富帶給她的榮譽和滿足而「輕輕地」感到一陣空虛。繼刹那的悽慘之感後，她遇到仍在泥濘中種田的兒時朋友譚地，譚地對她的「崇敬」再使她憂鬱地嘆息地說：「譚地，鄉鎮畢竟是不能再住下去了。」爲甚麼崇向都市中的繁華富貴的林芙蓉要「憂鬱地嘆息地」呢？是憐憫仍在鄉間受苦的譚地們還是感到（雖然是輕輕地）榮耀和財富不過是虛空呢？她的心境此時可能是極爲複雜且矛盾的。

整個說來，「婚嫁」是寫得相當成功的，雖然在寫婚禮的儀式那一景過於繁瑣了些，而使林芙蓉同老母么妹的相會則顯得單薄了，實在說，作者如果把婚禮的熱鬧與林芙蓉感到的榮耀和她的老母在二十年中所受的苦難與思念她的心情做一強烈對比，這篇故事會更完美。

收於「打牛湳村」和「羅穀日記」裏的短篇故事中，還有些述敘在外創業重返故鄉而目睹改變的鄉村情景者，這些故事並不只是描寫那些受到榨取而忍氣吞聲而無可奈何的農民的。在「我看到櫻花樹下的老婦」裏，背景是「海拔一二〇〇公尺的翠玉環湖」這個「位於福摩莎中部的一處風景絕佳的勝地」，這地方自然成爲遊覽的絕好地方了。旅客中的一位林君，便曾經生活在這裏，他向故事敍述者說：「在翠玉環湖。我年輕時曾住過那裏。日本人在那裏開張著溫泉。日本人走後，我在那裏工作二十餘年，幾年前，我才離開。於今想來，這地方原來是我的故鄉啊！」這位「在山下的成就實在非凡」的林君仍舊懷念著他的故鄉，想「回來……看看我以前那些親朋，還有那幾位替我看管溫泉的小孩是否長大了」以及「那裏更有一種令我懷想不忘的景緻」，就是「一大片生長在温泉區的櫻花」。林君返回翠玉環湖是懷念這兒優美風景——現在是「經過一番彫琢所構成的觀光區」。他們到了林君以前自己經營的旅社時，首先被一個賣水蜜桃和香烟的吸引住了，那個人不過是個「頭髮已經黑白相間，缺了牙，懷著身孕的老婦人」，這位「老」婦人「有一張十分姣好的臉，只是在缺牙和白髮間顯得驚人的衰竭」。看起她，林君甚為驚訝，「那不是池阿紅嗎？」繼而又搖搖頭。「不對！不對！她不是池阿紅，這是一個老婦人，我一定把自己弄糊塗了，阿紅今年不過十八、九歲罷了！」當林君在以前自己經營裏的旅社裏同旅社當今的老闆談到「時代不同了，平地在近幾年，有著異樣的繁榮」，且林君以前雇用的小孩「長大了，都到平地去了」，林君問起阿紅，使林君「因驚訝而震動起來」的是阿紅就是那個滿臉衰竭相的「老婦人」。池家在這兒也許不能算是具有代表性的典型農家，但是以她家為例也可說明農村中部分辛勞農耕者的悲慘命運，正當「平地鄉間農植凋頽時候，大批的人遷往城裏去了，池家便遷進這山地來，想渡過水稻價格低廉的困境」，他家做「種水蜜桃的佃戶」，但在「這個以交易為主的工商時代裏，運輸事業卻以其日益重要的功能而支配了整個農業生產」。在海拔一二〇〇公尺的水蜜桃產地，「成為生產容易而交易困難的地方了」，池家把水蜜桃挑到市集後，「但剝削使他們苦惱」，剝削他們這些人的當然是中間商人。於是他們便陷於困境。池家可是「人口旺盛的家族」，孩子們只受過國民教育之後，便去平地的城市裏去做童工了。當時的池阿紅在林君的照顧下，在温泉區當一名小服務生。當她十五歲那年，遠行的池家的孩子們「光榮地」回鄉，池家也光彩了一陣子。實際上這些流浪在外的孩子們生活得並不理想，不能在經濟上幫助家裏，池阿紅便負起養家的任務——池家仍是「人口旺盛」的。雖然她長得很美，但在這山地裏美麗並不是女人的最有價值的資本啊，養育孩子使她在不過十八、九歲的時候（實際上應該不只十八、九歲，她十六歲結婚，已是九個小孩的母親，卽使有一對雙胞胎，也來不及呀）便衰竭了。林君和他的朋友——故事敍述者——是來這觀光區的優美風景中享受一番大自然的寧靜的，但他們所見到的卻是池阿紅這個可憐的女人。他們兩個湊了些錢轉交給那老婦，第二日便下山了。山上風光雖好，但也是在櫻花香中居住著這些旅客們常視而不見的悲苦人家啊。

在「娘子，回去未曾開墾的那片田」裏，我們看到一個熱愛土地的死硬派——火盛伯的面貌。故事開始時，這位火盛伯已在鎭裏被貨車撞死，屍體已運回故鄉，準備下葬。就在這準備出殯的前夕，我們主要是通過村幹事而被村民尊稱爲幹事伯的眼睛和耳朵來看來聽有關火盛伯的一生的故事。年紀和火盛伯相彷彿的鐵城簡單地講到他和火盛被日本征去到越南紅河邊上打仗，他們在戰爭中表現的英勇連那些自大的日本仔都得佩服。那時火盛就「總想到要一塊田」，因爲「火盛仔的父母是長工，就幫著人家種田鋤草啊，他們死時，沒留下什麼給火盛仔，而他也是一直做長工，直到他長大」。戰後返鄉，「……聽說臺灣光復要行耕者有其田。好消息呀！我會分得一塊地，是我的，用力耕田呀！用力耕田呀！我就有好日子。火盛是癡癡地對我（鐵城）說了。不久他就討媳婦了。很辛勞在度日。後來終於買了那大片地，火盛是很賣命地耕。……」火盛的老伴向幹事伯講他們的生活時，也強調地敍述火盛對他的田地的固執的愛。她說：「老伴是對那農事很愛好的，未娶我過他家門前，他便掙了那塊地，但迄今也只闢那幾畝水田，大部都荒著呀！」火盛姆想賣掉那片不毛之地，因爲「渠水够不到那兒，地勢高，早就旱在那裏。我婦人家三番兩次也想闢了它，就是沒法子。」火盛伯徹底反對賣田地，且因此對老伴兒頗爲不滿，他曾同兒子金生說：「但是，但是，你母親是串通著別人來謀害我！」「要記住啊，田不能賣，金生，你要承繼它，用力地耕田呵！用力地耕田呵！」因爲要把他那塊未墾的田築柏油路，所以火盛反對甚麼社區建設。火盛曾對一個叫全旺的後生（他曾目睹火盛被撞死）說：「是的，那麼，首先你要多買幾畝田。……努力去翻那地皮，你就會挖到黃金。努力種田呀！努力耕田呀！……」火盛因案（聽說是販毒吧）入獄十幾年，也許他因此不知道他生活其間的鄉村也在改變，在步向現代化，在從事社區建設，耕耘機代替了水牛，年輕的人們也離開「努力耕田呀」的生活。他的兒子已是「唸高中，讀大學，考高考，現在是鄉公所的財政課長」的知識份子了。他當然不能理解他老爸爸的那種「從此我們不再是長工，我們是主人。人要有榮耀，有身世、有光輝燦爛的人生，要奮鬥，努力耕田呀！努力耕田呀！這樣你便會成功。」的人生觀，而火盛死後，他那塊旱田恐怕就要改修柏油路了。

宋澤萊似乎很喜歡寫一些鄉村裏的傳奇人物，像「港鎮情孽」李甲和名妓罔市的故事，一個「……充滿旖旎，充滿恩愛情仇的俠義盜晦、胭脂軟紅的故事」，使人「懷想起人世間冷暖哀樂的往事」。而今李甲是個十分古怪的佝僂的老人，「拄著一支枴杖，每走一步，枴杖便向前伸出，在地上碰出『咔咔咔』的聲音，然後一隻腳才慢慢跨出去，他曲弓著背，在陽光下像一隻老去的貓」。二十年前，他「年輕、瀟灑、頑強，集無賴、瘋狂、凶蠻、義氣於一身的船長」，生活得像「海上帝王」一般；罔市則「是歸屬於舊時代的一個奇異女子」，由唱歌仔戲而下海做酒女而逐漸成爲T港名妓，曾到北部爲人妾，又被一次一次地轉賣，在北地曾大大地出名，「許多人爭相來搶奪這個薄命紅顏的女子」，染得一身病毒，才又回到T港。病癒重操舊業，她竟因爲在北部結交過政要巨商而引了更多的人，但她內心已經厭惡這些濶綽的只知遊樂的旅人，她變得感傷了。李甲，這海上帝王未能同名妓罔市結成一對幸福的夫妻，罔市最後竟又找上了原先遺棄她的世家子弟，又被棄被轉賣。李甲則北上，找到罔市墳墓，痛苦一陣，遂殺死那世家子弟而被判入獄，而今出獄，垂垂老矣！這個故事也可能取材於流傳於甚麼地方的故事，但沒有多大的意義。

「金貍港的故事」就不同了，它主要是強烈地諷刺一羣追求幻象的自命爲藝術家的年輕人。金貍港是南部的海村，一度曾是「異象而健美的天地」，但今天這海港也因爲「許多的海人隨著經濟的變遷，紛紛離開這個村港，青年人在追尋他們的幸福、歡樂之際，都留在百里之外的大都會了」，昔日的光彩早已脫落，恰在此時，一大羣「男的大半是長髮短髭，穿著塗滿顏彩的牛仔褲，女的垂著伊們柔美的髮」的藝術家「幾乎是跳著的來到這裏」。他們要尋一個大房子，能看得見海洋的，村民領他們到一座四周是檳榔樹的古老的宅院，這個宅院是頗爲陰森森的，到處是結滿蛛網，而且有「包著紙錢的香囊、古人的綉花鞋，更有一回，在牆隙裏搜出一叢女人的頭髮」等等稀奇古怪的東西。在這羣藝術家中，小鈴生病了，因爲她的情人在一次賭氣中離開她同到金貍港，她就生病了，她來這兒是爲了同這負心人見最後一面，因爲她自覺不會活多久了，「只因她把生命都繪進了她的圖畫裏了」。小鈴和她的男朋友分手時，曾有這樣的一段對話：

「我要離開你們。」

「爲什麼？」小鈴姑娘問。

「我終歸要走的。」江黎說：「離開你們的歌唱和繪畫。」

「我們在一起很快樂。」小鈴姑娘說：「我們是大人物呢！」

「恐怕是的，但恐怕也不是。」

「一定是的，」小鈴姑娘幾乎要哭泣起來，說：「我們在創造一個新世界啊。」

「哦。」江黎憂鬱不堪了。他撫動她垂長的黑髮說：「我不配你們吧，我在思念那些明亮和星光的夜裏漁火，還有粗礪著手腳的海村姐妹，每年他們都會努力地營建幾棟新的屋宇在海邊。」

江黎不了解他們的「追尋幻想的藝術」，不了解他們的「創造一個新世界」，不了解高更和梵谷；他所戀戀不忘的是手腳粗礪的海村姊妹們在現實中的努力，在海邊建造幾棟新的屋宇。來到金鯉港的藝術家們所租的大屋子——這也許是象徵著他們要追尋的幻象吧——卻是建造在荒塚地，是個因爲墮落而沒落的家族所棄的宅院，屋裏曾有「老太婆就在廂房裏的横樑上自縊了，吊了幾個禮拜才被發現」，幻象的世界，是荒涼，是死亡，是陰森森的世界。

住了一段日子，小鈴的病愈發嚴重了，但他們不願離開金鯉港，他們相信奇蹟，他們要等待奇蹟。在一個颱風夜，他們期待的傳說中的鬼船出現了，而那鬼船上的「幾個碩壯的海人，由於整夜和風雨奮鬥，他們終於成功地渡過了海難」，其中一個便是「他們失去已久的江黎」。這該是這羣追尋幻象的藝術家們的啓示，江黎才是賜予他們的藝術的力量，江黎所愛的是「這裏和遼濶的海洋」。從任何方面而言，這篇寓意相當深的故事都比「港鎮情孽」好得多了。

宋澤萊似乎喜歡零星地把前一代在第二次大戰時於南洋作戰的情形穿插在某些故事中，做爲點綴；因爲這些聽來的經驗並不太眞實感人，所以大半都不具有重要性，只有在「最後的一場戰爭」裏作了較詳盡的敍述。這篇故事的寫作方法也相當特殊，就是把兩場戰爭交替地敍述：一場戰爭是競選立法委員，另一場則是爲日本軍閥作毫無代價的犧牲。但這兩場戰爭的並列敍述，似乎並沒有必然的合於情理的聯繫。故事發生的地點是在鹿港，故事的主角是做里長的福壽伯，故事開始時他的妻子臥病在醫院裏。她已經「……兩個眼珠翻在上頭，痛苦得嘴唇扭了，乾癟了，病毒把她的血色整個吃光，臉龐蒼白了，灰黑色，生氣都走盡」，但這個結褵三十年的老妻「還是相信丈夫是個偉人」。所以在十一月一日（作者沒有交代她是否病癒出院）他那當教員的妻回到家就說：「好消息。福壽仔，跟你商量好嗎？你去報名參加立委的競選。」福壽覺得自己「都老邁無德了，又才只是個里長，」怎能去競選立委呢？但他的妻子要他為「那些十八萬的袍澤盡點心力」，協助臺胞軍伕討回日軍軍郵。「到時軍郵討回來了，大家都高興」，於是福壽就張羅了些錢於一週後去登記了，隨之展開了在鄉村中的競選活動。作者在簡單地介紹了福壽的妻對兩個戰爭結束未歸的哥哥的懷念和為教育獻身之後，接著就說：「只是頑強的妻，她還是忘不去過往的事，競選的事，他是再再深思深慮的，就因為妻一再提醒，卽使不當選，但只為那些人盡心意便够了。」可能因為福壽的競選政見是為協助臺胞軍伕討回日軍軍郵和他太太的頑強地不會忘掉過去的事，使他不斷地回憶起當年他和許多同鄉被日軍徵調去南洋作戰的經驗。「……但是一切競選的事情，他都是陌生的。那情形就像第一次離開高雄，奔向婆羅洲的基地，巴士海峽的海路也是茫茫的、寬闊的、沉匍的，一時使人不知所措」，這和他的參加競選的心情一樣？就這樣作者把兩個戰爭相並敍述。這種對比的寫法如果處理得很適當，一定會獲得很成功的效果，否則便會陷於凌亂。兩個事件的並列，它們之間或相似或相反，如何把它們自然地聯繫，這種對比並列要使讀者產生怎樣的印象或感受，應該是作者細心考慮後再加以安排的，不能使兩條線平行發展，永不相會。意識流技巧中使用的自由聯想實際上也不是自由的。我們就以第一章的後半部分做個例子吧。作者在說過「但是一切競選的事情，他都是陌生的。那情形就像第一次離開高雄，奔向婆羅洲的基地……」後，便這樣安排：

〔**過去的經驗**〕「一九四四年七月，那時他還是三十出頭的人，日本的徵集令下達過來，他便以受雇爲石油開採技師的名義來到高雄，與三十幾位伙伴一塊接受訓育，準備前赴日本海軍一〇一燃料科打拿根支廠，他們耐心地等待著出發的日期。」後面所寫的是這些人候船時的生活，對戰爭的反應，在船上的情形，運油船和糧船爲魚雷所擊中，福壽和火盛們的船則「並未受傷，那顆魚雷是打在旁船上」。

〔**現在的行動**〕「病院到了！司機回頭過來說。把方向盤一帶，在廣場前兜一圈，停在省立彰化醫院的階前……」福壽是來醫院看他妻的。但醫院前人潮不停地擠，有人給他照相，記者問他太太的病是否影響他的競選，請他發表政見。「好奇的人都從馬路圍上來，熙熙攘攘，就像非島岬角上的那個混亂的早上。」

〔**過去的經驗**〕「海灘的隔天清晨，」發現船沉了八艘，三十幾個人失蹤。搜索的結果，不見火盛的踪跡。「中午他們來到秀麗的凉爽的菲律賓小富士山，沒有一個人提起興頭去玩耍。」

〔**現在的行動**〕醫生告訴他說初步的鑑定好像是肝病。

整個故事便是這樣發展著。我們似乎看不出競選爲什麼是「最後的一場戰爭」，可能對福壽說是「最後的」，像第二次世界大戰爲日軍作戰般，但他的競選也是「毫無代價的犧牲」嗎？我們不禁要問，這兩個戰爭有甚麼相似嗎？

宋澤萊的作品中被人們討論得最多的當是「打牛湳村」和「糶穀日記」，因爲這兩個中篇是最具現實性的作品，討論了近十幾年來農村裏的很多嚴重的問題，其中最値得注意的一個就是中間商人對於農民的剝削。其實這牛湳村的故事裏不只是刻畫了當今的農村問題，也相當成功地刻畫了幾個人物。

3

在「糶穀日記」裏，作者這樣簡單地介紹了這個村莊，「一般說來，打牛湳的這所村子是不能算小，五六百戶總是有的，因之莊頭莊尾就相隔了好一大段距離，人們的往來便也分段成羣，比如村尾粿葉樹派的人大抵是那一周圍的人，而且大抵都是比較窮的。又比如莊頭的大道公廟派都是大戶人家，比較上是有錢有勢的。至於莊中央的這個理髮店則因了與時代沾上一點兒關係，所以風氣是開放一點的，喜愛在生活之外添樂興的人就聚在這處。」與打牛湳村相隣的村莊都比它富庶，跟它關係較密切的恐怕是十二聯莊，這兩個村子共有一所國民中學。打牛湳村中央有村活動中心，不過村民的活動仍是以在大道公廟者爲多。這個村子裏廟宇最多，不下幾十座。由打牛湳往西，就靠近海邊了，那兒一片沙地，居民多以種蘆筍爲生，在那叫沙仔埔的海村中則盛產蚵仔。打牛湳的附近應該有個比它繁榮的大鎭子，那裏有家供人們享受樂趣的鳳凰茶室，不過打牛湳村的人還是喜歡祕密賭錢，警察就常到粿葉樹下放風聲，說賭博要受取締，那麼打牛湳村也應該有警察派出所了，可能在村頭罷。除派出所外，自然還有公家的機構，因爲這村子裏有「公敎人員」——他們享有免於環境大淸除的義務勞動常使村民不服氣。在村頭居住的大部分的有錢有勢的人家是被稱爲「三牛」的三大家族李鐵道、村長王犂和林烏。林烏家最有錢，但自從三七五減租之後就舉家遷往城裏去做大企業，他的兒子林白乙在「糶穀日記」裏曾出現於打牛湳村，等一下我會再談。在村中央村活動中心旁開理髮店的林鐸原也是大家後人，他「父親曾任過保甲」，「但年少時他的父親是喜愛漁色的，光復不久，生活浪蕩，旱楞楞的大片土地總是存活不了幾根稻子，最後田產就都賣出去。現在老耄，花柳病極其嚴重地在他瘦瘦的身體裏發作。前幾日便在頭蓋上釘著一根生銹的釘子，病癒後，便花了一大筆很大的醫藥費……」林鐸，這個「有個胡瓜樣的臉龐，一腮的鬍子，五短身材，若逢著較高身子人的頭，他都得引頸企望，像陀螺一般地團轉起來。」他的理髮館的生意不佳，趕不上城裏有馬殺鷄者，於是他「就買了幾分的田，勤快地耕作起來，如果有一朝理髮店倒了，種田總可資補助」。村長王犂是個放高利貸者，我們在「花鼠仔立志的故事」裏看到的王村長是極嘴饞愛吃的人，「凡欠債的人只須請他家人吃一頓，債務便可以拖一段時間，這例子慢慢變成打牛湳的法律條文了」。村長的兒子卻不是好惹的傢伙，他常帶著打牛湳武術館的好漢去討債，態度十分蠻橫。李鐵道是極特別的人物，他沒有像別的地主那樣在實行三七五減租後到城裏去搞大企業，他留在牛湳村，他「不但還種田，並且彷彿愈種愈起勁，也不分家，子弟也愈來愈多」，村人雖表面上稱贊他，背地裏說他「憨頭腦」。他有兩個兒子，老大旺根「年紀四十歲了，一生辛苦操勞」，留在家裏種田。老二國城不大孝順，駡他父親「老番顛，目盲的人啊！看不清時代！」主張分家，所以不爲李鐵道所喜。旺根有個十七八歲的兒子，原來在一個商專讀書，和一個女同學生了個孩子，如今女家告到李鐵道家來，衞道之士李老先生認爲這樣背德的事有傷他的尊嚴，他要把這「這樣敗壞家風的子弟」活活燒死，他的兒媳婦們求情，大兒子求情，甚至隣居們也緊張起來，一度競選鄉民代表而落選的體面人物李清煙也來求情，但李鐵道不饒他，「我李家斷然不是這等衰的，我沒有這款樣的後嗣。」最後還是二兒子國城走上去，救了他的侄兒。「燒什麼燒！他可是活人，你硬要把伊變成死人，這是什麼社會，判死刑都得一番訴訟，容得你胡來！」國城還說，「我早說我們還是分家的好。如果分家，像這樣的事阿爸也不用管，我們自己就會處理。阿爸已經老了，該讓小孩飼你才對。」李鐵道直氣得連聲大駡「孽子」。這些屬於大道公廟派的人物在打牛湳村是最有分量的人物。

居住村尾的被稱爲是粿葉樹派，他們「大半是最愚勇的一羣，一向是最沒有近代政治的知識，但又愛講話，有時候講的自己都不懂，說起話的姿勢又像革命伊般，全是笑話的來源……」他們是屬於所謂的村愚吧。這羣人裏有「四十多歲的扁鼻子萬福」，早年，「他是打牛湳知名的人，趕著幾頭農會的藍瑞斯，養母豬的人家就尤其需要他了」，現在「人工受精很流行起來，種豬的交配也得講究技巧」，萬福便失去其重要性，而「退守成爲一個純粹的耕民了」。在「糶穀日記」裏，我們看到萬福同濶嘴鴛的衝突，因爲濶嘴鴛討厭他，罵了他一聲「豬哥神一個」，而吵了起來。原來濶嘴鴛是再嫁的，她的兒子和媳婦現在非但不養她，甚至「連他繼父的財產也想搶奪，這款無大無小的天日，這個賤查某，我饒她不得……」當萬福說她整天同村子裏的人吵，「現在連同自己的媳婦也吵上了，她也不是理直的。」時，她竟發潑地說萬福和她媳婦私通，在舊時代練過拳腳的萬福便同濶嘴鴛打了起來，把她打得昏過去了，後來濶嘴鴛到法庭去告他，一直打到高等法院。在「粿葉樹右邊的馬路，有著一幢竹造簡陋的舊房舍……竹屋是用來住窮人的。這一幢黑矮朽泥的房子是屬於李罔生的」。李罔生的兒子李金河從城裏鐵工廠回來。他在種田賺不了錢的那陣子，出外謀生，按月寄錢回家補貼。在鐵工廠工作時被機器軋斷三根手指，而今又少了一根。他說他這次回來是老闆答應他休息幾天，並在廖樹忠的追問下，他說他斷一根指頭工廠貼他五萬。廖樹忠是個有趣的人物，他家住在村中腰，屬於粿葉樹派的一員。他「在打牛湳是以有抱負和有理想出名的，從年輕底時代就開始創造他底理想，二十幾年了他仍創造不懈，比如說他大約有著五分地，每一期的刈稻總是無緣無故地逢上災病，總是無緣無故地少別人一二成，究竟是什麼原因他也不覺得有深究的必要，他只逢上人便說一句：少一二成我是不在乎，明年我刈十二成的給你看！又比如說，前年他振奮起志向來，代表粿葉派競選村長，但終因票數寡少而落選，但他不認爲這是挫敗，逢著人，他只說：若當選村長我也是不幹的，明年我競選村民代表給你們看。……」現在他又認爲他在牛湳村是最有錢的，他在第二次大戰時去過南洋作戰，拿領軍郵可得五十萬！所以他請爲人割稻的人的菜是愈吃愈豐富。

新回牛湳村來的還有一對新婚夫婦，他們是在年輕人奔向都市的熱潮中移到城市去謀生，林鳳尾學過裁縫，她的丈夫做板金，但手工業不景氣時他們就又回到打牛湳，認識而結婚了。他們回來給打牛湳一片生機，很多人都說時代要變了，農人要出頭了，農村就要改善了。

當然，打牛湳還有兩個作者並沒有介紹是屬哪一派的人物，就是蕭笙和蕭貴，「打牛湳村」這個故事的副題就是「笙仔和貴仔的傳奇」。以前，蕭家是打牛湳困苦的農家，他們是從別處移來的外路人，「像一棵寄在稻子下的稗仔。但光復後，政府推動了經濟建設，各方都極需人才，大家便要來教育伊們的子弟，因爲蕭笙是老大，一塊種田的料子，又趕不上國民教育，所以沒有唸書。老二叫蕭勳，對工業有興趣，去念水利工程，老三蕭貴對農業有興趣，便去念高農。現在長大了，念水利的老二便出國了……又在那裏謀生，順便把最小的妹妹帶去嫁給美國人。只見年過一年，蕭笙和蕭貴兄弟二人都成家了。」他們雖然不能同這村中的世家相比，但因爲他們特殊，村民對他們也另眼相看，至少不是寄在稻子下的稗仔而是獨立的農民了。這兄弟二人在性格以及作風上是十分相反的。蕭笙是很「古意」的和和藹藹的人，細心照顧飼養的豬，總是「用著和祥的手來撫摸著那幾隻肥大的藍瑞斯」，他餵豬前「總要泡一點飼料水品嚐」一下，唯恐那飼料中摻了牛脂而造成豬的死，「他認爲死了人可以，死了豬仔是不應該的」。他做事比村裏其他的農人都勤勞，人們還在睡覺的時候，他已披星而起，去地裏摘瓜，把瓜送到果菜市場賣瓜。他過著極爲簡陋的生活，但他從來不埋怨，永遠吃虧讓人，「就比如說有一次放田水，上游的人把水堵死了，只留一絲給伊。伊沒有絲毫的怨言，只把那一點水堵起來，點點滴滴灌溉自己的水田去。但下游的人便跑過來，要伊把水讓出來，伊也毫無異議。」在賣瓜的時候，受盡瓜販子的氣，雖忿忿罵聲「鬼咧！你們都是強盜！」但那憤怒一剎那便消失了。也許他這種和藹是環境使然，一種無可奈何的自衞。我們知道蕭家是從外地遷來的，在打牛湳沒有根，他們必須受盡折磨，學習忍讓，勤於農事，才能生活。但蕭笙也和廖樹忠似地，以一種對未來的理想來安慰自己，這理想可能不會實現，但人總要有個夢來緩和現實生活帶給他的挫折與失望啊。他最終的美夢是「在他老時，那時他的髮白了，走路拿著拐杖；他的小孩長大了，他一定要在自己空曠的田地裏蓋一幢大豬舍，養一大堆藍瑞斯。他要坐在籐椅上，喝著兒媳們泡好的茶，然後望著四邊的田野，望著豬舍、天空、厝鳥，呼吸著帶有糞香的空氣，然後沈沈睡去……睡去……」，只有在能「沈沈睡去」後才能從現實的壓力與挫敗中獲得安慰。這也是很多很多人的一種共同的「宿願」吧。但是他的三弟蕭貴跟他不同，也許因爲蕭貴見過世面，接觸過打牛湳以外的世界的關係，他就不像他哥哥那樣「吃虧讓人，但求平安」了。他念過高級農業學校，而且「懷有志向」，畢業之後他沒有像別的年輕人那樣在都市裏謀求發展，他愛種柑桔，就在「厝前厝後種滿了綠桔樹，但大約沒有成功，都變成枯乾的瘦樹枝」，這種失敗是否給了他很大的刺激，我們不知道。「伊也有一種怪脾氣，伊對什麼都不滿，總認爲這世界從來不會好起來，因爲這世界和柑桔的世界是一樣的，要接上強勁的根幹才會生出結實的果子」，他這種觀念是怎樣得來的？在都市中受教育時還是在打牛湳觀察現實的結果？我們應該知道但不知道。由於認爲世界不會好起來，欲使它好起來，必須要接強勁的根幹，打牛湳村沒有這種根幹，於是他就不能「容忍敷衍和愚昧」，但處處是敷衍和愚昧時，他就由失望而憂鬱的了，憂鬱使他悶悶不樂，使他行爲異於常人，他便「常要在村路上大聲地喊著，唉！黑暗的打牛湳」了。一般人——打牛湳的居民——不願意面對現實地認識他們的敷衍和愚昧而蕭貴掀他們的瘡疤時，他們便視他爲神經病了，於是「伊的立場便被孤立了，而他的憂鬱便由於孤獨而日深一日了」。但蕭貴也是個積極的活動者，不是僵死在憂鬱中的人。他曾擱置了田地耕作，跑到都市，先是在一家餐館拉皮條，但這罪惡使他良知受責。又因警察取締而坐了幾個禮拜的牢。有一陣子還在家鄉的國民中學很認眞地教作物栽培，異常勤奮，但他又發現教育界的不合理，與現實脫節。這個最痛恨黑暗的人乃大罵教育制度，因而被解聘，還被警察叫到分局去口供一番；於是又回打牛湳村來，而行動也就越加怪異起來，連他的妻子玉鳳嫂有時都無法容忍他，「你只會閑著無聊胡思亂想，自身也不顧了，飯也不吃，你就不會回過頭來，把心用在工作上」。孩子們甚至把他視爲瘋子，調侃他。但蕭貴似是滿腦子的改革打牛湳的念頭，你說他瘋瘋癲癲嗎？你說他是個被眾人恥笑的滑稽人物嗎？他敢於在學校的會議上指責教育制度不合理，他敢於指責大道公廟主任委員「活到七老八老，連最後的信仰都變質了，變得不三不四了，都是時代的渣滓」，他敢於抵抗那些商販組成的採收集團，大罵他們欺詐村民。然而他的行動總是表現得那麼超越常規，最後成爲一個澈底的失敗者。

打牛湳村還有個滑稽人物，就是花鼠仔。在「糶穀日記」裏花鼠仔常在大道公廟裏跳童乩，預言一個叫光榮靈的水溝中看見的囝仔鬼是大道公廟的裏的水龜，它轉世到打牛湳來當省主席，要來解決水患，或是轉世來當水利會長，或是當省議員等等；有一次作法，癩痢頭塞在桌腳的楞隙中，無論如何拔不出來，幸而林鐸——那個理髮師——急中生智地叫人拿柴刀把神案砍了，救出了花鼠仙。也許宋澤萊覺得這個滑稽人物有再發展的必要，又另寫了一篇很長的「花鼠仔立志的故事」。

這就是打牛湳村和村裏的居民們。宋澤萊的計畫是寫整個村莊和所有的人的活動，表現一個集體，當然這是不容易處理的，處理不當時，便會顧不得結構，成爲一片一片的零碎描寫或敍述。宋澤萊如何處理這種困難呢？就是敍述一件事情，這件事同每一個人都發生或多或少的關係，每個人都關心它，受到它的影響，由之而把所有的人連串起來。在「打牛湳村」裏，主要事件是包田商來到牛湳村，迫使農民依照這些包田商訂立的條件把農產品賣給他們，這些被稱爲「精巧的牛蜂」們「知道那一隻牛的肉比較香，那一個地方是多血質，還可以從這隻牛的眼睛裏瞧出他是笨牛，怒氣的牛，或乖巧的牛，必要時還可以從牛角上叮出一口很好的血來」。農民們在這些牛蜂的威脅與壓榨下，只有屈服，他們無法擺脫開包田商們設下的魚網和陷阱，主要的原因是他們沒有自己經營的合作社和完善的運銷制度，沒有運輸工具，如果不賣給那些中間商人稻穀還能儲於倉中，蔬菜瓜果則只有任其腐爛。蕭貴知道「這幾個人是商販，中盤的，他們組織了採收集團，每當梨瓜熟時，他們到鄉底下來，包攬大批田地。打牛湳有些人害怕賣瓜果，便乾脆把田包給他們。橫豎這些商人自配卡車，在臺北市又有商行……」。爲甚麼他們「害怕」賣瓜果呢？試看一看以「瓜仔市風雲」爲小標題那一節就知道實情了，作者非常寫實地敍述了「在打牛湳和十二聯莊的外邊，大約靠近農會的倉庫，有一個崙仔頂鄉城的瓜果市場」的情形。他選擇了蕭笙做爲那羣體的代表，勤勞的笙仔在半夜時就把瓜果摘好運到這裏來，所以能停靠在秤子附近，商人都集在這兒，他就占盡了地利。地利對他賣瓜果並無任何幫助。第一個商人來說「你的梨仔不好，只賣二塊五」，他們夫婦因爲「隱隱中聽到有人喊三塊錢」，所以不賣。二十分鐘另一個瓜販走來，只給二塊三；後來又來一個販仔，根本連那瓜看都不好好看，便說「不好！只賣二塊錢」；於是第一個商人回來，蕭笙夫婦「急忙以二塊三的價錢賣給他，後來才知道當時市上的行情竟是三塊二！」商人在買的時候言明「只挑好的買」，然後是好的全挑光，剩下的都是賣不出去的。這種作風連那麼好脾氣的蕭笙也憤憤罵聲「鬼咧！你們都是強盜！」雖然這憤怒立刻就消失在伊平靜的心湖中。

蕭貴則不那麼馴順，他會在大家都激動時毫無顧忌地呼喊著：「伊娘咧！這個縣農會的人都死光了，沒派半隻蒼蠅來約束這批瓜販，硬派警察來管制我們，我們豈都是憨人，一年到頭，操勞筋骨，如今又要勞心，我們都是一個個傻瓜……」「揍死那些狼心狗肝的東西，揍死伊們！」

他這憤怒的抗議被「很多人都把他當成一個賣冰的小孩」而不曾產生任何反應，難怪他「勉強地賣完梨仔瓜」便回到家裏，「黑暗的心潮洶湧澎湃」。他也曾想到把水果直接賣給商店不是可免中間商的剝削嗎？他到「以前唸過高農的石城」去，卻發現水果店前兩個赤腳人——來自鄉間的果農——正在自相殘價哩。他的「黑暗的心突然湧升一種激越的黑流」，他勇猛地跳向前去把兩個果農罵了幾聲愚昧的笨牛，「世界都在擠壓你們，你們卻拚命擠壓自己，都是愚昧的笨牛」，而他這個聰明的勇士就眼前「一個昏黑，立地不穩地摔在地上」。最後，他只好同鬍鬚來合作，踩著三輪車到沙仔埔那個小地方去沿街叫賣了：「清涼又解渴，每斤五角錢！」這「五角錢」該是多麼大的打擊啊，蕭貴是「最後一句話好似是中氣不足，好比是重內傷的人所呼號出來的一樣」。

最後，作者又加上了個「趣事的迴響」的尾巴，打牛湳的告示牌上，蕭家的牆上，柳樹幹上，社區牆上都貼了一張張的紅紙黑字，密密麻麻的寫的是「建議要改革崙仔頂的瓜市場的，還要鼓勵打牛湳的人團結起來打商販。」隔不久，蕭家兩兄弟被請進警察局，而打牛湳的人們談著這件趣事，咿咿呀呀地叫著，「有些人則背起手，砸著頭，說：幹！黑暗的打牛湳。」「談著，伊們哈哈地笑起來。」這自然是譏諷打牛湳的愚昧。但是這密密麻麻的紅紙黑字是出自蕭貴之手？寫了那麼多？是他一切嘗試失敗後所得之結論，要「團結起來打商販」？爲甚麼把蕭笙也扯進來？他是個頗爲「古意」的人，怎會從事這種事？蕭貴在打牛湳被看成是瘋子的，他的理想，所做所爲自然被認爲是「趣事」囉。

「糶穀日記」寫得比「打牛湳村」要嚴密多了。因爲全打牛湳村的人都被林白乙所騙，每個人都因林白乙的收購稻穀產生幻想，也均爲這欺騙而幻滅，打牛湳興奮了一陣子，又重返往日的一切。這個中篇是以所謂「日記」體寫的，也就是在敍述許多事件前先寫出事件發生的時間和地點，從五月四日到七月十四日，差不多兩個半月，這時節是稻子成熟而偏多雨，人們都盼待晴天。在每特定的一天，把打牛湳村中某些人的遭遇並列而寫，這日記是打牛湳村的日記而非某一人的日記，因此寫得頗顯拉雜，所選的事件不能具有代表性，也減弱了主題的發展。從這整篇故事看來，作者所強調者似是給眾多人物做一素描，穀子之浸水、價格的被壓低、對每家人的影響等反而減弱了，「穀賤傷農」發揮得也十分薄弱。

關鍵人物林白乙，或跛腳乙仔，被看見提著大皮箱一拐一拐地走進林家古厝時，人們喳喳地耳語起來，像見著神靈來顯身。這跛腳乙，一個叫鄭木森的告訴他們說，「他做的是企業公司，蓋房屋，買地皮……還經營不少的糧米廠。總之，他的錢足够把打牛湳的財產全部買光就對了。」林白乙派出商人到村尾來，說要收購穀子，每百斤五百五十塊，粿葉樹的人聽到這好價格，都叫了起來，而且「今天全村子都傳誦著一個神讖，他們說廟裏的水龜和跛腳乙有密切的關係，靈異就降落在林家的古厝，跛腳乙會來拯救打牛湳，在粿葉樹下，竹篁裏，水柵邊……凡是暗地的角落都吱吱喳喳地流傳著這個傳說」。林白乙購穀「價格高出一般的糧商，又好買賣，從不分良穀劣穀，卽使出芽得十分嚴重的，他開出的購價也不低於五百」，於是打牛湳的人「爭先恐後地跑到林白乙的古宅去，要來把稻穀賣給他。林白乙又那麼客氣，以茶水招待鄉親」。但林白乙先聲明「糶穀時先領三成的現金，方今到銀行提款是很不便的，等完全收購完後，大夥再到林家古厝去領錢。」令打牛湳村的村民心裏都燃起希望之火。但是也有三成的人不願把稻穀賣給林白乙，他們賣給別的商人，雖然價格較低，但「銀貨兩訖，當場賣斷」。這些人之中大部分都是以種田爲副業的公敎人員。當濶嘴鴛把這消息傳出去之後，知道他們是受騙了，但是林家總是林家啊，林白乙的老父林烏出來，「其實鄉親們生活在打牛湳裏，不知道外面的變化，說到提款，那有那麼簡單的事，乙仔這次生意做得很大哪！幾千萬啊！他現在一直忙著，提款怕又要慢一兩天。」這位有地位受尊敬的長者，給了人們一顆定心丸。傳出「林白乙倒閉了」的消息的仍是爹樹忠。林家「所有的東西全搬得乾乾淨淨」，他們才知道林白乙是「詐欺了整個打牛湳的穀子，禽畜不如的東西」，這些鄉民莫可奈何，他們不懂法律，只能罵一聲「伊娘！搶一塊錢判死刑，搶一百萬一千萬的人卻連一點罪也沒有，這款的法規！」

於是打牛湳村那種希望之夢幻滅了——

委實給打牛湳帶來一片生機覺得農人要出頭的林鳳尾夫婦又要到城裏去做工，再不種田了。新團仔抱著剛出生的小孩去找密醫，因爲他知道得不到穀錢時，不敢讓嬰兒吃奶粉，只用米麩來餵它，肚子脹得像氣球。林鐸的老爹醫療費沒有著落而很快就謝世了。李鐵道不能維繫他那個傳統而終於答應分家了，「他的兒媳們都眉開眼笑起來，很多人說，從這個觀點來看林白乙，他底騙轂對於李家是有貢獻的」。廖樹忠被債主們把眼睛鼻子都揍歪，他的尊嚴都掃地了。賭博暫停，原因雖多，但主要是沒錢。聯考已畢，打牛湳的一些人叫子弟去工廠找工作，「光賴在家裏，會把米缸打破的。康樂隊的歌星來打牛湳村表演，雖然盡量把衣服脫光來跳舞歌唱，但所得到的只是觀眾努力拍手的精神鼓勵」，等等。這種安排是很有力量的，我在前邊說，林白乙的欺騙先使打牛湳村民懷著改善生活的希望而後墜入幻滅的失望，把希望與失望對比而寫，會產生強烈效果。惜乎作者沒有能够集中，也就是說，其中的情節的連貫性很弱，彷彿都是即興之作，不重修飾。人物的出現，也往往影響了故事的統一性，而出現在故事中的人物，有些的確代表著一種思想，一種批評，一種奮鬥，有的只是爲了適合一種趣味。例如「羅轂日記」始於萬福和濶嘴鴛的一場相當滑稽的打鬥，他倆的打官司的事也一再地提起，但是在這篇故事裏，究竟這兩個人物設計出來代表甚麼呢？甚至對花鼠仔的跳童乩、作法、說出一些並無意義的預言等，我也持同樣的看法，是與故事發展無關的人物。文學作品中有滑稽小丑的出現，通常是寫一個在性格上、意念上、行動上乖訛的人，外表上看似愚蠢可笑，但在性格上他卻不是那麼單純幼稚的，通常都具有複雜而深刻的意義，否則，一個滑稽人物便陷於低俗泥沼中，因而失掉了對人性的某些愚昧和弱點的諷刺力量。

他另有一篇「花鼠仔立志的故事」，這個花鼠仔也生長在打牛湳村，當然他不是「羅轂日記」裏的花鼠仔。這個花鼠仔也是個滑稽人物，他的言行也是乖張的，簡直是不可能令人相信的人，雖然作者顯然地是要他成為一個象徵性強烈的人，然後予以有力的批判。讀者看過這個畸零人的故事之後的感受，並不同於看完卓別林的電影中的人物的感受，甚至也不同於看完黃春明的故事中那些也可算是畸零人的小人物，其差異在哪裏？我認為花鼠仔這個人物過於觀念化。讀過這篇故事之後，我實在不能相信今日的農村裏會產生這樣一個畸形兒——心智上的，不是身體上的。這篇故事既名為「花鼠仔立志的故事」，作者除了反映打牛湳村的一些現實生活外，便注重在敍述花鼠仔立志的過程了，為甚麼他要立志？立甚麼志？花鼠仔的立志是由把他養育大的姑母激起的，她要他「將來也得要給我像個人」，不能「只想當無用的窩囊廢」。據花鼠仔的了解，成為大人物便是立志，於是在小學讀書時他「立志要當韓信，我的父親是韓信」，他既是韓信，父親是韓信，能「進圍垓下，直逼烏江」，他便有膽量罵村長的大兒子了，便在下棋中贏得二十元，雖然他挨了揍，也在大賭中輸得只剩下一件內衣褲而狼狽地逃回家。在中學裏，最光榮者是能考上大學，考上大學便是舉人，於是他便「我父親一定是個舉人了」。在大學裏他念哲學系，他又因為一位荷蘭教授像他，而「都知道嗎？我父親也是荷蘭人」，他便以是西洋人為榮譽而同鄉協助一位要研究三七五減租成果的碩士研究了，鬧了一連串丟人現眼的笑話，最後是「都曉得麼？我父親是彌勒佛」起來了。花鼠仔被村民指為瘋子，他的行動卻是瘋瘋癲癲的，但是他這種「瘋癲」是怎樣造成的呢？生而神經有毛病？不是。社會逼得他發生了毛病，逼使他要出人頭地嚒？這可以這麼說，但他所受的迫害是他瘋癲造成的果，不是因，他同社會的衝突也不顯著。他是爲了滿足一己的自尊心，故而稱之爲韓信之子，西洋人之後？在打牛湳村裏，他知道沒有人理會他這一套，因爲大家太了解他。就事實背景來寫，他姑媽，那麼貧窮的一位寡婦，連向村長借的錢都無法歸還，怎能供他讀高中，讀大學，且不說花鼠仔如何能考取高中與大學了。這個花鼠仔還不如「玀穀日記」裏的花鼠仔能使人相信哩。

「廩城之喪」的主題是十分嚴肅的，十分現實的，也十分具有積極的意義，雖然是較爲單調的平鋪直敍，沒有誇張，沒有譏諷，但卻達到了諷刺的目的。胡之忠的靈柩運到廩鎭時，引起了這個小鎭居民的議論紛紛。一些幼童直率地道出了原因：「漢奸回來了！」這個胡之忠在日據時代是日本人的走狗，專門迫害善良的百姓和愛國志士，最後被日本天皇封爲男爵。這胡之忠的大兒子胡偉明，當今的立法委員，人文社會現代化政策發言人，要把他的父親葬在故鄉祖墳中，並「做一個輝煌、具有意義、有歷史性的一次葬禮」，但遭到大部分村民的反對，反對得最凶的是胡清池，他和胡之忠有「深遠的親屬關係」，他開始聯絡村民以行動阻撓這個葬禮的舉行。當然胡偉明是鎭上有財有勢的人物，場面上的人如鎭民代表歐文範，現任議員林槪，縣長的機要祕書洪達以及地方名流都是支持他的，這些人會以威脅以金錢迫使和引誘很多的人支持。不過代表著民族志節的胡清池也能號召鎭民反對，胡偉明答應胡氏宗親會以二百萬元修墓費並捐一筆宗親清寒獎金。「我反對！事關名節，恐怕死去的祖先都不會答應。這等於見利忘義。等於用錢就可以迫胡姓宗親承認賣國賊漢奸一樣，我反對！」但是今天名節在勢力與金錢之前常常會屈膝的，最後只剩下胡清池幾乎涕淚縱橫地喊著：「你們出賣祖先了，去吧！去做那件可恥的事吧！把整座墓園賣給胡之忠！我要把父親的靈位移出去！我要父親的屍骨離開這不義之地。」最後那葬禮是依照胡偉明的意思舉行的。我們不必問究竟胡之忠是誰之類的問題，因爲小說不是歷史，它只是虛構。這篇短篇故事寫得乾淨俐落，寫兩派的爲爭取支持者的衝突與努力，都能恰到好處，胡偉明自己沒有出現在村民面前大逞威風，是那些地方官和名流們爲他奔走，擺出一副狗仗人勢的嘴臉，這樣的處理是相當成功的，而最後的一筆巨款壓倒反對，只剩下胡清池做最後的咆哮，但又有甚麼用，他只有「我要把父親的靈位移出去」。出殯的時候，雖有反對者的行列高喊「麋城之恥！」但作者是用這樣的話結束的：「歡鬧的氣氛擴散到整個麋城，人們幾乎都忘了這個葬隊運載著怎樣的一個死人！」送葬時當表現憂悽，但他們是「歡鬧的氣氛」，而且氣氛擴散到「整個麋城」，居民們是以看熱鬧的心情來看這葬禮的，但在這歡鬧中他們也忘了這棺材裏躺的是「漢奸」，是「麋城之恥」！難道麋城的人們是如此「見利忘義」，胡清池的涕淚縱橫竟是如此被忽略了？這是恰到好處的諷刺。

「鄉選時的兩個小角色」也是諷刺之作，給公職人員選舉中的反面現象畫出一幅逼眞的圖畫，其文字所表現的喧囂之聲則甚於「麋城之喪」，在開始的「沸騰的天職」那四小段中，作者就告訴我們，雖然政府當局宣揚選舉的重要，說選舉是好公民應盡的義務，應享的權利，不可懈怠神聖的天職，但是選民們呢？「一些素來並不曉得什麼民主、什麼政治的人也都曉得他們握有五張『神聖』的選舉，他們在意識底層都孳生了一種神氣的自覺，平日受盡公職人員欺凌的百姓都趁著這時張大眼球來觀看，甚至已經七八十歲，即將入木的不知今夕的人，也都有了一種湊熱鬧的情緒，即便是一些鷄鳴狗盜之徒，也都暗地以爲他們翻身過來了，而自以爲是亂世英雄了。」就在這種情況下，作者以其銳利之筆鋒，刺向那「鷄鳴狗盜」之徒的爲一己之利益而參與競選活動，主要是賄選的活動。兩個小角色分別是鄉長候選人林金協的助選員王屠夫和鄭肇財的助選員馬包辦，這兩個小角色的一切行動可能是出現於像海子清那樣的鄉村的選舉中，但那些賄選也出現在別的地方，包括大的城市，他們的幼稚與自私頗能引起讀者的興趣，發出卑視的微笑，最後林金協落選，王屠夫的秘書夢消散，仍去賣他的五花肉。鄭肇財當選了，但馬包辦卻因走私高麗參而被捕。這是作者對於時下選舉中的弊端的指責與批判，他的批評不是單刀直入地怒罵，而是以滑稽人物表現出來，文字幽默，寓諷於婉，已較前一代的一些作家向前邁了一步，越過了只發洩感情的階段。

在「打牛湳村」這個集子裏，還有「大頭崁仔的布袋戲」一篇值得一提，這篇故事是寫「社區化後的打牛湳又興起的一陣布袋戲熱」，「給這個日趨都市化的鄉村召喚回一點失落的古意」，實際上，與這布袋戲「一江山報父仇」演出情節平行的是大頭崁仔的辛酸史。這個「成天都嚼著檳榔，在亮潔的社區裏吹口哨，滿身都破爛著窮苦貧病的味道」的年輕人，因此受到打牛湳村的輕視，因爲他不往城裏去賺錢。他父親也曾怨罵他，他那瘦瘦的父親，在一個傾頹的豬欄邊，顫顫地說：「你祖父並不曾留給我你太多的家當。你是沒有田產的那類人啊！整天只玩著，不想做個好子弟。」他的母親「始終癲痼著」，「全村只數他最窮」，在初中的時候，同學們都譏笑他，欺凌他，他去學布袋戲，也因手腳不靈光，師傅說他沒有用。他們父子「沒有種植的經驗，一期逢到紋枯，二期逢到水旱」，一家人只在貧困中掙扎。他的父親只好離開病著的妻和幼小的孩子去北部礦坑工作。崁仔留在家裏照顧母親弟妹，父親有時寄些錢回來。父親知道他不適於種田，仍叫他回師傅那裏學布袋戲，他學得很勤苦，他父親離開礦回家來。無田可種，生活更艱難，終於因重病逝去！崁仔的布袋戲卻成功了，他能把戲中人演活。這些他演「一江山報父仇」也是他自己的報父仇，他的掙扎史和劇情配合著交互而寫，互相照顧著，這跟「最後的一場戰爭」就不同了，因爲在這一篇裏兩條線不是平行發展，而是聯繫在一起的。

另外在「岬角上的新娘」和「漁仔寮案件」兩篇中，作者使用了多觀點敍事的方法。簡單而言，對於某一件事物，由不同人物的觀點予以敍述，而使我們能從各種不同角度了解它，賦予它不同的意義，但究竟哪一個是正確可信的呢？作者不加任何判斷。「岬角上的新娘」的雪白的頸上戴著一串美麗的珠鍊，但在白色珠子裏面，更貼近頸項的地方，有著發黃色的光芒的細巧的金鍊。但新娘的一位女伴突然發現那不是金鍊，只是一個疤痕，這秘密被發現，但這疤痕是怎樣來的？便有了不同的敍述。故事敍述者最後沉思著：「……我以爲無論對新娘頸痕的猜測有多少，它實在已深深地刻鏤到岬角上的每個人的頸上去了，不管它是看得見或看不見」，這種疤痕象徵著的是一種甚麼隱秘呢？而且是爲每個人所具有的？

「漁仔寮案件」裏一個犯罪者李桃，被控涉嫌爲旅館介紹十六歲少女陪宿，並於旅館主持色情歌舞抽取佣金，被判了罪，她潛逃到漁仔寮，與人同居，爲當地警員發覺，復潛逃，歸案後，全案由警方調查。警方展開訪問，被訪問者有漁仔寮的居民李石生說她賣麵的情形，覺得她長得很嫵媚，使整個漁仔寮的查某都是烏鴉。另一個被訪問者李罔市說一看她就知道她不是好貨，但全村的男人卻被她迷住了，惹起村裏婦人們的妬嫉，罵她掃把星，狐狸精。說她已有了小孩，又姘上漁民李漁福，還和許來看偷來暗去的。許來看敍述他是沒有用的，老實人，右手的手指均被切去的老實人，是李桃誘惑他，而且了解他，是第一次看見他而流淚的人，他們兩個「相互扶持」了，她對他的關懷使他感動，像一個保姆。他威脅她不要離開他，否則就向劉警員揭發她。有一天，他竟看見「他們走在白色的海堤上」。劉警員敍述他和李桃的關係時，說她「是善良的女子喲，懂得生活的苦楚，懂得如何使人忘記刻板生涯的女子喲」，而他的生活是極爲刻板的，雖然他對於子女妻子卻很負責。他勸李桃自首，「只判刑八個月」，出獄後便可以重新做人。她的姘夫李漁福說他在島南的大港口認識她，他似乎對於航海捕魚有所厭倦，李桃願意和他同居，他們便回漁仔寮。她賣麵時的風風雨雨使他感到沒有面子。他再度出海，歸來後，伊已經跑了。她的丈夫葉樂居的口供中說他不大管她，「任伊離家、放浪、回來，」說「伊是好妻子」，是「

使我覺得還活得有力有意思的女人」，但他們結婚後又跑了，等等，不安分的人哪。李桃自述其不幸遭遇，幾乎每個她接觸的男人都是自私的，「我這一切全是這些男人和千萬的男人造成的」。

如前所說，我沒有讀完宋澤萊的全部作品，也沒有讀很多他同時期的作家們的作品，故而不敢驟下斷語說他是這新生代作家的最有成就或最具潛力者。不過許多人都稱贊他的「打牛湳村」，討論他的「打牛湳村」，有些選集也都選這篇故事。許多評論家論及這一代（七十年代後期）的作家們時似乎都以他爲最有成就者。雖然討論他的作品的人還不太多，但論者卻說他忠實地反映時代，對時弊有尖銳的諷刺，「塑造了活生生的、具有深刻現實代表性的典型人物」，故而他是「近五年來出現的，年輕的、創作力豐沛、寫作態度認眞的作家之一」❹。討論到他的寫作技巧時，論者或說「臺灣鄉土文學作品，在藝術表現上，吸取了西歐先進國家文學的精華，蔚爲己用，在表現、描寫的技巧上打開了富有創意的途徑。宋澤萊的實驗性作品就是一例。」或說「形式離開了內容，是無意義的。打這個觀點去看，我個人以爲宋澤萊的實驗小說，是才華的浪費」，或說「只有他還在努力在實驗小說表達的創新，從西方前衛主義中吸取養份。但是，他的實驗性創作，還限於比較小，比較漫不經心的作品，他眞正下工夫的作品裏，他就不搞實驗性表現了。」❺也有人說他繼承了中國諷刺小說的傳統，尤其是「儒林外史」，「而宋澤萊的小說，

❹ 許南村，試評「打牛湳村」，見「打牛湳村」序。
❺ 這些意見均見於「臺灣鄉土文學的初步評價」座談會紀錄，發表在民衆日報的民衆副刊，六十八年一月十九日至二十二日。

不受時代的潮流所限制，竟能上接『諷刺』的歷史源頭，眞使我們有『奇蹟』的感受。」❻但這些對宋澤萊的技巧所說者，僅是兩三句話，究竟他的吸收西歐前衞技巧的是哪些篇？爲甚麼稱之爲實驗小說？嚴肅性創作又是哪些篇？

我們從他兩部短篇小說集裏的故事中，直覺地感覺到宋澤萊不滿意於平鋪直敍的單調的敍述法，而在不同篇中使用不同的敍述方法，如前面我提到的㈠不同觀點的敍述法，㈡過去經驗和現在行動平行並列的敍述法，㈢在同一個時間中敍述幾個人物的行動，表現其集體性質。這些技巧曾被使用過，沒有創新的意味。在這些技巧的使用中，有時表現得十分成功，有的則仍嫌單調，機械，例如「最後的一場戰爭」。但無論如何宋澤萊是善於講故事的，在人物刻畫方面他仍需磨鍊，而人物刻畫是最重要的。在這裏，我想宋澤萊有雄心給現代臺灣農村的改變畫一幅極爲複雜而龐大的壁畫，這就需要事先有個設計，然後耐心地去描述各個部分。佛克納創造了他的約克那帕陶伐郡，把整個美國的南方都放在這個世界裏，從時間上說，他從南北戰爭寫到今天，從人物上說，從昔日的貴族寫到窮白人。宋澤萊似乎也應該把打牛湳村寫成一個具有代表性的地區，把敍述過的人物們均納於這個世界中，然後通過他們各自的歷史與生活而反映出一個更大的時代變遷，使它成爲一部現代史詩。

❻ 高天生文，同註❶

論陳映真的輓近作品

一、夜行貨車

近幾年來，作家們已經逐漸自覺地從個人的哀樂小天地邁進大社會，從失落疏離而參與，從單純的記錄個人經驗而深入地分析社會問題。經濟結構在變，社會結構在變，工商業社會逐漸代替純農業社會，於是以農業社會爲基礎的一切人際關係、道德規範、風俗習慣、文化藝術也在跟著變，個人自然而然地也隨著這些改變而改變。不論我們是否願意接受，但個人投身於新的環境中之後，當然在人格方面也要適應它，遂不知不覺地現代化。在這改變過程中，我們在感情上便會抗拒驟然而來的衝擊，但這衝擊是無法抵擋住的，它帶來的又多是陌生的東西，所以我們就加強了對我們習慣的一切感到的依戀。這種感情具體表現在許多作家之帶著懷舊情緒地回憶往昔的生活，爲著滋育他們的生活方式而感到徬徨。舊日的一切在漸漸枯竭凋零，曾經生長過臨風搖曳的綠油油的稻田，而今變成了終日排出汚染空氣的煙和毀掉河水清麗的廢水的工廠或是毫無風格毫無美感的住宅。夕陽西下後聚集廟前銜著煙袋說古道今的閑情被嗥叫的流行歌曲代替了。但是我們不能總是徘徊在悲秋的氣氛裏。一個發展中的國家的工業化必然會把我們的祖先留給我們的一切做部分的破壞與揚棄，摩托車拖著一縷黑煙疾馳而過的確使人心悸，遠不如看牧童騎在牛背上的景象那樣安逸。誰能隻手挽狂瀾，硬叫年輕女孩望著菊花吐兩口血呢？作家們既然參與了大社會，他們必然地要勇敢地面臨並了解並分析這個新世界——以工商業爲基礎的新社會。

工業化帶來了很多問題，特別是經濟方面和社會方面的問題，許多小說家已經開始在處理它們，如楊青矗討論的那些勞資問題、女工問題。工業化的具體表現是大工廠和大公司的建立，這些機構對於個人有很巨大的影響，它們促進個人的態度、觀念、思想的改變，在好的一面，例如在這些機構裏工作人員的學習工作要有團隊精神與合作、要有周詳的計畫、要有效率、要守時、要接受新觀念、學習新技藝等等。當然這些機構對於在其中生活的人也有壞的一面，例如過於注意組織的紀律而往往忽視個人，過於重視利潤而忽視了獲取利潤的手段等等，這些機構對個人的人格影響，構成陳映眞近期幾篇小說的主題。像其他發展中國家一樣，我們在工業化的開創階段，過分地依賴於外國的資本、技藝、管理，因此形成了一種對於外國——西洋和東洋——的有意無意的崇拜，不論外國所代表者是否有被崇拜的價值。在這些機構中工作的人，通常享有較高的待遇和享受，他們便有一種優越感，覺得自己是屬於另一個階層的優秀的人。在其他發展中的國家是否也有這種情形，我不知道，因此不敢說這是「一般的」情形，也許我們的對外國和外國人的崇拜是特殊情況。王禎和在「小林來臺北」裏描寫過這批人的面貌，陳映眞最近的兩篇故事寫的也是這些人。

「夜行貨車」❶裏的大機構是「臺灣馬拉穆電子公司」，這只是個分公司，主持這分公司的是摩根索先生，頗能和他的中國屬員合作無間，彷彿他也學習了許多中國的習慣，爲了應付馬拉穆國際公司太平洋區的財務總裁要來觀察，他和財務部的林榮平「從早忙到晚，準備著好幾件報告」，他倆知道如何「和東京玩政治」，知道如何處理「在中國是一項合理的開支」的爲數不小的「交際費」。摩根索先生有「代表動物一般的精力的惡戲：和女職員作即興式的調笑；說骯髒的笑話；破口開罵……」，對公司中的年輕女職員的態度是相當放肆的。公司中高階層的中國人林榮平是這篇故事中的主角之一，這個原是「南臺灣鄉下農家的孩子」，而今是公司的財務部經理，享受自然是「高級」的了，坐的是福特的「跑天下」新車子，住的是「在花園高級社區新置的六十四坪洋房」，還有個祕密情婦，公司的同事劉小玲，他們能於下班之後開著車子到溫泉山區的小熱海去享受。當然他不能離婚而同劉小玲結婚的，正如劉小玲所說：「從前，你說社會，你的孩子，你的家族——其實還有一件是你沒說的：你在公司新得的地位。你說。這些這些，使

❶ 臺灣文藝，革新號，一九七八年三月。

你無法跟你太太辦離婚，跟我結婚。其實，你很清楚，這全不是理由。」劉小玲也知道林榮平只不過是在她那兒找感情的寄託。她向他說：「……你以你的方式愛我。不打破你的家庭；不跟我結婚；在我這兒找感情的寄託，而且也不霸著我不放。我呢？我怎麼辦？好，你說過，我什麼時候找到人，什麼時候要走，你不攔著我。」這便是他們之間的關係。

劉小玲其實也沒有專情地愛著林榮平的，她還有一個詹奕宏，她是「單純地爲了以新的激情減緩另一個失望的激情底苦痛，她自暴自棄地以少婦的蠱媚，輕易地誘惑了他。然則又初不料她竟然會絕望地愛上了這個不馴又復不快樂的年輕的男人」。詹奕宏，一個二十八歲的青年，「從小到大，我在貧窮和不滿中，默默地長大。家庭的貧窮，父親的失意，簡直就是繩索；就是鞭子，逼迫著我『讀書上進』。讓我覺得，以家境論，以父親的失意，我本早就沒有求學的機會的，而我得以一級一級地受教育，讀完大學，又讀完碩士。」他進入這家電子公司，由於能力強，「很快就成了新成立的成會組的組長」。他被劉小玲發現是「粗魯、傲慢、滿肚子並不爲什麼地憤世嫉俗」，對她具有一種「不可言語的魅力」，這魅力的來源自然是他仍保有的那種粗獷、不屈從的態度；她不但能承受他的粗魯與傲慢，而且深深地愛上代表著這些的詹奕宏。我們看到劉小玲和他相聚的時候，總是容忍的，甚至是服從的，當然這種感情產生自愛憐。

就在昨夜，詹奕宏向她吼叫：

「不要想賴上我，我可不是垃圾桶。別人丟的，我來撿！」

「James……」她說。

「我不是什麼他媽的James，我是詹奕宏！」

「我從來不敢想你會娶我。你就把我當做壞女人好了……孩子我自己生，自己養大……我會走得遠遠的。」

他二十八歲的生日那天，劉小玲爲他準備了慶祝生日的菜，等他。他到劉小玲處之前，已經和守衛的老張喝了酒，喝得已經醉得不再能控制自己，而向劉小玲透露了他的家庭，他的求學經過；聽了他的相當悲慘的身世時，劉小玲「才看到這個平素粗暴、桀傲不馴的男子的心的裏層。她的心疼痛起來」。就在這次的相聚時，詹奕宏曾訥訥地問劉小玲，「喂，你說懷孕了，是眞的嗎？」而她似乎是戲言地回答說，「我懷不懷，干你什麼事？」因爲他知道她同林榮平的關係，也許是產生自一種嫉妒吧，他「猛一個翻身，一個沉重的巴掌摑在她的臉上。當他向她摔去第二個巴掌的時候，她以連自己都不自覺的快速，霍然站起……」當他聽到劉小玲說，「不要再對我動粗，我的身上有孩子，詹奕宏，你聽好；不論你信；你不信，我的身上，有你的孩子……」時，才使他從醉與衝動中清醒過來。

他們兩個的關係總是在緊張與衝突中，愛情沒有帶給他們任何諒解與平靜，即使在這場狂暴後，「他們決定儘快地結婚。第二天晚上，他陪著她去買下今晚這一襲暗紅色的絲絨禮服。他們又在一家服飾商店買了一套服飾：燒著古雅花樣的景泰藍銅項飾、銅腰帶和銅戒指。一套一式的墨荷鵪鶉圖案」。這種儘快地結婚的決定似乎只是爭吵過後的一種相互示歉意地表示，並非愛到非結婚不可的程度。所以「……過不幾天，他們又劇烈地爭吵起來。他對她過去的嫉妒，接近了一種瘋狂，一種疾病。他們的爭吵日甚一日，彼此交換著最刻毒、最骯髒的詈罵。有一日，在他的寓所，他在激烈的怒火中喪失了理智，發了瘋似地打她、踢她。她抓住一塊椅墊護著肚腹，圓圓地蜷曲在地板上。待他醒來，她一個人踉踉蹌蹌地走了。她沒有哭，沒有罵，甚至沒有呻吟。」她是悄悄地去檢查腹中的小孩有沒有受到這場踢與打的影響。當詹奕宏恢復了理性，到劉小玲寓所去，那已是午夜時分，恰好劉小玲剛剛回家。「她倚在門口看他，小口小口地喝水。那眼光裏沒有恨，沒有怨，也毫無疑問地沒有了愛。」他對她的粗暴行動這樣地使她傷心到了極點，才使得她沒有恨、沒有怨、沒有愛，而只一心一意地維護著那個未出世的嬰兒。

就在這個當兒，她「從懷裏取出一個飽滿的信封，那是一疊美國大使館寄來辦移民的表格」，宣布說，「下個月，我就走了。」這自然又激起了詹奕宏的憤怒，詛咒著「你走吧！你走，走得越遠越好！」劉小玲之走自然是說明她在這兒得不到她渴望的東西：生活的安定與快樂。

劉小玲的「從一個男人流浪到另一個男人的寂寞的生活」，應該從她的不幸遭遇來理解，她的童年和青春期是在極端不正常的環境中生長的，不是像詹奕宏的那種貧窮和不滿，而是感情的孤獨與創傷。她的父親，「一個曾經活躍在民國三十年代的華北的過氣政客。來臺灣以後，他忽然變得不但不問政事，卽便連家中的生活鉅細，也撒手不管。劉小玲生下來的那一年，帶來的一些貲財已經用盡。做完月子，她的母親就把頭髮燙起來，出外爲生活張羅。比她的父親年輕了三十歲，做爲第四任妻子的她的母親，不久便顯露出在外交上、商業上的奇才。透過過去的『劉局長』的關係，母親開起時裝社、貿易公司和餐廳。隨著生意的隆興，當時在三十邊緣的母親，竟也日益豐豔起來。……從那以後，她的同父異母的哥哥姊姊們，吃的、穿的才漸漸像了樣，至於母親的獨生女的她，就更不用說了。」劉小玲從小過的物質生活是富裕的，但是父母卻沒有給她應得的愛。父親在「家裏越發成了一個破舊的、多餘的人」，終日裏衣著破舊，百事不問，對於這個么女兒，也沒有表示過關心，他已是活著的死人。母親呢，「爲了應酬，爲了牌局，母親不回家過夜的次數越來越多」，而她另有男人的謠言，也流到他們家中來。這些已漸懂事的劉小玲不可避免地會聽進耳中，她對母親必然會產生一種厭惡的反抗，雖然她的表現是「反抗母親在家中強大的權威」，但心理上是爲她那被母親稱爲「髒老頭」且任意支使的父親報復。她上高二那年，十七歲的年紀，看到父親臥病醫院中，母親去醫院交費，「卻連病房都不去探一下」，以及父親在醫院中孤獨死去的情形，給予她的心靈創傷是可以想見的。母親的不管父親，自然不是完全因爲外邊的工作忙碌，而是一個年紀還不老的女人不願「寂寞地」陪一個半死的老人。所以劉小玲「大學一畢業，她單只是爲了讓母親傷心而嫁給了一個長她十歲的船務公司的老光棍」。這個長她十歲的丈夫又因生理上的缺陷而有奇癖，所以終於離了婚。這婚姻的不幸自然更加強了劉小玲感情生活的不正常，而使她進馬拉穆電子公司之後，便做了上司林榮平的情婦，又因爲林榮平並不全心愛她，又投向詹奕宏。如果我們認爲她是壞女人的話，她的壞的原因是來自家庭，而不是象徵著現代化的公司。劉小玲行爲不合於傳統道德，但她並不是連心靈都出賣的一個墮落女人，如果是，她會欣然地接受外國老闆摩根索的輕佻，而不會對林榮平說「公司裏的男人，沒有一個不是奴才胚子」，也就不會看上那個具有男子漢的粗暴的詹奕宏了。她的決定移民美國，是因爲那兒有一位眞正關懷她的姨母，她不能解決在這兒的愛的糾紛，只是逃避的一走了之。她愛護她未出世的嬰兒，她願「孩子我自己生，自己養大」。這是使她成爲一個非常突出的人物，在她那種生活環境裏，在她那一連串的不幸經驗裏，在她的漂流在別人情婦的實際生活裏，她能夠保留住這一點不染汚泥的美德，確實很能感動人的。

在最後那個「宴請達斯曼先生，順便給決定在下月初離職渡美的劉小玲餞別」的宴會上，故事的敍述擴大了也提高了範圍，這也許就是作者在這篇故事中眞正要表現的題旨：在面對著來自外國人的輕薄的侮辱時，一些仍有自尊心的中國人的勇敢表現。在這個以林榮平來說是慶功宴的宴會上，「……摩根索和達斯曼一左一右地坐在劉小玲的身邊，與高采烈地談笑」；在臺灣分公司服務已久的摩根索也許是習慣於在他那批「奴才胚子」屬下前的放肆態度了罷，在半醉中表現了他那種無知的驕傲和優越感，說話時不乾不淨，使用骯髒字眼兒，尤其是那句「我們多國公司就是不會讓臺灣從地圖上抹除……」激起了詹奕宏的憤怒，氣得「他的手在不由自己地，微微地顫抖著」，而以微弱的聲音用英語說：「先生們，當心你們的舌頭……」，他又「爲自己的怯弱的聲音深深地刺傷，並且激怒了」，「他霍然地站了起來」，提出他的抗議：「我以辭職表示我的抗議，摩根索先生，可是，摩根索先生，你欠下我一個鄭重的道歉……」「像一個來自偉大的民主共和國的公民那樣地道歉。」在林榮平的小聲阻止中，他轉向林榮平，改用臺語說：「J・P！在蕃仔面前我們不要吵架。你，我不知道。像我，可是再也不要龜龜瑣瑣地過日子！」說完後，便「大踏步走出餐室」，那神態，我們可以想像，是個英雄似的。對於摩根索的無禮貌的話劉小玲的反應是「沒有窘迫，沒有生氣，她甚至有些輕蔑著摩根索先生的失態」，她的臉曾「僵硬地往後退」而躲開摩根索的湊向她的臉。詹奕宏想，「她畢竟是個見過世面的女人。」當詹奕宏昂然走出餐室裏，做爲主客之一的劉小玲「忽然站了起來」，喊了一聲「詹奕宏」，便「提起觸地的長裙，追著詹奕宏跑出吊著温馨、豪華的吊燈的餐室。」

詹奕宏從一進餐室就表現得「與衆不同」，摩根索興高采烈地招呼他時，他只「嗨」了一聲，在同林榮平討論過公事上的問題時，表現的是極度平靜，並無宴會上應有的熱鬧。他曾想「他不應該顯得太落寞」，「然而他卻怎麼也無法若無其事地找人閑聊」。爲什麼「若無其事地」呢？他的心裏在想著甚麼嗎？爲甚麼他對林榮平答應給他的提拔只以「算了」答覆呢？對林榮平表示冷淡？但爲甚麼有這樣的冷淡態度？因爲他看不慣林榮平的奴顏婢膝呢還是因爲他與劉小玲的關係？作者說「J・P・清楚地看見詹奕宏的敵意」時，指的似乎是後者。在整個故事的發展中所見到的詹奕宏只是在同劉小玲的戀愛漩渦中轉來轉去，其憤怒皆源於「我可不是垃圾桶。別人丟的，我來撿！」他的「桀傲不馴」則表現於對劉小玲的粗暴言行上。我們得到的印象是：公司組織和代表公司的摩根索與林榮平並沒有給他精神壓迫，也沒有歧視不公，他雖非屬於公司中的上層，但摩根索和林榮平們因爲要依賴他而對他頗多照顧，並無任何促使他心理上的憤憤不平而使他沮喪最後爆發成「反叛」，他討厭他們是因爲他們同劉小玲的關係，詹奕宏在公司的公務生活中沒有「龜龜瑣瑣地過日子」，基於此，我們聽到詹奕宏在宴會上的抗議聲時，覺得有些「突然」，頂多，他是不能忍受摩根索對劉小玲的放肆態度而嫉恨而怒火上升的。這種憤怒聲音雖然很響亮，但缺乏積疊成它的眾多事實的時候，便令人有虛空之感，換言之，這篇故事的發展中沒有足够的具體事實迫著詹奕宏產生高喊「不要龜龜瑣瑣過日子」的激昂情緒，除了看不慣摩根索對他的愛人的放肆和一句「我們多國公司就是不會讓臺灣從地圖上抹除……」。如果詹奕宏跟劉小玲只是同事，他聽到這句侮辱我們國家的話時的反應是否會同現在一樣呢？

詹奕宏來參加宴會時穿的藏青色西裝，劉小玲穿的是一身暗紅的晚禮服，長裙觸地，她戴的項飾、腰帶等，是他們決定結婚後所做的禮服，而今劉小玲要到美國去，這個宴會又是「順便給決定在下月初離職渡美的」她所設，面對這種情景，詹奕宏會有怎樣的感覺？憂悒和落寞，如故事中所提到者，在這種心境下，任何的刺激都能引發過分的反應吧？

兩個人離開餐室，「在大飯店的門外不遠的地方，劉小玲追上了詹奕宏。她抱住他的臂膀，他們默默地走在通往通衢大道的一條安靜的小斜坡上」，這時候，詹奕宏「方才爲忿怒、悲哀、羞恥和苦痛所絞扭的臉已經不見了。他看來疲倦，卻顯得舒坦、祥和的這樣的他的臉，即使是她，也不曾見過的」。詹奕宏離開了摩根索們的世界，踢開了給自己羞辱與忿怒的人們，而又重獲劉小玲抱住他的臂膀，自然地感到一種舒坦與寧靜，於是兩個人決定，像那列黑色的、強大的、長長的夜貨車般，回到南方的他的故鄉——雖然作者並沒有明言他們將這樣做，但他們會這樣做。

「夜行貨車」只是個較長的短篇或較短的中篇故事，但它所寫的人物、他們之間的關係和事件卻很多，顯得太多的人塞在一間小屋裏，不能自由行動，不能暢所欲言的交談，因此有些應該發揮的地方未能發揮，例如林榮平和詹奕宏之成爲對比的人物，劉小玲生活於汚泥而又企圖掙扎往上的衝突，公司裏外籍人員和華籍人員間的共同利益羣與利益衝突羣間的勾心鬥角等等，如能加以詳盡刻畫，則這篇故事會有更明確的主題，而不使劉小玲的愛情生活喧賓奪主。

顏元叔在「我國當前的社會寫實主義小說」❷中提到陳映眞時說，「他的短篇小說裏面時常處理本省人和外省人之間的關係」。在處理這種關係的時候，大致有一個格式可循：「就是往往牽涉一個本省籍女人與一個外省男人的性關係」。在討論一篇短篇故事之後，他說，「……主題卻似乎是大腦長期推敲的理性結論，假使申延開來，會令人覺得很不安的」。申延開來，說得明白一些，就是這種結合的結果常常不是愉快的，因而給人誤解，就是象徵這種結合的悲劇。不過顏元叔也提到在「一綠色之候鳥」中表示了「這種悲劇所帶來的將來、新的生命」。很多人討論

❷ 顏元叔，此文中文刊「中華文化復興月刊」，十卷九期，六十六年九月。

過，雖然都不是深入地，提到陳映眞所觸及的這種外省男人和本省女人結合的悲劇及其象徵意義。現在那「新的將來，新的生命」已是出現在生活的前景了，昔日的隔膜與恨意仍存在還是消失了？在「夜行貨車」裏，男的變成了本省籍，女的變成了外省籍——劉小玲的母親是哪裏人，故事中沒有提及，不管誰是哪裏人，他們是在同一個地區長大的，前一輩的省籍觀念應已淡薄，不會再構成隔膜與恨意。這兩個人的戀愛中的衝突不是源於省籍不同的偏見造成，而是由於詹奕宏的嫉妬，他的嫉妬是因爲她同林榮平間的關係，他認爲她不該欺騙他。這種嫉妬是屬於普遍的範圍的，伴隨著愛而產生的，即所謂「愛恨交織」的感情。這兩個人都遭受過家庭悲劇的打擊，內心都有一種悲憤，使他們(尤其是詹奕宏)的行動有時候非常偏激，例如詹奕宏知道劉小玲懷有他的孩子的時候，對於她仍是粗暴的打與踢，沒有像劉小玲那樣表現對未來嬰兒的愛與關懷。在這一點，我覺得實在沒有必要認爲「而這種愛恨交織，相當有象徵意義，不僅是劉小玲與詹奕宏之間的愛情，而且象徵了可能相當近代中國歷史裏面，(也許)臺灣跟中原大陸漢民族之間的一種關係。這種關係，相當的矛盾」，而這矛盾是「……反抗了那個外國人對中國人的侮辱的時候，他們本身的恨解開了，他們本身的恨解開了，最後和諧的完成了結局」❸。因爲，如前所述，懷有「恨」的只是詹奕宏，劉小玲並沒有恨；詹奕宏的「恨」源於劉小玲的同時戀著林榮平，三角戀愛中林榮平有妻室，同劉小玲的關係只是玩玩而已，可能沒有眞正的愛情，他提起詹的時候，

❸「個人的尊嚴，民族的尊嚴」，蔣勳，齊益壽對談「夜行貨車」，見「臺灣文藝」，第六號，頁一七二。

毫無妒意，毫無激動。詹奕宏「恨」，因爲他有眞的愛，如果我們不「象徵地」理解這種關係，而從「寫實的」角度來觀察，詹奕宏要化解他的恨，必須有一種力量大於這種恨。他的英勇地反抗外籍老板，就使劉小玲也跟出去，「象徵地」很好，但缺乏感人的說服力。如果詹奕宏的父愛克服他的嫉與恨，才更合理，基於此，我認爲象徵意義非常豐富的結尾實在是一個敗筆；如果要他倆在面對外國人侮辱中國人的時候能解決矛盾，則那矛盾必須由外國人的侮辱所致，況且他倆之間的關係談不上矛盾，理由已如前述。

我讀完這篇故事之後的印象是極單純的，就是在這個工商業疾速發展的社會中，維繫人與人之間和諧關係的道德受到了破壞，因此造成了一片混亂。劉小玲的母親踏進商業界，成功了，但卻忽視了她同丈夫與女兒的關係；劉小玲在公司裏沒有以正常的態度尋求愛情，只從一個男人飄向另一個男人；林榮平爲了他的地位，完全喪失了獨立人格，在外國老板前那一副奴才相兒，不理睬士可殺不可辱的氣節。也許作者是要表現在資本主義制度下，「利」成爲一種極具破壞性的力量。要抗拒這個腐蝕性的力量，只有產生於鄉村中的粗獷的力量——這力量便由詹奕宏所代表著。結尾時詹奕宏「忽而想起」的「黑色的、強大的」夜行貨車也是這種力量的象徵，它駛向他的「南方的故鄉」。在這兒，我們似乎又遭遇到一個難題，南方的故鄉是怎樣的呢？那裏有甚麼代表著一個堅毅不拔的力量以對抗那腐蝕性的力量呢？作者曾使我們看到那「南方的故鄉」。詹奕宏帶劉小玲返鄉時，她看到的是——一片白色的，一望無垠的沙漠，有點像鷄蛋殼的那種白色的一片廣袤的沙子，「看不見邊際的白色而且乾乾淨淨的沙子」。通常想到沙漠總是強調它的荒涼，它的不能生長任何東西，它的流動而無堅固的根。南方故鄉的沙是否有其他意義呢？爲什麼它又使劉小玲駭怕呢？爲甚麼達斯曼和劉小玲談的沙漠裏又有沙漠動物生動而充滿趣味地生活著且「沙漠是一個充滿生命和生機的地方」？南方故鄉的沙漠可是達斯曼所說者嗎？作者並沒有「象徵」出來或「暗示」出來，由之而使主題的意義頗爲曖昧。

二、上班族的一天

陳映眞最近有選擇工商界階層做爲他寫作的趨勢。在「夜行貨車」裏他敍述了一家外資經營的電子公司裏幾位高級職員的生活，反映了這家公司中有的人爲了錢與地位而龜龜縮縮地過日子，甘心做「奴才胚子」，有的則爲了一己的和民族的尊嚴，不願接受卑視與凌辱，最後拂袖而去。這樣的題材，再加上裏邊穿插的偷情與愛情，是極易吸引讀者的。繼這篇之後，陳映眞又發表了「上班族的一天」，副題「華盛頓大樓之一」（雄獅美術，九十一期，六十七年九月號），既標明「之一」，這當是一系列故事的開始。這故事中的「上班族」不是公務人員，是在公司裏工作的屬於工商界的「族」。在寫這一「族」時，陳映眞強調了他們生活的單調，「……這一整個世界，似乎早已綿密地組織到一個他無從理解的巨大、強力的機械裏，從而隨著它分秒不停地、不假辭色地轉動。一大早，無數的人們騎摩托車、擠公共汽車、走路……趕著到這個大機器中去找到自己的一個小小的位置。八小時、十小時以後，又復精疲力竭地回到那個叫做『家』的，像這時他身處其中的、荒唐、陌生而又安靜的地方，只爲了以不同的方式餵飽自己……」在這大機器的轉動裏，有的人不變地做螺絲釘，有的人很幸運地被轉到高階層的管理人員中，也就是往上爬的希望罷！使有這種機會的人在大機器中繼續轉動而沾沾自喜，像這篇故事的主角黃靜雄，因爲受到上司楊伯良的賞識，他又很盡職，他能把老董交下來的厚厚的一疊發票「四平八穩地登上公司正當的開銷」，能把楊伯良的「帳」「合情合理地轉掉，卽使紐約委託的查帳公司也無從查起」，所以他能陞遷，而今有希望幹會計部副經理了。但是晴天霹靂地這個位置卻落在別人手裏，他在一怒之下決定辭職不幹，「大家這樣互相欺騙，沒意思。」他向楊伯良說。

呆在家裏不上班，暫時擺脫了「十年來，他過著千篇一律的，上下班的生活」，而看到「靠在客廳右邊牆的他的書架上，一排破舊的、關於電影的書」，從大學時代起，他就是個拍片迷，他曾「渴想着自己有一架攝影機」，想「以單車爲主題，拍一部記錄影片」，「是從車把照下去轉動的輪子和不斷地輾過去的道路」爲第一個鏡頭。也就是說他是立志要從事藝術工作的，而他結婚時，他的妻子美娟的嫁粧就是個「十八厘米的攝影機」，也以兩年的時間「斷斷續續地拍了大約有五十呎的毛片」。他這「藝術活動」因爲進入莫理遜公司而被擱置。現在他看見那些關於電影的書和攝影機時，「他感到驚慌、生疏，甚至於忿怒了。」更甚於此的是他在這片刻的清閑裏，才得「……在客廳、萱兒的小臥室和厨房間來回地走，到處張望。然後他想起一些不常相聚的朋友，開始給他們撥電話」，這清閑使他回到自己的生活裏：家、兒子、朋友。

那一天，他自己到面對著莫理遜公司所在的華盛頓大樓的豪威西餐廳吃午飯時，作者介紹了他的一段往事，同一個風塵女郎的結識，那時「他於是從一個謹慎的、謙卑的、擠公共汽車的職員，變成比較狡猾、世故、以計程車代步——而終於有了情婦的小主管」。這是公司上班族的一個寫照罷，公司的生活和他的較高地位使他成了「比較狡猾，世故」的「有了情婦」的「高等人」了，這也或許是那些「謹慎的、謙卑的、擠公共汽車的」人們所追求所嚮往的一種生活吧，也就是這種生活腐蝕了他的電影書籍和攝影機的志向了。作者很明顯地說，工商業社會的生活同藝術的生活是互不相容的；他無從理解的那巨大、強力的機械輾碎了他的攝影機和五十呎的毛片。整日裏幹着「合情合理地轉掉」帳的工作，使藝術家完全窒息了；要想緩和一下使他精疲力竭的生活，甚至不再是温暖的家和賢慧的妻子，而是情婦。

在「夜行貨車」裏，我們也看到善於做假帳而獲得上司欣賞而居高位的林榮平，他也不從妻子兒女身上去找慰藉，而同他的女祕書劉小玲到温柔鄉去逍遙自在，對妻兒的則是「那種恣縱的、無忌憚的、有威權的怒氣」。這是不是要說明在一個工商業的社會裏造成的一種畸形生活呢？它不但輾碎藝術——代表著精神生活和文化；也破壞了傳統的親子夫婦間的愛？

在這篇故事裏我們也看到公司的另一面，那裏面的高層人士之間的互相利用，勾心鬥角，爲的只是步步高陞和「久了，全是咱們的」金錢。一個大公司組織裏搞的是甚麼呢?作者說：「CRP(即「成本撙節計畫」的英語縮寫)，果然——不，當然只是個『表面工作』罷了。楊伯良，榮志董這兩個無盡無底的坑洞留著不堵住，卻盡揀著紙張、原子筆一類的小項目去撙節。」這不是科學的管理，如果這是普遍現象，那構成現代社會基礎的現代化的組織豈不是很可怕的嗎?

三、雲

「華盛頓大樓之二」的「雲」，雖然一開始寫「以八萬元不到的儲蓄開始，獨自搞出口，到這個秋天，就要兩年了」的張維傑和他的「講的、寫的一口、一手的好英文，進出口的業務比他這才出道的人還熟練的」打字員兼打雜的「英文名字叫 Lily 的朱麗娟」共同努力經營他的小公司，但這個故事不是關於他的開展業務和他同朱麗娟的故事，這個開頭要等最後的「倘若妳今晚有空」才能援起來，才有意義，所以我們也先把這個「開頭」拋在一邊。

故事得從張維傑在麥迪遜臺灣公司服務說起，作者交待過他爲甚麼會進入洋人的公司去做事，但這也不太重要，重要的是他得到該公司的美籍的艾森斯坦的賞識，艾森斯坦因爲「爲了特定技術的發展而調整管理結構，並且使這個新的管理結構，在古老、富於傳統、對於現代化趨向產生各種阻力的東方，做了成功而有效的實踐」而被派到臺灣的公司來，一展其長才，他把張維傑從中壢的工廠調到臺北總公司，坐上「行政主任」的寶座，且認眞地研究了艾森斯坦提供給他的「跨國性的自由」，艾森斯坦在這本書裏，強調「新時代的跨國企業，不在依靠專政的軍事獨裁政權、干涉內政；不踐踏資源國民族追求民主、正義、獨立的願望，不以資源國家的悲慘的貧困、不幸來換取企業的利益」，這是舊時代帝國主義的做法，而他的「跨國結構應該以理解資源民族共同的願望——公平的社會、民主的政治、獨立的國家、受尊重的文化、基本上充裕的生活——做爲市場調查和經營目標中的一個重要部門」，我們可以說艾森斯坦是位天眞的理想主義者，把他的理想要在臺灣一個小工廠中實踐他的「美國之夢」，他選擇張維傑做爲執行者，那就是要在工廠裏成立工人自己的工會，以代替廠方的工會。艾森斯坦認爲「女工占全生產部門總人數的五分之四，卻沒有一個女工被推選爲工會的幹部。這些都不對。」他認爲「這種工會的代價、是怨恨、不忠、生產效率低下。」所以急於重組工會。對這重任，張維傑全力以赴。新的工會是何組織呢？工廠女工們是否迫切需要她們的工會？這些，作者沒有通過張維傑的觀點來敍述，他選擇了一個女工，通過這個女工的日記，使讀者了解重組工會時的各種活動情形。以書信或日記的體裁寫小說是早已有之的了，這種體裁的好處就是作者可以不必露面，而完全通過書信或日記寫作者的敍述使故事進行。在這篇故事裏，一個女工將其目睹的行動記錄下來，不必經由並非女工的張維傑的報告，可以保持客觀；而讀者呢，可以從女工直接報告去理解她們的想法、做法、感情反應，更具直接性與眞實性。

被選出的觀察者也是參與者的是裝配線的女工文秀英，一個高中畢業生，會寫文章而且把一部分精神寄放在寫文章上。這個女孩生於農家，「二十多年前小文的父親從空軍退下來，同帶著兩個男孩和老婆婆耕作著幾分地的小文的媽媽結了婚。出身於大陸中國佃農之家的小文的父親，付出他全部的心力，去愛那幾分田地、那個家，建設了一個勤勉、相依、想愛的家。」小文離開她喜愛的家出來做女工，只是「一心地想多賺一點錢，寄回去」，她的家雖然並不富裕，但也不是屬於窮得非叫一個女孩兒出來做工的階層，而她賺的錢，也被她「花在買書、買衣服，而結果並寄不了多少」，但她無論如何沒有感到匱乏給予她的壓力。他對於組織工會的事，最初也不十分熱心。當她去總務處領稿費的時候，吳主任問她：「他們談工會的事，有沒有找你？」她回答說，「沒有。」吳主任問她「哦，爲什麼？」時，她回答：「我不知道。其實，像工會那麼難的事，找我，我也不懂。」她直接看到熱心於組織工會的積極分子們的工作是因爲接觸到何大姐，何大姐是經驗比較多的一位很熱心也極富同情心的人，她對組織新工會起初也抱懷疑態度，「我做女孩的時候，就出來做工，頭尾也做了十七、八年了，工會的事，我看過、搞過，也不知幾回了。吃虧、受騙，更不知幾回。因此，張經理找你們談，我打定主意不信，他們辦事的要吃我們做工的，花樣多、辦法巧，嘿，你想都不想不到。你不信他，不理他，就一定沒事。」但是由於張維傑的誠懇態度，何大姐決定「再相信一次」，而且要「一個會寫字、會做文章的人做書記」，這樣，小文參與了組織工會的實際工作，她也知道，如何大姐所說，「工會，是使公司變得大家相處得更合理，更溫暖的工作」，這工作贏得小文對「何大姐她們」更爲尊敬。同這些人的接觸也使小文改變了很多，「我知道了在芸芸眾多的工人間，有何大姐和阿欽這樣，以木訥的正直和並不喧嚷的正義心及勇氣，自己吃虧，卻永遠勤勉而積極地生活著的人」。「……我幸而偶然間認識了這些少見的人，並且和她們共同工作，使我改變了我的人生。爲他人而生活的人，才是眞正爲著自己而生活的人吧。」單純的有著一般少女的虛榮心的小文，能夠對自己做一番批判，知道「自己過去是多麼無知，多麼虛榮，也多麼膚淺，」能夠由只想著自己的出頭露面而想到「爲他人而生活」，是一個巨大的改變，但是她在日記裏寫這種改變是過於輕描淡寫了。

組織新工會並不順利，有經驗的人已經預見到了，也提出了警告。管收發的老趙曾向張維傑說：「我看過幾個洋老板兒來了，去了。可不管人家是方的、圓的、剛的、柔的、直的、彎的，一碰到宋老闆兒，全像喝了酒似的，耳也不聰，目也不明了。」住在三重市的六十多歲的林伯伯——女工們這樣稱呼他——是見過世面的工會運動的老將，他也懷疑地說：「美國仔？美國仔的工作，你以前又不是沒有做過。做頭家的人，通世界都一樣。」這是姓林的老工人向何大姐說的。首先廠方自然是也籠絡工人們，所以有舊工會的理事長蕭振坤的宣布「工會這次爲大家爭取一筆獎金，酬謝大家長時間對公司的忠誠和貢獻」；站在廠方一邊的工人們說著使人們對組織新工會冷淡下來的話，「工人要緊的是實利。多一點工作獎金，年節獎金，工會的事，誰來掌，全一樣」等等，熱心新工會的女工們到是不動搖的，她們彷彿要堅持到底。可是，支持她們的「美國仔」，理想主義的艾森斯坦就棋逢對手。宋老闆並沒有像他想像的那樣「……他們不願意改變，但在最後不得不順服……」，他不但沒有順服，而且給了艾森斯坦一悶棍。宋老闆與總公司位高權重的董事長派特內有特殊關係——一九三〇年代派特內流落上海的時候，宋老闆那時資助過他開船公司，就憑這種關係，宋老闆是有恃無恐。艾森斯坦的頂頭上司麥伯里，麥迪遜遠東區部的總裁，給他的指示是連擬議中的中壢廠廠長的免職都不予考慮，而且說：「我不以爲在沒有明白而普遍的不安與不滿的情況中，推翻目前的秩序——這秩序，特別從『跨國性自由』的價值加以衡量，無疑是落後、愚蠢、甚至是殘酷的——對於企業結構，將帶來重大的損失。」當然，艾森斯坦和張維傑沒有力量「製造」出「明白而普遍的不安與不滿的情況」，因之麥伯里不支持「推翻目前的秩序」。宋老闆當然預料到這一步，他能使工廠裏的「不安與不滿」化成肥皂泡兒，無力「威脅」目前的舊秩序。

對於搞工會毫無經驗的張維傑天眞地向何大姐們說：「只要你們有把握，我們用投票方式決定改組工會，來解散原先的工會。」廠方怎麼做呢？廠長召集了工人們，在「冷氣早已開著的」餐廳裏開會，說明他們的工會以後要爲工人的福利設想，甚麼加薪啦，設互助基金啦，組織員工福利社啦。廠方的人員們——李貴、張淸海——自然是熱烈地鼓掌，「全場的人也高興地鼓掌」，這「全場的人」自然包括女工們，一些福利措施就使她們「高興地鼓掌」，表示她們對於那「舊秩序」並沒有達到「不安與不滿的」憎惡的程度。何大姐及時一篇爲女工爭地位爭公平待遇的演說贏得「全體女工們哇哇地叫好」，熱心新工會的「趙公子、素菊、魷魚她們，簡直叫破了嗓子，鼓腫了手掌」，但副廠長一句「不要衝動，大家慢慢商量，現在工作時間到了，大家回去工作，以後再討論」，就使「這個會在議論紛紛中散開了」。熱烈的掌聲也就隨風而逝了。廠方還用詭計對付這些人中的一部分，使她們在緊要關頭離開工廠，畢竟他們是手段高明的。

在投票的那天，張維傑一早就趕到了工廠，「還沒有進門，就覺得那天工廠門口似乎多了一些路人不似路人、而又絕不似工廠員工模樣的人，四處站著」。而「在庫房門口，寫著『投票處』幾個大字的紅紙條，被撕去了一半」。欲去庫房門口投票的女工們被攔截，急得「魷魚迅速地扯開自己的衣服。只一瞬間，她在七月的陽光中，裸露著上身。她的一對豐實的乳房，隨著她不易抑過的怒氣，悲憤地起伏著。」她竟以赤裸來阻擋那些要推開她的男人們。結果呢？這些女孩子們只有「開始嚶嚶地哭泣了」，而她們盼待來支持她們的艾森斯坦沒有來，來的是宋老闆，投票終於無實現的希望了。可以給小文一些安慰的是工人們舉起帽子表示對她們的支持，「彷彿一陣急雨之後，在荒蕪不育的沙漠上，突然怒開了起來的瑰麗的花朵，在風中搖曳」。這是一種安慰了，總是有「搖曳的」花朵了。

但結果呢？艾森斯坦的「美國之夢」只是一場夢，頑強的阻力擊碎他的夢，也擊敗了他，擊敗了張維傑，擊敗由懷疑而對他們產生了信心的何春燕們，她們的遭遇，看看張維傑在遊覽車上遇到「趙公子」時聽到的報告就知道了：一個個被調工作，被迫得非離開工廠不可。離開以後呢？以文秀英為例吧，「小文偶而會寫信來。她總是一個廠換過一個廠……。一個廠換過一個廠。一下子說她在紡織，又一下子說是在電子工廠，一下子又說……有一次，我寫信去，說這好像流浪的人一樣。她回我信，她哭了，她說。」

從前面的簡單敘述中，也許會給人一個錯誤的印象，認為「雲」是寫工廠罷工的故事。我說「錯誤的」，因為這個故事不單純寫罷工，而有多層意義，我們可以從幾個重要人物的遭遇和經驗來說明它們。前邊已經提到抱理想主義的艾森斯坦有他的「美國之夢」，「美國之夢」是要把她的自由民主「推廣到她影響所及的世界各個角落」，美國人認為他們的民主自由和人權是最理想的制度，會給人類帶來幸福快樂。從參加兩次世界大戰到組織和平工作團，美國人公開宣揚的目標就是這個。事實上，歷史告訴我們，他們不時在遭遇到困難，他們的理想受到尊重，但不見得全盤接受。艾森斯坦來到臺灣，要通過一個美國人經營的公司和工廠實施其「跨國自由」，但這自由不是他要給予就會被接受的，遭到挫折之後，他彷彿覺悟了。「不過，麥伯里有一句話，說對了，我想，」艾森斯坦先生說：「對於企業經營者來說，企業的安全和利益，重於人權上的考慮。他說的。」我們也相信麥伯里說對了，「企業的安全和利益」才是那些投資的商人們的首要目標啊，「利益」高於「美國之夢」。這一教訓也影響了張維傑，他聽了艾森斯坦的話後，「艾森斯坦先生的聲音，像一口難以咀嚼和下嚥的菜，在他的空疏的腦中，左擺、右擺、橫放、豎放，都擺佈不好。他突然覺得疲倦，眩暈了。」

熱烈接受艾森斯坦的「美國之夢」的張維傑在進入麥迪遜臺灣公司的時候，也跟別的人一樣，只不過希望「把全部的心智投入新的工作，確保這個多出教員的薪水將近五分之二的位置，以便繳清購屋的餘款」而已。他不是窮苦的農家的孩子，他的父親做了三十幾年小公務員，這使他能受到高等教育。在他上師大前和師大畢業後的教書生涯中，他對學生們充滿了愛，同情受苦難的同學。在麥迪遜臺灣公司的中壢廠中，他同女工們的接觸並不多，對於她們的生活情況並不十分熟習，作者沒有敍述他這段生活的經驗。他的忠誠支持艾森斯坦組織工人自己的新工會，是艾森斯坦的理想說服了他，我們沒有看到他的深深體驗到工人們需要新工會的必要。在女工們的眼裏，他是支持她們的「公司」的人。重組工會的失敗和艾森斯坦向他說的「安全與利益重於人權的考慮」使他失望，使他得罪了宋老闆而不得不離開。離開之後而孤軍奮戰地從事進出口貿易。「雲」開始寫張維傑雇用朱麗娟，朱麗娟的勤奮工作贏得他的信任，贏得他一聲「謝謝你啊，Liy」而已，但在故事結束時，也就是在讀完小文的日記時，等於他有機會「重溫舊夢」，使他站得遠一些看看過去的一段經驗，他得到一「頓悟」，「他突然覺得，自以爲很辛苦地工作著的這兩年來的生活，其實是懶惰的生活。只讓這個迅速轉動的逐利的世界錘打、撕裂、剉削，而懶於認眞尋求自己的生活」，他也首次想到「這兩年來，爲什麼我只是把她當作效率很高的打字、打雜的機器」，他才有約請朱麗娟吃晚飯的念頭，而且「非常希望你答應。如果不放心把丫丫放在家裏，也把她帶來」。他把朱麗娟看成一個「人」，而且開始關懷「人」，開始同情「

人」。宋老闆們不願做的事，他從自己開始，雖然只是「一對一」，而不是對一大羣女工，然而他這頓悟十分重要的。做爲一個信任人道主義的陳映眞似乎是說，憐憫與愛始於一個人的「心」，如果人人有顆愛他人的心，不把別人視爲工作的機器，人與人之間才能有幸福、有和諧。

　　被叫做小文的文秀英應該是「雲」中的主要人物，這不但是因爲經由她的觀點來看工廠女工們的重組工會的努力，通過她而使讀者認識許多人，而且小文在「雲」中被敍述被介紹的也比別人多，她也是個發展中的人物。她來自一個貧苦的農家，但這個家庭裏充滿了溫馨與關懷。小文的老爸爸不但喜愛她，也喜愛她的兩個同母異父的哥哥，更喜歡他能在異鄉得到的田地，他的老友曾這樣說他，「這年頭，平地上種那幾分地，能賺什麼？可是他只是愛種地，賺呀，賠呀，他全不在意。」但對於「生性善感」的次子，雖然他知道這孩子因爲母親再婚而憂憂不樂，也不喜歡這後爸爸，但對這孩子的教育仍那麼關懷等，都說明在這個家庭裏，小文接受的是父母之愛，眞摯的愛。當然這個家庭有些不太正常，兩個男孩對於突然來一個老爸爸都感到「感傷」，但這沒有絲毫影響到老爸對他們的愛。至少小文是浸在這愛裏長大的，她的求學過程是空白，作者沒有敍述，但在工廠中她的文章刊在「麥臺月報」且受張維傑賞識之後，她對於寫文章發生了興趣，也喜歡讀書，也許她有創作的才能吧！張維傑在最後還對她說：「不過，只有一件事，要小文繼續相信我，在文學上，繼續努力。我等你寫出眞正的，人的心聲。只這件事，請你相信我，好嗎？」在小文被約請參加重組工會的工作後，她繼續寫日記，但沒有再創作，參加這項工作對小文是不是一種教育呢？是不是使她眞正了解更多的人，準備寫出眞正的人的心聲呢？她從這項工作中學習了些甚麼？小文從她積極參與的工作中學知了一些東西，例如魷魚游碧玉因爲受騙懷孕而自殺後，何大姐何春燕對她的照顧，對她的安慰，對她的勸告，無論做甚麼事，都有明智的選擇和抉擇後實施的決心——她對魷魚說：「要生，就要下決心把孩子帶大，帶好。這不難。我們做工人，只要你肯做，兩條胳臂照樣帶出好子孫。」而何春燕在重組工會工作時表現的堅決、勇敢，都使小文對她有深刻了解，且引起對她的敬佩；在重組工會的過程中她，小文，看到一些人並非單純爲自己的而是爲全體女工們的利益的關懷與獻身，和另一批爲工廠當局所利用而不顧他人的職員們，使她對於周遭的人們都能了解，這是從事重組工會進行之前她不曾注意過的，但小文學習的並不够多，她從無知（不知不識）到知（awareness）的過程表現得不够突出。她們重組工會工作失敗後，「小文被調到倉庫房，讓男工人成天駡她：別老端著拿筆桿的人的模樣……小文每天回到宿舍，咬著牙、忍啊！等我們一問，她就急急忙忙找個牆角去哭……」趙公子趙月香這樣告訴張維傑。這段痛苦生活可能使小文得到另一些經驗。但是小文沒有非留在工廠忍氣吞聲「找個牆角哭」的必要，我們記得她們在重組工會的日子裏，她大哥曾去工廠看她，且說，「我這個妹妹呀，就是馬上辭去工作，家裏還有幾分薄田，愁不倒她，也餓不壞她哩。」後來小文又不停地在很多工廠工作，但是她卻沒有再繼續她的創作，爲甚麼這些經驗沒有做爲燃料，燃燒起她寫「眞正的、人的聲音的」慾望呢？創作之火爲甚麼息滅呢？作者創造了一個有發展潛力的小文，但只寫了半個小文。

作者懷著極大同情心簡單地勾畫了兩個心地善良的農民，一個是小文的老爸爸，從小文寫的那篇「二哥」裏我們已經看到他的對兩個非他自己的兒子和他自己的女兒的一視同仁的愛，尤其對於老二，他沒有責備老二到外邊過荒唐生活，在他被卡車撞死之後，「老爸爸也突然老了一截，幾乎讓田裏的工作，一下子荒廢了。」他又出主意把老大的第一個兒子在名分上過繼給二哥，「這是二房的孫子了。」他笑著說。他還為老大「新蓋一間兩層樓，給大哥一家人住。」小文在日記裏寫她爸爸的朋友陳伯伯到工廠去看她時，「帶了小包、大包的瓜子、酸梅、蜜餞、花生、牛肉乾，臨走，還要塞錢給我。我怎麼推辭，他都不肯，看我收下來，便飛快地走出會客室，笑開他寬寬的黑臉，朝我擺了擺手，孤獨地走出大門。」這位「笑開他寬寬的黑臉的陳伯伯」也是位退役的老士兵，他「在埔里上去松崗那兒租了地，種夏季蔬菜」成為菜農，日同土地接觸使他「人變得黑了，身體卻結實了」，他對小文的愛也是那麼純眞。作者彷彿說，這種發乎內心的純潔眞摯的愛只有存在於生活於土地上的農夫心裏，被一些社會學者認為是教育機構的工廠究竟教育了人些甚麼呢？從這一點點簡單的敍述，我們不敢貿然說作者認為「愛」只能存在於大地上，工業帶給人們的只是隔絕疏遠，但我們可以看到作者對於純樸農民的同情了。小文的幾句話是否代表著作者對於自然的懷戀呢？「實在說，我方才一直在看著那些白雲。看著他們的那麼快樂、那麼和平、那麼友愛地，一起在天上慢慢地漂流，互相輕輕地挽著、抱著。想著如果他們俯視著地上的我們，多麼難爲情。」

從作者對中壢工廠中的管理階層來看，我們會覺得這些宋老闆和宋老闆的那些幹部的開工廠和振興實業的目的究竟是爲了甚麼，作者沒有交待得十分清楚。完全爲了美商麥迪遜的利益？還是一半爲了他自己的利益？他代表的是甚麼？純粹的美商的代理人，還有由外商操縱的而自稱爲的民族工業家？

整個談來，「雲」涉及的層面很廣，但每一個層面上的問題都未能做澈底的追根探討。使人有一種鬆弛之感。

四、萬商帝君

「萬商帝君」是「雲」的姊妹篇，雖然我們不願說它倆是一對雙胞胎，這兩篇短篇故事有很多相似處，這是每位讀者都可以清晰看見的。「萬商帝君」寫的仍是美國人在臺灣投資經營的公司——莫飛穆國際公司的一個分公司，經營得當然不錯，臺灣已是一個不折不扣的大眾消費社會了，外國生產的產品自然會傾銷的。總公司爲了更有效的傾銷，決定了新的政策，「儘量以受過各項專業教育的人爲今後各分公司人事資格的首要考慮，尤其是企管碩士的需要性，更爲緊迫」，就在這新政策的實施下，劉福全便一步踏進分公司來的，這位有專業教育訓練的「管理教授」深爲總經理欣賞，總經理是美籍人士哈瑞・布契曼，劉福全便以專家的資格登上經理寶座。但爲分公司賣過力、對分公司的繁榮有特殊功勞的陳家齊當然心裏有些不自在。這是我們的傳統觀念，要升嚒必定先升功臣啊。於是「就這樣，臺灣莫飛穆國際公司的經理層，自然地、微妙地、隱約地分成了兩派。一派是以管理教授爲中心的少壯一派，年齡上多在卅五歲以下年輕經理和主任，另外，則是以業務部陳家齊爲中心的一派，以公司資深經理爲中心。」我們預期這兩派會有明爭暗鬥，陳家齊一派的老功臣自然不能忍受自己的重要性被沖淡，甚至部分權力被剝奪；劉福全的專家派自恃獲上級支持，自恃有專門知識，當會氣勢凌人地要駕御他人。當然陳家齊和劉福全之間有「十分緊張的對立」，但這對立不是產生自在公司裏爭權爭地位，而是在另一個題目上，就是劉福全有極明確的臺獨思想，而陳家齊是上海人，在本省人甚多於外省人的工作環境下，最不喜歡聽到區別「中國人」、「臺灣人」的話題。我們看到他們兩個的「衝突」那是劉福全的「理論」與陳家齊的「實際經驗」的衝突，這衝突表現在公司推銷小鐵板爐到臺灣農村的計畫上，劉福全的「創造顧客」的動人理論似乎被陳家齊的實際派撥倒了，迫使總經理布契曼先生不得不在兩人之間取得平衡，「留給陳家齊和劉福全私下去進行，以便相互補充，做出最好的計畫。」

　　但在美國莫飛穆遠東部在臺灣舉行的爲期四天的行銷管理會議中，他們兩個都能合作，以展長才，使會議開得那麼成功。「……一向都是優等生的劉福全，配合幹練而長於組織和行動的陳家齊，挑起沉重而複雜的籌畫和執行的工作。」有「優等生」根性的劉福全把會議的情形都「巨細靡遺地」記在他的日記上。在日記裏只是翔實地記載了開國際會議、招待外賓的「通性」，只是使未曾見過這種世面的人「認識」一下而已。作者在「雲」裏也使用一個人物的日記協助故事的發展，並使記日記的人對於她面對的事務有所了解，有所醒悟。但劉福全的日記沒有這種功能，除了記載會議外，劉福全也寫了當時黨外候選人競選的情形，使讀者知道劉教授同黨外的聯繫。等一下我們再談這個問題。在讀過這個故事之後，我心裏就產生了一個問題：在「雲」裏讓小文記日記，處理得相當恰當，可是在這篇故事中，記日記爲甚麼不是自封萬裔帝君的林德旺呢？林德旺是一個十分重要的人物。在公司裏，他的地位並不高，自認是陳家齊的心腹，總是希望陳家齊能夠提拔他。在開行銷管理會議的時候，幾乎每個人都派有任務，而獨獨希望能夠有所表現的林德旺卻沒有分配到任何工作，這對他自然是個十分沉重的打擊，他就是沒有受到陳家齊的重視，他並不是陳家齊和劉福全兩派衝突的犧牲者。作者曾詳盡地介紹林德旺，正像「雲」中詳盡地介紹小文般。他有個不幸的童年，還不到十歲，就被一個債主索去收爲養子，抵了家裏的債務。養父也姓林，是個包娼又包賭的不務正業的單身漢，物質生活比在貧窮的農家好些，但他的養父在心情惡躁或醉酒的時候會用竹劍打他，養父沒有女人的時候，就會叫幼年的林德旺去跟他睡。養父對他的教育，素來是無原則的，忽兒敎他做人要講忠孝節義的大道理，忽兒是敎他「馬無野草不肥，人無横財豈富」。林德旺非常想家，常怨家人把他送給別人做養子。他上國中的時候，他的養父被人砍死，他才得以回到生家。家裏仍是貧窮，三個哥哥都離家去謀生，只有姐姐素香在家裏。

在姐姐的支援下，林德旺能讀到高中，讀完三專。他姐姐「爲了幫助家計……做過推銷員、女工和建築工地上的零工。她也曾在隔壁鎭上一家海產店裏當過女侍應生。但維持得最久的，就莫過於在自己村子裏當三界宮中兼差的女乩童。素香的身體瘦小，因此每次施過法，她都要拖著蹣跚的步子回家……一睡就是半天。」爲了醫治林德旺的病，爲了他的學費，素香不能脫下那件黃衫。素香是個有見解而善良的女孩，肯犧牲自己，只爲他人著想。林德旺三專畢業去都市中工作。最後進入臺北的莫飛穆國際公司，他不斷地向姊姊要錢，素香知道他學壞了，所以寫信叫他回家，她寫的一封短信是非常感人的，「……你姊姊這件黃衫，暝穿、日穿，也是望你早日成功，阿爸也好早日放下油湯擔子，將阿公失敗賣去的田地買一點回來。我們究竟是做田的人，要做田才會心安。」林德旺雖然回家一趟，但他並沒有「做田」，對他而言，在一家外國公司工作給他的榮譽自然超過，遠超過，做田。然而素香說：「外國人，就高等嗎？」和「幾杯酒下肚，日本人、美國人，誰都一般醜！」她見過「外國人」，都是一般醜，一個很好的教訓，但當今流行的觀念並非如此，他們認爲是「外國人的公司，賺的錢大把些」。這種對比，把素香的人格雕塑得十分突出。最後，她讓林德旺自己選擇是否留在家裏做田，她說了一句頗有深刻意義的話：「花草若離了土，就要枯黃。」漂流在無根的「外國人的公司」裏，是離了土，至少對林德旺而言。

林德旺在公司裏，慢慢走向「枯黃」，誰使他枯黃？爲甚麼使他枯黃？林德旺猜測的是「千不該，萬不該，他撞見金經理和Lolitta。我不是故意的，這是第一，他想：第二呢，我從來沒跟誰說過。但是老金和陳經理是一個死黨，這就叫我死定了。他想。我就這樣被他們踩死了。」然而這不是他「枯黃」的原因。爲甚麼沒有請他參與一場大拜拜的國際會議，並非由於金福金或Lolitta的阻撓，也不是陳家齊爲了討好金經理才不叫他參與，才壓制他，因爲他不知道這件事。林德旺以爲自己是兩個死黨衝突下的犧牲者，只是出自他個人的想像；不管怎樣，他認爲他被排擠是一種侮辱，給他很大的羞辱。他也知道自己往上升的路已被堵死了，而今他陷於極度的絕望中。必然地，他會陷於不切實際的想像中，要在幻想中走出絕境，所以他開始了做經理的夢，這個夢控制了他：「現在，這個魔術一般的英文字——manager；這個黃金、寶藏一般的觀念——『經理』；這個神奇的發音——『馬內夾』，在林德旺逐漸狂亂起來的心智中，發生了咒語似的效用。他感覺到他的心神迅速地穩定下來了。一切最近以來在他的心中激烈的激湧、出沒的令他痛苦、傷害、恥辱、仇恨和驚駭的情感的聲音，逐漸沉靜了下來。他感到舒暢而快樂。多麼美妙！他激動地想著，陳家齊，金老闆，Lolitta，那個嬌嬈的惡魔女。還有，那令他依戀、又令他氣憤的姊姊素香，都與我無關了啊！他想著。」只要當了經理，他可以把世界踩在他的腳下，他整個的思想都在成爲「馬內夾」了，而最後他走上了瘋狂，成爲「帝君太子林德旺」，並以瘋子的姿態出現在公司舉辦的國際會議的會場中，喊著「我是萬商帝君爺，世界萬邦，凡商界、企業，攏是我管轄哦！」這喊聲裏隱藏著多少辛酸！可惜在這篇故事裏，對於林德旺的剖析不够深入，雖然在衆多人物中他顯得相當突出：那是由於他的行動。

另一個引起我們注意的人物是「善良的、虔誠的」Rita劉，在公司裏，她「是業務部陳經理的祕書。但她和全公司的祕書不一樣。她從來不打扮，從來不搔首弄姿，嗲聲嗲氣地說話。三十出頭，人卻都稱她爲『奧巴桑』。她爲人謙和，工作努力，整天跟著幾近於工作偏執狂的陳經理打轉。」她永遠不會忘記「把福音單張送給她覺得急切需要送的人」。也許因爲林德旺接受她的「福音單張」的關係，她對他的關懷甚於他人，她能「確然地感覺到林德旺內心深處隱藏著不可言說的悲傷、重壓和傷害——奇妙的救恩……」。是她「關懷地」通知林德旺曠職並替他請假，沒有得到林德旺的消息時，是她騎著腳踏車到他的住所去找他，是她走進林德旺的房間看見那兒的那副狼狽像，使她想起她的朋友瓊的一句話：「許多世上的苦難，是我們這兒的教會和信徒所完全不理解的。」作者爲讀者介紹了瓊和 Rita 的關係，當然我們從這簡單的敍述中不知道瓊對 Rita 有甚麼影響，也不知道何以 Rita 心裏總記憶著做了修女的瓊。

劉福全的「新鮮」，不只是他一直是「優等生」的管理學專家，不僅是用「臺語語音把自己的名字拼成 Hokk Kim」，還有他的「政治見解」，他「認爲臺灣有獨特的文化和社會，已經使她完全和大陸中國斷絕了關係；說是他認爲黨外運動就是『臺灣人』尋求新的『自我認同』的運動」；他認爲「美國保護臺灣，主要是保護『臺灣人』。美國對臺軍售拖拖拉拉，其實不是受到『共匪的牽制』，而是臺灣人在武器的威脅下『人權受到蹂躪』，云云。」從他在記錄開國際會議的日記中，我們知道被布契曼先生十分欣賞的劉福全是同所謂「黨外運動」有著聯繫的，在十二月十六日的日記中有老簡隨時給他的報告，「黨外助選團　臺南市體育館那一場，聽眾把整個體育場擠滿了不說，場外四周的街路，全被羣眾塞住了。……今天助選團下高雄，要在高雄縣、市好好幹一場。」等等，劉福全答應老簡：「這兒開完會，我馬上過去幫忙，一定的！」不但有著聯繫，他可能是位積極的參與者和參謀人員哩。就在這莫飛穆國際公司開會開得熱鬧非凡，黨外競選搞得聲徹雲霄的時候，美國的卡特總統宣布承認中共，當時的黨外中心人物康寧祥「停止競選活動，呼籲國人保持冷靜態度，要求政府『不要採取違背民主的魯莽行動』或『造成緊張狀態』」，康寧祥也打電話叫黨外競選活動「攏總收起來」。莫飛穆公司的會議繼續進行，布契曼先生講了一段「安定人心」的話，「從美國政府一向為保護其多國籍公司在世界各地之利益所做過的現實有效之努力的無數前例，我相信卡特總統的話。」這些為著美國公司服務的劉福全的確「相信卡特總統的話」，也安心了，劉福全大概也有了他所謂的「國際心胸」了，最後他同陳家齊坐著汽車看見遊行的學生隊伍舉著寫有「中國一定強」標語時，這兩位經理大概是溝通了，在這篇小說結尾時的敍述頗有意義。

「要是幾天前，這五個字，一定叫我流淚。」

陳家齊沉思地，低聲說。

學生們捧著獻金箱，高喊口號，揮舞著青天白日滿地紅旗。

我們的車子在行列邊不能不放慢了速度。

「Irrational Nationalism!」陳家齊忽然獨語似地說：「盲目的民族主義！」

「Peter Drucker!」我脫口而出。

彼德‧杜拉卡著名的一句話，就是「盲目的民族主義！」

「這一句呢？」陳家齊從後視鏡中笑著看我。他用清晰的英語說：「……We need to defang the nationtalist monsfer!」……

又是管理學大師彼德‧杜拉卡的名言：「……吾人應該將民族主義這個惡魔的毒牙拔除淨盡！」

劉福全和陳家齊談話是用「國際語言——英語」，他們都同意民族主義是盲目的了，使他們有這樣「澈悟」的，是他們的「職業」的教訓。布契曼先生不是這樣說嗎？「一個多國籍公司的重要管理者，在管理『世界購物中心』的過程中，要發展出適當的國際忠誠，以與原來各自對民族國家的忠誠相補足——如果不是相拮抗的話。」這兩位「重要管理者」發展了「國際忠誠」，即是對「世界購物中心」的忠誠，在陳家齊低語「盲目的民族主義」時，劉福全會有會心的微笑吧。布契曼先生說過：「我們賣的不只是各種產品。更重要的，我們賣的是一種理念，一種文化。進步的、合理的、舒適的，享受人生的理念和文化。」布契曼對於他的兩個重要幹部一定會很滿意的。他們欣然看到「商品的國際性，創造了文化、思想和價值的國際性」，「在跨國性企業的管理中」，各個民族的傳統個性泯滅了，呈現出現代市場的統一性，以可口可樂、本田機車造成「

天下一家」。

劉福全的「政治見解」同這種「文化、思想和價值的國際性」是衝突的，雖然不是相「拮抗的」；他是否修正了自己的政治見解呢？我們不知道，這篇小說裏沒有涉及到這個問題。劉福全來到莫飛穆公司時是其勢洶洶的，他影響了這個公司的經營方式嗎？他的貢獻又是甚麼呢？只是籌備那個國際會議嗎？我們也不知道。因此，在這篇故事中他的分量就嫌不够重。

在「雲」裏，艾森斯坦解釋他的跨國企業理論，在「萬商帝君」裏很多的人解釋企業管理和行銷制度，這些，我們推斷，是作者陳映眞先生近年來在工商企業機構中服務所獲的知識，他通過所寫的故事來介紹這些。不過，這些教科書上的知識實在寫得太多了，多得使讀者感到他不是在看一篇藝術創作而是在念一篇甚麼概論，尤其是在「萬商帝君」裏。我們難以了解這些解釋對於故事情節的發展，對於人物思想、感情的影響、或人格之形成有甚麼直接關係。如無關係，就沒有必要使讀者接受這些。

關於 Rita 劉的朋友瓊的出現，也嫌是個累贅。瓊長的比她漂亮，和她一起「親愛地、熱切地」而那「英俊、憂愁而溫柔、親切的耶穌、基督」傾訴「她們共同的孺慕」以及瓊後來的一切經歷，彷彿對於始終虔誠的Rita 劉也沒有多少關係。在這篇小說中，Rita 只是做爲對林德旺的同情者出現，此外她不再有甚麼任務了。如說她同其他的女職員對比，故事中在這方面也著墨甚淡。Rita劉出現舞臺上，總還唱了幾句。還有幾位跑龍套的人物，名字出現，晃了一下，便不見了，例如 Lolitta 吧，除了供布契曼戲謔一下之外，她就退入幕後去了。「雲」裏也有這種「閑」人，但不若這裏者這麼明顯。

正當莫飛穆公司開國際會議時，突然發生了卡特承認中共的衝擊，這是個饒有趣味的神來之筆。這件事給予我們震撼是極大的，也激起我們的愛國熱潮，由遊行的學生做代表。但莫飛穆公司裏的人員，吃了布契曼給他們的定心丸之後，就駡這些學生們爲「盲目的民族主義」了。因爲劉福全與黨外人士的密切關係，我們也看到黨外的反應：康寧祥立刻停止競選，且叫他們「攏總收起來」。這樣的用眞實人物寫進小說中是否得當且不論——沒有理由說不能——，但康寧祥是不是黨外總指揮呢？正如劉福全所記的。「他眞像個在野政治家。美國大使館竟也通知他！」劉福全有些不承認康寧祥的這種「國際分量」。但作者筆下的康寧祥，卻是個有理性的認大體的愛國者，因爲他在聲明中說「臺灣一千七百萬人民的意識型態和政治經濟制度，與中共格格不容，強加合併，勢必引起可怕的悲劇。」康的不會玩政治是他先道出的「強加合併」。中國許多小說中寫當時人物多用影射，而不直接提名道姓，那樣寫來比較自由，或褒或貶，任憑自由。有了眞實姓名，就要有所顧忌而保留了。

整個說來，「萬商帝君」未能盡情發揮它的主題，枝節敍述有喧賓奪主之嫌；結構鬆懈，甚於「雲」。

論魏偉琦

1

近幾年來，我很少讀新人的新作品，這也許是因爲我教書的工作太忙碌的關係，沒有太多的「課餘之暇」沉緬在藝術世界裏，但主要的原因還是這些年來我未能發現眞正有創新的作家。我曾跟很多從事創作的朋友們請求，希望他們發現好的作品時便介紹給我。我也讀過一些選集，但是這些選集裏的作家多半是我較熟習的面孔，而他們的新作品，無論在內容上或技巧上，並沒有表現出「突破」，大多都是在一個設定的圈子裏活動。而在長篇小說方面的成就，多少年來，顯得相當貧乏。我們今天文壇上的健將都是以短篇小說起家的。在朋友間的私人談話中我也曾表露過這種意見，當然也有朋友向我介紹過幾位很具潛力的新作家。是不是有人提到過魏偉琦女士，我已經不記得了——我最不善於記陌生人的姓名，除非有過特殊的接觸。魏女士的這部「飛花時節」是我讀過的她的第一本作品，雖然不是精讀，但它卻給我一種新鮮之感。我想作者的文字頗具有這種吸引力，她的文字是極自然的，不露任何刻意雕琢的痕跡，不硬嵌進刺目的詞句、生硬的象徵、自造的奇僻的比喻，讀來不會像行走於崎嶇山徑，一步一顚躓，坑坑窪窪，時有「行不得也」之感。她的文字自然而流暢，正像她所寫的青溪鎭上那條小溪那樣「溪水終年碧青」，「……總是淙淙地向東流去」，「溪面正閃爍著萬點夕照的金光」，她這純樸平易的文字能夠表現出撼震的力量，這力量並不弱於那「驚濤拍岸，捲起千堆雪」的力量。我所謂的力量是通過這種文字表現能使故事中那些主要人物的一言一行給予讀者的深刻印象與衝擊的力量，這種力量牽引著讀者一步一步踏入他們的世界——物質的世界與心靈的世界裏，共享他們的悲愁歡樂。

這部小說裏沒有所謂現代人的「墮落、背德、懼怖、淫亂、倒錯、虛無、蒼白、荒謬、敗北、兇殺、孤絕、無望、憤怒和煩悶」（陳映眞，「現代主義的再開發」），而只是一個平凡的小鎭中一些平凡人物的平凡生活。變態易寫，常態難描；怪異人物易寫，平凡人物難述。因爲變態怪異易於通過誇張而吸引讀者，常態平凡則必須費一番功夫才能抓住讀者。「飛花時節」裏的主要人物是一個煤礦小鎭上的一羣少年，他們由十幾歲而慢慢成長到青年，而他們的成長過程也是平凡的。故事裏寫了兩個家族，一個是過著貧窮生活的礦工李阿金家，另一個是屬於鄉村暴發戶的周家。這兩家的孩子也分爲兩型，一型是解事的乖孩子，如李家的長子文偉，次女美月，三女秀月，周家的茂雄；另一型是成問題的孩子，他們的行爲是反慣例的，如周家的茂源，李家的月嬌。在這個小鎭上一個重要的精神支柱是小學的校長，他是道德力量的化身，校長的女兒雅娟也屬於乖孩子的一型。這兩羣孩子一起讀書一起玩耍一起成長，彼此間也產生了感情。無論是乖孩子或是問題孩子，他們都有理想與勇氣，都要出人頭地，只是表現的方式不同而已。作者沒有以二分法把善寫得盡善盡美而惡則是全然的惡，她使我們看到爲社會所譴責的太保太妹型的孩子們在心底深處仍埋藏著善良，這善良會表現出來，雖然是在罕見的情勢下。這又是一個不容易處理的問題，尤其是對一個初學寫作的人，如何安排一些事件，表面上是惡漢行爲，而其動機卻是純良的。在處理所謂的反派人物茂源時，作者便面對這種安排給予她的困擾。她使一個爲人所棄的惡漢在颱風之夜奮不顧身去拯救正在患病的李阿金，這種義舉是可欽佩的，而他這樣做時是，如他自己所說的，要換換口味，他的爲了救美月而殺傷流氓黑仔，都是他的俠義行爲，這些都寫得相當明顯，所以在讀者眼裏他不是個百分之百的可憎的惡漢。所以在最後他向秀月說明他是個沒有父親的私生子，他「只有藉著玩、鬧、瘋，來忘掉自己的這可恥的身分」時，讀者會驚異地說：「噢，原來如此。」於是對他寄以同情，但因讀者早有了心理上的準備，所以他這種暴露沒有能產生預期的「震盪」的效果。作者通過周茂源的控訴提出了一個道德問題，卽社會的對他的膚淺的了解而給予他的不公的對待，對於他的爲惡的行爲，應該由社會負大部分責任。周茂源曾問：「……想重新改變自己，但是我沒有機會；鎭上的人不肯給我一個機會。只要我兩天不鬧事，他們就在猜測我是在計畫一件更壞的事，見了我就像碰見魔鬼似地躲開了……」「我不服氣！也眞不甘心！投胎做私生子，並不是我的錯，我卻要遭受一切嘲笑與歧視，這爲什麼呢？這樣公平嗎？」不過在青溪鎭上周茂源的被「嘲笑和歧視」，是因爲他的一些流氓式的言行，而源於鎭上居民知道他是私生子的成分不多。作者在最後提出他的眞實身分，不如在前面強調茂源在村民眼裏沒有社會地位是因爲他是私生子，他雖力爭上游而不能打破這種歧視，乃憤而成爲惡漢，但這惡漢外衣下仍是一顆受損的善良的心。同他配對兒的人物李月嬌是個典型人物，沒有頭腦，只求受人尊敬，乃不滿於自己的礦工子女的生活，再加上周家的美玲的生活方式給她那麼多物質的誘惑，「月嬌坐在美玲家的客廳裏，她覺得這才像個客廳。花絨布的沙發，大理石茶几；四聲道電唱機，二十四吋的彩色電視機，以及擺滿名貴洋酒的酒櫃，這一切把這客廳點綴得有氣派極了……月嬌每一次來，都會欣賞好半天，一面幻想著自己就是這兒的主人。」這是今天都市裏習見的客廳，也是一般人嚮往的生活。周家把都市的誘惑帶進這個小鎭裏來，使這不能被煤礦坑的黑煤屑「永不能汚染的……盎然綠意」裏有了其汚染力更甚於煤屑的現代的生活，使這小鎭上有了兩種顯著對比的生活方式，近於原始的平靜的生活裏響起刺耳的搖滾樂，這正是發展中國家面對的困擾。鄉村的樸實的人們開始了悸動，月嬌便是這樣的代表。惜乎在發展中作者對月嬌沒有多做心理刻畫，我們未能窺其改變之動力。在周茂源和李月嬌這兩個不安分的人物中，茂源寫得更突出些。

一個人的生長必須經過痛苦的折磨，這種經驗是必經的過程，「灰姑娘」的一躍而成皇后，那只是童話。李家幾個孩子必經歷過幾次大難，才能分別表現出自己的性格。他們的父親礦工李阿金患半身不遂症，幾乎使這個家庭陷於絕境。面對這種情景，美月的表現是英勇的，雖然很平凡，我們在她的身上可以看到我國婦女的傳統美德，那就是接受命運的挑戰！她樂於犧牲自己，支撐一個家，使它能夠在原來的軌道上往前走。我們看到她在縫紉機前度過的寂寞的歲月，但她任勞任怨，從來不曾有過一絲怨言，因而獲得哥哥和妹妹的衷心景仰。秀月的好勝心甚強，如松柏，絕不做任何屈服。從故事發展中，作者有意把她雕塑成一個青年模範，但是，也如茂源一樣，她離開了小鎮，我們未能目睹她的奮鬥過程。美月的形象太鮮亮了，完全遮掩了秀月，使她顯得缺乏活生生的力量——我指的是她離開小鎮之後。

周家這個暴發戶同李阿金是平行的、對比的。周發泉，一個做投機生意發財的商人，到李阿金家要買那塊地時所表現的嘴臉，我們已看到了。李家的孩子們拒絕賣掉祖產後，周發泉回到家裏，自言自語地說：「……我周發泉是何等人物？竟有人敢對我這麼無禮，眞是豈有此理！憑我有錢還怕買不到地嗎？笑話！就沒見過這麼死心眼的一家人，寧願住破房子。哼！我就不相信有人不愛錢！」這是新興的暴發戶的信仰：錢能通神！錢能使任何人屈服，而偏巧李家這羣窮骨頭硬是不屈不折，寧願守住那破房子而不貪圖錢，他們把守住了傳統道德不爲白蟻所蝕的第一關！李家，除月嬌外，每個人都有這堅強的道德力量。

作者讓李阿金死於半身不遂，又使周發泉死於高血壓症。周發泉之死使這個家族崩潰了，這是對茂雄的一個試煉，有兩條路供他選擇，一是去臺北同他母親過腐爛的生活，一是留在青溪鎮重整家園，茂雄選擇了後者——當然他會選擇後者，因爲他是屬於美月她們那一型的人物。他繼續經營父親遺下的那個工廠，他有決心、有耐力、也有膽識。他和美月有共同的經驗，共同的命運，兩個人都需要鼓勵與安慰，自然而然地他倆陷入情網中。這種感情的發展是極自然的，如春季田地裏的草一樣那麼自然地生長起來。然而美月的事業成功了，茂雄的事業卻失敗了。他不得不和一家電子工廠合作。這家電子工廠的成立使青溪鎮開始變，變成一個工業化的小鎮，開始繁榮起來。美月和茂雄也結爲連理。作者是否有意表示代表著青溪傳統的美月和茂雄接受了新時代的改變呢？當然這新時代不是周發泉代表的投機生意，而是工業化帶給青溪的繁榮。

茂雄和美月的結婚大典是這部小說的高潮，離開青溪鎮的青年男女返回故鄉團聚——那怕只是暫時的。藉著這個機會，讀者同他們早已熟知但幾年不見的成爲或卽將成爲青溪鎮上社會中堅的青年們見了面。他們在外邊生活了幾年之後，回到故鄉，發現「世界上只有家鄉最可愛，最溫馨」。秀月一定會回來，月嬌建立起她能贏得社會地位的事業之後也會回來。每個人都會回來，他們是青溪的兒女！

在這部小說裏，作者把背景設於青溪鎮。青溪鎮是個舞臺，書中的人物活動只限於這舞臺上面，舞臺以外我們就看不見了。因此大部分人物之從小學、初中、高中的發展，我們只能看到留在青溪鎭上的人物如茂雄和美月，其他的人物我們只能看到他們在小學和初中的情形。所以「飛花時節」裏的世界，我認爲，主要是青少年的世界。這個小世界對於他們的人格發展雖未提供積極的有利環境——只有學校，但也沒有甚麼巨大的力量阻攔他們的發展。他們對於客觀世界的認識主要發自他們的未成熟的心靈中，而這些幼小的心靈沒有矛盾衝突。他們雖有程度上的不同，但基本上是在一個温室裏成長，雅娟便是這一型的代表人物。在這個世界裏，道德的聲音就顯得微弱了。如果作者能再加強那位頗具儒家風範的校長在這兒的重要性，會使這部小說更能表現出「教育」的功能。我一直有某種感覺，就是作者在強調教育在雕塑年輕人的人格的重要性。

2

魏偉琦女士是一位頗能使自己同流行風尚隔離的作家，她沒有在乎衆望的「聲名」誘惑之下，使她的作品爲娛樂界服務，也沒有受文學大獎爲文學作品制定的路線的影響。她的作品裏也沒有散發出強烈撲鼻的泥土氣息，也沒有閑坐大榕樹蔭涼中尋得的「根」。她似乎不想排在作家的隊伍裏，搖筆塡充一些既定的公式，因此注視文壇的人們對她或許尚有「距離」。

魏偉琦女士稍帶幾分離羣索居的樣子；她坐在斗室的窗前，我想，遙望著她關注的世界和那世界裏的人們。她似乎耐得住寂寞，不願去持著一面旗子，在讀者面前表現得那麼「關懷」社會，大聲疾呼著汚染哪，人權哪！她自然聽到這些呼喚的聲音。但她也聽到另一些，另一些彷彿爲別人忽略了的聲音，發自人類心靈深處的眞摯的聲音，她要爲著發出這些聲音的人們唱出她的同情。同情，不錯，因爲發出那些聲音者雖非近代文明衝擊下的犧牲者，但他們的命運給予他們可能是更深遠更長久的痛苦，痛苦得甚於那些犧牲者。

也許是因爲現代社會中愈來愈普遍和愈來愈嚴重的遲婚問題激盪起魏偉琦女士以小說的形式來討論著它，不過，我不想從「社會問題」的角度來看「踏莎行」這部小說，我覺得它特別引起我的興趣的是她對於遲婚女性的心理分析與描寫，我想作者在這方面功夫最大，思考最多，著墨最濃。這部小說中的女主角文韻已經年近四十歲，在事業上已獲得相當的成功，她主編一份刊物，爲這刊物寫婚姻生活的專欄，成爲擁有廣大讀者羣的專欄作家，甚受歡迎，她的同事們對她也深懷敬意。她如何爬到社會階梯上的這一層？經過怎樣的奮鬥掙扎？怎樣爲事業而犧牲了結婚的機會？作者沒有詳細介紹，因爲她不是在寫文韻的孤軍奮戰史。在出現於讀者面前時，文韻已是不必再爲事業煩惱而爲婚姻大事費心思的了。這時，當年追求她的又被她推拒的杜浩潛入了她的感情領域內。現在的杜浩已是結過婚的人，他的妻子是文韻服務的那家報社的董事長的千金。杜浩再來追求她，究竟是舊情復燃呢？是想在婚姻生活外再尋找些「額外感情」消遣消遣？還是婚姻生活並不完全符合理想，伴侶不能滿足，而來尋覓些補償？在杜浩，恐怕是三者平分秋色，沒有一個是主導力量的。但是他再追求文韻的動機，對於文韻是很重要的。文韻的態度極爲審愼，雖然她感情空虛，特別感到這方面的需要，但她的矜持使她沒有那麼浪漫地或孟浪地不顧一切地投入杜浩的懷抱或陷阱，但也沒有完全推拒他。在推拒與接納間，做一選擇，並不單純，這使文韻常陷於矛盾與苦痛中。如果是一位急躁的作者，爲了使故事顯得「動人心絃」，可能會使文韻忘記自己而投身情火中。讓她喊著「燃燒吧！」文韻富有理智，理智一直在警告她。她也有強烈的道德感，她不願去破壞人家的家庭。在這兒，作者安排了一個次情節（Subplot）。她的表弟義信和妻子小寧間的終日吵吵鬧鬧的所謂生活，義信在外面找女人惹起的家庭糾紛和小寧的痛苦。一方面使文韻覺得夫婦的生活不和諧的可怕，一方面覺得插入一對夫妻間的情婦簡直罪孽深重，不可原諒。如果她和杜浩間發生了什麼，豈不是成爲使另一個女人痛苦的罪魁了麼。一個初寫作的人可能直接用自己的嘴或找一個代言人說出來，講那麼一篇滿動聽的大道理。但魏偉琦女士畢竟是有寫作經驗的作家了，她勾出一幅不幸家庭的圖畫，似乎在說：「文韻，你自己看吧，就是這個樣子，你要做聰明的決定！」使她不得不退縮、逃避。

然而一個近四十歲的老姑娘，不論她享有何等的社會地位與榮譽，總是推不掉要結婚的意圖的。文韻不想做個獨身主義者，所以每逢遇到有人給她介紹對象時，她心頭浮現出來的立刻是「那是不是合適的丈夫」，而不再像二十幾歲的女孩所想的「那是不是有情趣的情人」了。義信把石瑞山介紹給她時，剛開始她還拒絕。「我跟你說了多少遍，我實在是沒有好感。」理由是做爲富商的石瑞山「庸俗」，沒有她渴望的修養與典雅。可是她想到同石瑞山見面時，又有怎樣的想法？「……不管它了，就當多認識一個人也好。杜浩又不能給我任何承諾，我還替他守什麼？他能同時擁有我和他太太，我多交一個異性朋友算什麼呢？」這是一個臺階，也是某種程度的轉化，雖然她自覺石瑞山和她格格不入，但她並不是出自完全應付表弟之堅持，無可奈何，實在她也動了心。到她編的雜誌的發行人把留美學人史維祐介紹給她時，她的心裏就盪漾起感情的波濤了。從她緊張地主持座談會，從她急切而認眞地準備訪問史維祐，從她的「方寸」被會見史維祐「擾亂」，我們可以看見這位「快三十七歲的」老姑娘的「躍躍欲嫁」的心態了。畢竟她還是有些修養而能及時把持住自己的人，也許是她寫婚姻生活的文章寫多了，多少對她的想法做法有些影響吧，雖然她一直否認這種影響；此外無論她做什麼，都保持著她那一分尊嚴，故而她沒有一步就跨進所想所思的安定的婚姻生活，像玉卿那樣。再加上杜浩的不時在適當時機出現，也構成一股強大的拉扯力量。對於這種心理的矛盾，作者均有相當深入的剖析，表現得也恰到好處。她沒有應用什麼變態心理學之類的裝飾，文韻是正常的人，她的行爲也正常，甚至連酒後露眞性都沒有。寫變態易，寫正常難。作者選擇了「難」的一面。

文韻的助理編輯玉卿，也是一個應該出嫁而小姑獨處的「老」姑娘了，她性格較單純，沒有文韻的複雜，她沒有跟隨身邊的杜浩，但心頭卻有不能忘懷的留在大陸上的舊時戀人，甚至期待著他日的重逢。這是一種痴心，但給了她某種程度的安慰，所以在感情方面她沒有文韻那麼「急躁」，她能在胡裏胡塗中過平靜日子。玉卿雖腦子空空，甚少思慮問題，但心地善良，她欣然地也滿懷希望地同那位備受國人尊重的歸國學人專家史維祜結了婚。結婚的那一幕，作者以相當幽默的筆觸來描寫，但給後來的結果做了伏筆。史維祜不僅是視結婚爲兒戲，而且表現了他的「惡劣」態度。還沒有辦結婚手續的玉卿也已發現她「對維祜的了解太淺」和她的決定「實在太貿然」，結果卻是代替文韻投身於魔掌，在美國受盡地獄般的痛苦。我不知道作者何以給她這樣的懲罰，這不應該是她應得的。是否作者認爲不經過認眞考慮的盲目婚姻最終總是個難逃的痛苦？而文韻之能免於這一場「浩劫」該歸因於她的「多加思慮」呢？如果史維祜最初選擇她，她會拒絕嗎？另一個是文韻的表妹，義信的姊姊，美信，她也是該結婚而未結婚已成爲「老姑娘」，雖然她也目睹義信和小寧的生活是那麼一片混亂與痛苦，但她沒有被這種「悲劇」嚇阻，也就是說，她沒有主動地設法「逃避」婚姻，也沒有對結婚做過縝密的思慮，一有機會，她就接受了，這一點是和玉卿相同的。文韻推拒石瑞山，但美信接受了他；石瑞山雖然是個被文韻認爲屬於沒有「靈」氣的庸俗的商人，但從「庸俗生活」這方面看，石瑞山可以給美信一個相當幸福的家。他不會是史維祜，因爲他沒有接受另一種文明的薰陶，他仍是屬於中國的。作者沒有告訴我們美信婚後生活情形，但從石瑞山的誠實可靠，我們可以相信，應該是能在平淡中享受安適的生活，她也能安於其位。

最後，孤單單的文韻遷入她的新居，「慌忙地搬進還殘留著油漆味的新房子，一下像投入空曠而陌生的地方，寂寥、空虛之感，立刻緊緊包圍住我。」「再爬上樓時，步伐更加無力，意識中彷彿有一種莫名其妙的恐懼感，叫我不要回到那個像要噬掉人的空屋。而且那滿室的寂寥淒清也叫人如墜萬丈深淵，呼救無人。」這正是文韻當時心境的寫照。孤寂、空虛，現在她彷彿什麼都沒有了，產生的只是「如墜萬丈深淵」的恐懼。她也只好莫可奈何地解嘲：「認了吧，月下老人要是眞有心，他自會安排的。要是此生註定與姻緣路隔絕，強求何用？十幾年都過去了，我不是活得好好的嗎？」這「活得好好的」是一種自我安慰，也許作爲妮妮夫人她是「活得好好的」。在空屋中，多少有些使她也使讀者感到驚訝的是杜浩能緊追了來。展開一場什麼戲呢？落寞的文韻要屈服嗎？我們不免要問。作者在這裏做了一個極爲巧妙的安排。他是來向文韻辭行的，他要去美國做生意賺大錢。雖然他也請求文韻和他同居，但那請求令我們感覺到十分乏力，簡直等於是一種「今天天氣哈哈」式的應酬，沒有深情在。文韻自然也拒絕了他的「要求」。在敍述杜浩爲賺大錢所懷抱的希望與得意洋洋看，他的「靈氣」除談話「文雅」些外，跟石瑞山間的距離也不太大啊！

然而，杜浩從美國回來之後，再訪文韻時，卻給她帶來了一絲希望。爲她所愛最後又棄她而在美國同別人結婚的施——他的影子始終沒有離開過她——可能已經離了婚，而且「可能要回來了」。這消息，使文韻「只覺得電唱機裏播出來的音樂越來越響，越來越響，簡直就像一個交響樂隊就在我耳內演奏」。這衝擊不小，以後是「任何理由都阻止不了思念他的情懷」。過了一兩個月，施有電報給她，說卽刻就回來。她不太激動的想：施會給我報償嗎？這時她「手裏的電報紙被風吹落，飛入小溪中，順著水溪，漂向下游。」她也追了下去，「淸涼的水流先是使我打了個冷顫，繼而我感到水像溫柔的手在我腳上輕拂、輕拂，舒服極了。」這是她的心情，得到了寧靜，感到「舒服極了」。她最後在一片橘林中看到纍纍垂枝的橘子時，「不知怎的，我竟有盈眶的熱淚……」這淚不是因憂傷而流，而是爲生命的「纍纍垂枝」的果實而流。文韻終於成熟了，成爲「秋之果實」，她經歷的辛酸隨溪流而逝，她的智慧結了果。

還要討論義信嗎？這個時代所孕育所產生的浪子型的人物，是他把小寧的幸福毀掉，而把兩個孩子拋給小寧。他去做船員，到處流浪，到處爲家，倒是符合了他的性格，沒有家的桎梏，自由自在，沒有責任，沒有痛苦。家難道都是枷鎖嗎？還是家庭幸福端賴夫婦的智慧去締造？這不是「踏莎行」裏要討論的主題，但作者卻使我們看到「不幸的家庭各有各的不幸」，而這不幸泰半肇始於男人方面。杜浩的和義信的家，史維祜和施的家，都是不幸的，或破裂或瀕於破裂的邊緣。對於不幸家庭的犧牲者，文韻都慷慨地伸出援助之手，我指的是小寧和玉卿。眞正負責這家庭的破裂的到底是什麼呢？沒有愛情與了解作爲基礎嗎？然而究竟愛情又是什麼？作爲妮妮夫人的文韻也許有一套一套的理論，但作爲在愛情路上充滿著坑坑窪窪的文韻究竟了解了些什麼？文韻在溪水中與果園中的領悟是作者給我們讀者的答案，但給她喜悅的給她信心的是山溪，那溪水的潺潺聲中不是也廻響著施的歸來帶給她的歌聲嗎？

最後我想到的一個問題是：供文韻選擇的三個男人——杜浩、石瑞山、史維祜——都不「合適」。石瑞山的不合適是他屬於庸俗的商人階層，不能爲文韻所容忍。史維祜的不合適是事後我們才知道，是通過他在美國虐待玉卿提供的資料，不是文韻在考慮時期暴露出來的，所以當時對於決定「取捨」，文韻沒有產生心理上的掙扎與矛盾。只剩下個杜浩眞正盤踞在她心上，使她徘徊在取捨之間，能做選擇。因此杜浩是這個故事裏的主要人物。他能夠吸引像文韻這樣的一個女性，應該是有超越一般人的修養和見解的，例如他具有高度的文化修養，在這處處以金錢地位爲衡量人的社會裏，展現出閃爍的智慧之光，使得文韻能在心靈上有無法抗拒的誘力。但是杜浩也不具備這種力量，因爲他受過高等教育，談吐有些不俗，此外便同石瑞山沒有兩樣了。石瑞山的妻子亡故，他照顧大了兩個孩子，如今要找一個伴侶，屬於賢妻良母型的伴侶，而死心塌地重建一個舒適的家，他是很誠懇的。杜浩之糾纏著文韻，是他能夠欣賞她的內在美嗎？還是出於一種下意識的報復心理——當年他曾被文韻所棄——呢？我想多少有一點，雖然他並沒有逼著文韻感到「悔不當初」。至於施，他始終沒有露面，他只是站在遙遠歲月裏的一個影子，能給文韻某種程度的懷念與安慰，和玉卿一直思念的童年友伴一樣。這兒使用「安慰」一詞，是指文韻在孤寂中陷於初戀對象的安慰。回味中的初戀是美的，沒有瑕疵的，但它是逝去的，只存在具有淨化作用的記憶中的。把施拉到現實生活裏來，現在他該是怎樣的人呢？作者一直讓他留在後臺，象徵著一種理想對象。文韻雖恨他的無情，但是她對施保持的深情未衰。文韻雖然渴望著有個家，但是「家」的現實使她有些畏懼；這理想總是一絲溫暖的光吧。「理想」會「報償」她嗎？「不知道，不知道，在見面之前，我眞的什麼都不知道。」文韻想的是對的。但她有「盈眶的熱淚」流出時，她所見到的「纍纍秋實」，畢竟仍是這個「理想」激起的。

3

魏偉琦在嘗試著創造各種不同類型的人物，在「熔心」裏，她刻畫了一個少女，一個幾近完美無瑕的少女，她在同病魔的一番苦鬥時，表現的不只是不屈不撓的堅強的意志，還有更偉大的是獻身的精神。閃現在讀者面前這位被宣判了死刑的葛瑤蓁，像位不畏懼任何打擊與迫害的殉教者一般，使她的生命之光照亮這個世界中的一小部分，就這一小部分，也永遠會記懷著她那點光與熱。讀者在受感動之餘，也許會含著淚珠發出一個問題，世間果有這樣子的人物存在？作者可能預料到這一點，她在序中就先說明，她遇到過這樣的人物，雖然患不治之症，她「處處流露出她不介意別人認爲她是個身體殘障的人」，而且她成爲「不少由於剛踏入社會，事業上受到不小的打擊」的人們的安慰者和鼓勵者。在報紙上我們也時常看到有關這樣的人物的故事，他們卻強烈地熱愛生命，熱愛他人；他們都憑著意志力而在某些方面有不錯的成就，這些有的曾被歌頌過有的未被歌頌過的英雄們的確是眞實的人物，因而也迫使我們相信葛瑤蓁的眞實存在。縱然如此，我們仍深深覺得作者對於她的敬佩與愛使她不自禁地把葛瑤蓁美化了。當你讀這部小說時，畫頁上跳躍的葛瑤蓁控制了你的感情，但當你的心離開書上的敍述時，你會擦擦未滴出的眼淚，向四下張望，懷疑地問：「她可是個眞實人物？」我們讀海明威的「戰地鐘聲」時也有這樣的感覺，瑪麗亞可愛得像個天使，你會承認她、接受她，像承認和接受天使一般。但你離開西班牙的山區之後，又覺得瑪麗亞畢竟只是個天使。

葛瑤蓁是一個大學生，一個才氣縱橫、個性活潑的大學生。作者離開大學生的生活還不太久，而且又在大學裏敎書，生活在這羣男女青年之間，她對於大學生的思想感情還掌握得住，所以寫來頗不費力，而把讀者拉進他們之間，同他們一起呼吸，一起跳躍。這方面的敍述顯然比「踏莎行」裏寫的那種生活要成功得多了。在這羣大學生中葛瑤蓁是較爲特殊的一個，她在充滿著愛——父母之愛，兄妹之愛——的家庭中長大，在成長中，不曾受到過任何的風吹雨打，所以她在言行上表現得那麼任性，那麼自然，那麼無所畏懼，無所顧慮。對於她，生命眞如朝陽，生活眞如春天，處處只是百靈鳥的歌聲，絕無半絲子規啼聲。她所希望得到的，不論是星星還是月亮，她都能得到。對於歐陽奎那個風頭人物且自稱在大學絕不交女朋友的驕傲的神氣得不得了，「十足的大怪人」，她只是略施小計，就手到擒來，而且使他毫無猶豫地屈服於石榴裙下。她雖不是溫室培育的花，但她可完全沒有遇到遇陰雨的日子，且不說暴風了。

然而她慢慢地發現手足之突然無力，一次又一次地，她會掉落手中拿的東西和腿部的抽曲跌倒，這使她感覺到有了「生理上的毛病」。發現病之後，作者開始非常愼審地處理她的反應，而且我們必須說，也處理得很好。她獨自地做決定，獨自地面臨她的生命中的「突變」，她在做決定時不再是一個任性的「小姑娘」，而是一個頗具理智的人了。從一個放縱於感情而到一個收斂於理想的人，這之間沒有發展，因爲毋需有發展，當她知道她患的是無法醫療的神經性的肌肉病症時，這個現實對她而言是十分可怕，而且是無法承擔的。她無數次地問自己怎麼辦，是「愛」給了她答案，她愛她的父母，她愛歐陽奎，她必須不讓他們爲她的病擔憂，因爲擔憂對她病並沒有幫助。她沒有被絕望擊倒，因爲她愛那麼多的人。因此她在不被家人注意或懷疑之下去從事活動或叫物理治療，她使自己的「心」被工作占住，她參加生命線，參加一一九的救護工作，把自己的愛與時間奉獻出來，把剩餘的生命獻給許多需要幫助的人，這是第二個階段的葛瑤蓁，跟在大學裏做新鮮人的葛瑤蓁不太一樣了，似乎是一夜之間她變得那麼成熟，那麼能安排一切。她能讓父母不過分懷疑她的異狀，她能忍受著痛苦推拒歐陽奎，她不願在感情上太傷害她所愛的人們。怎樣隱埋父母，怎樣推拒愛人，作者有煞費苦心的安排，有較詳盡的敍述，尤其是在冷冷地對待歐陽奎方面。這些敍述多少露出一些牽強，不能讓我們佩服得五體投地。她的母親那樣關心她，在女兒的行動已經表現出「異於往昔」的當兒，她沒有從事更多的探索與「窺伺」，沒有仔細地觀察她，而竟被她的一些有破綻的藉口給推開。她的父母對她的改變只推往一個方向，就是她同歐陽奎的感情破裂造成了她的改變，因之忽略了在其他方面的考慮；做母親的實在有些大意了，這位好母親還不如瑤蓁的哥哥克述的步步追查的精神哩。她拒絕歐陽奎看來是絕情的，但歐陽奎並不全然相信她的謊言，但又無法越過那些謊言去追尋原因。一個愛人的謊言常常是很易揭穿的，心裏有眞摯的愛而強說「不」的時候，那語氣、那眼神，甚至一個字一句話的音調都會洩露出蛛絲馬跡的。

倒是她的哥哥是較細心的，「……我一直在回想，從去年歐陽畢業公演前，你忽然變得暴躁異常，不可理喩，然後忽然又好像雨過天晴了，什麼都沒有一般。可是，我一直覺得這其中不簡單，今天我才知道，是跟你的健康有關。」她哥哥的查出她在醫院裏治療，是一年以後的事，一年之中他只覺得「其中不簡單」，他懷疑，但沒有積極追査，早「査」出來，瑤蓁就不能去爲他人服務而使生命發出燦麗光輝了。可是她「生理上的異狀」一定會不時呈現出來的，竟然能逃出母親和父親的「關懷」。

爲了不牽涉到過多的人同她建立起眞正的友情，她對一起工作的人們都是冷冰冰的，只談公務，不論私交，也只有她能做得到，因爲她原來就是極任性的，她的任性的性格使她做常人做不到的事，也使她能有一面頗有效的擋箭牌。在從事救護工作中，她的許多行動也源於她的任性，她堅持做甚麼、別人就沒有阻擋，她才得以「隨心所欲」地參加生命線，參加一一九救護隊，參加偏遠地區服務隊。既參加之後，她的工作態度之認眞，之忘我，之獻身精神，彷彿她生來就是一個殉敎者，我想讀者會有這樣的感觸的。我不想多引用一些事實來證明這些。在這一部分，葛瑤蓁是令人十分感動的，主要是當她能把一個不識的人從死亡邊緣拉回來的時候，她不只是覺得自己盡了一分責任，而是感到一種喜悅。在這些工作中，她是救人的人，她是強者，至少同被救的人比較時她是強者，這就可以給她一種滿足了，她彷彿征服了在把她步步逼向死亡的病魔。

如果把葛瑤蓁只寫成獻身於工作的話，那就不太合情理，她胸中燃燒著愛的火焰，雖然她一再拒絕，但她不能徹頭徹尾逃開愛，畢竟她是投入社會投入人生，而不是因病而退隱的人啊！到後期，我們又看到一個自願爲別人犧牲的崔述，葛瑤蓁的工作精神深深地感動了他，憐憫與敬佩使他極自然地產生了愛情，他爲愛情而奉獻，雖然他只奉獻給一個人。他對葛瑤蓁的關懷與照顧可以說是甚於她的家人，在葛瑤蓁堅持完成學業，堅持住在學校宿舍時，她的父親說爲她置輪椅，請特別護士，而崔述卻「成爲」她的特別護士，他的如兄長一般的愛護終於贏得了葛瑤蓁，不只他的愛護，而是他爲她而活著，故事結束時，他們走上結婚之路，葛瑤蓁得到了幸福：每個人都在愛她。

崔述和葛瑤蓁間的愛不同於歐陽奎和她之間的愛，歐陽奎和她的愛是強烈的，極濃的，令人激動得喘不過氣來的，但它也是浪漫的。崔述和她的愛是慢慢成長起來的，是平實的、穩健的，但不是浪漫的。歐陽奎所愛的葛瑤蓁是在天空中婉啼的雲雀，山谷中盛開的百合花，她象徵著一種完美純樸，活活潑潑的少女，舞臺上的情人；崔述對她產生愛的時候，她已經是改變過的人了，而且是殘廢了的人，但他的愛並沒有把這些考慮進去，他愛這個堅強的女孩。這種愛是偉大的，其偉大甚於浪漫化的愛。作者當然無意對這兩種愛做一個對比，因爲兩種愛對一個女孩不可或缺的，葛璐蓁接受了崔迒，是她更成熟了嗎？我的答案是「可能」。

「熔心」是作者的第六部長篇小說，她有了寫作的經驗，所以在取材、布局、人物刻畫方面都比以前的作品較成熟，但它並不是沒有缺點的使女主角過於理想化，如開始時所說，究竟是優點還是缺點，誰敢說呢！

評陳冠學的「田園之秋」

初讀刊於去年四月出版的「文學界」第二集中「田園之秋」時，便被那質樸凝鍊的文字迷住了，彷彿很久很久沒有讀過這樣樸實無華但具浸透力的文章了，讀之自然難以釋手。作者陳冠學的名字，也是初見。是位年輕的後起之秀嗎？不像，除了老練的文字之外，文章中表現的思想與生活態度似不是初出茅廬者所能望其項背的；是位老作家嗎？怎麼沒有聽人提起過他呢？有些納悶。不久之後，偶遇葉石濤兄，便問他知道不知道「田園之秋」的作者陳冠學先生何許人也。葉先生說他已不再年輕，是師範大學國文系畢業的，敎過書，也出版過書，現在正過著眞正的農夫的田園生活。哦，原來如此，難怪他寫的農夫生活能讓人覺得不是空洞吶喊而是首能動人心絃的歌。再後又有機會重讀「田園之歌」，而且是通篇讀完的。我個人讀書除不求甚解外又乏耐性，對讀過的文章，如乏特別吸引人的力量，總不能逐句逐段讀第二遍，但對「田園之秋」，的確眞心誠意讀過第二遍。讀它時，我想起十九世紀英國小說家兼散文家喬治・基新（George Gissing）的「四季隨筆（The Private Papers of Henry Ryecroft）」，這是一本紀錄鄉村生活樂趣的書，雖無優美的形式和堂皇富麗的文體，但它具有一種嚴肅強勁的力量，永遠會喚你接近它。如果把「田園之秋」比做「四季隨筆」，也許包括作者在內的很多人會以為我是故意誇張，有捧人之嫌，但是我讀「田園之秋」時，的確不時想到「四季隨筆」。「田園之秋」開始的第二段中就說：「在自然裏，在田園裏，人和物畢竟是一氣共流轉，顯現著和諧的步調，這和諧的步調不就叫做自然嗎？這是一件生命的感覺，在自然裏或田園裏待過一段時日以後，這是一種極其親切的感覺，何等的諧順啊！」生命的步調同自然的變換流轉合而為一，獲得這種「諧順」。也許是這種諧順在招喚著人們，至少是一部分人們罷，尤其是生活在都市裏的人們，在耳中迴響的盡是不和諧的音樂聲時，偶而會思念或盼待那「在燕鴴劃破熹微曉空的鳴聲中醒來，在鈴蟲幽幽夜吟中睡去，沒有疲勞感，沒有厭倦感」（頁八）的生活罷。

現在我們都為著經濟繁榮和高度工業化的奇蹟而感到驕傲，臺灣人民生活水準提高了，收入增加了，不畏懼門外狼嚎了。誠然，我們衷心地為這些物質方面的成就欣慰。但是工商業的高度迅速發展改變了我們的舊日生活方式，也帶來無限煩惱與焦慮。拋開哲學家、思想家們的高深學理和主義不談，我們都親自體驗到工業化的大手給我們一巴掌的力量了。人們終日忙碌得連吻吻妻子抱抱孩子的心情都沒有，奔東逐西，為了賺大錢；在賺大錢的過程中就忘了孟夫子那句「王何必曰利？亦有仁義而已矣。」的忠言了，當今「利」在控制著人們的思想、指導著人們的行動，「爲目的不擇手段」代替了「己所不欲，勿施於人」的金科玉律；莽林法則代替了仁義道德。就是一個普通人的生活，在喧囂的都市中也沒有悠閑，更不易建立彼此間的親密關係。同住一幢樓裏的隔壁的鄰居，是馬廝之聲相聞、民至老死不相往來。家家電視機裏喧鬧之聲相通，而鄰人相遇的電梯中或門口時，微微點頭，或露齒微笑，而不知對方來自何處，妻妾幾人。自己一家人聚在兩間小屋裏，難得互傾心曲。白天各奔前程，晚上接受電視歌舞連續劇的庸俗文化之襲擊。晨不聞「兩個黃鶯鳴翠柳」，夜不聞「一犬吠深巷」。再說大環境罷，處處皆是汚染威脅，河中不再有香魚，山間不復有野熊，林中不再有珍禽。許多的人寫過報導生態環境慘遭破壞的文章與書籍了，讀過之後，不禁爲上帝創造的這些生物之被屠而嘆惜。因此「歸去來兮，田園將蕪，胡不歸」就對我們構成了一種「誘惑」。既不能隻手挽狂瀾，只有「窮則獨善其身」了。陳冠學先生之歸隱田園，是否來自這種動機？葉石濤在「田園之秋」的序文中曾有這樣的一段話：「如果要明白他寫『田園之秋』的動機，可以看他另一篇只短短三千多字的散文『我們憂心如焚』。在這短文裏他把工業化的結果，生態環境被破壞，我們的祖先篳路藍縷好容易才開拓的美麗大地將要荒蕪的憂慮，用滿腔抗議發洩出來，這是一篇近來難得一見的有力控訴。」陳君那篇有力的控訴『我們憂心如焚』，我還沒有機會拜讀，想來他是處於前述的那種情境罷。眞是至大的矛盾，在感情上我們可以發思古之幽情，但從理智上考慮，工業化是必然的，欲求國富民強，必須工業化，我們不能永遠生活在古老的農業社會中做「高貴的野蠻人」哪！爲了建築大水壩而毀了一條供人暇時垂釣的小溪，實在也毋須做有力的控訴和抗議，盧梭的抗議阻不住科學迅速發展；梭羅的抗議攔不住美國現代化。我個人認爲陳冠學先生在「田園之秋」裏固然流露了他對單純的田園生活的熱愛，但這種田園生活所以能給予他精神上的寧靜，實是因爲他在自然界中找到了一種和諧，就是他所說的「諧順」。哲學家、文學家、聖賢、宗教家，自古以來，就在不息地追尋這種和諧；這追求不始自工業化帶來災難——對生態環境之破壞後，它始於唱「日出而作，日入而息；鑿井而飲，耕田而食，帝力於我何有哉」的時代；古希臘詩人狄奧克利塔斯（Theocritus）在紀元前三世紀寫的田園牧歌裏便歌頌自然之美；羅馬史詩作者維吉爾也寫過歌頌農家樂的「農事詩（The Georgics）」；我國詩人寫自然之美者，歷來不計其數。這些詩人雅士爲甚麼那麼熱愛自然呢？如果我們也「一言以蔽之」，他們是在追求悠然物外的心境，求其心溶於自然。陳冠學先生曾精研莊子哲學，曾注莊子，注論語，對我國古代思想頗爲熟稔，我們倒不敢說他是純受老莊思想之影響的吧。在日記開始的一段中，作者說：「置身在這綠意盎滿的土地上，屈指算來也有足足的兩年了。這兩年的時光已充分將我生命的激盪歸於完全的平靜，可謂得到了十分的沈澱和澄清。生命吸飽了這田園的喜悅！」田園生活淨化了他，使他於「激盪」後而趨於平靜、沈澱和澄清，而最終得到生命的喜悅。我們不知道他的「激盪」是甚麼，當然是屬於心靈或精神方面的，「喜悅」也是心靈方面的，這種喜悅不是終生都在田間工作的赤足農夫所能得到的境界，也不是假日背著照像機去接觸一下大自然的人所能理解的；能夠置身於自然，心智得以啓發、胸襟得以開拓、德性得以涵養者，必是有準備有修養的人。陳冠學先生已有這種修養，他是學者從「農」，所以能「吸飽了這田園的喜悅」。十三世紀義大利僧侶亞西西的佛蘭西斯（Francis of Assisi）能同鳥獸結爲兄弟，能化入自然，能得到心靈的寧靜與喜悅，不是也要歸於他已有的修養與信仰麼？

能溶於自然，始能得眞的喜悅。作者時常以文字表現這種溶入，如「像一尾魚游入一泓清泉，我得游進這空氣中」（頁三）；如「日頭已到三竿高，照得泥土味越發擴散，對農人來講，這是世上惟一最提神醒腦的香味，吸進肺裏，滲在血中，元氣百倍」（頁一七）；如九月六日所記工作一天之後，「跳進小溪裏，在大自然的遼曠中，在無邊夜色的黑幕下，脫光了衣服，袒裸裸地，躺在從山中林間來的清泓裏」（頁三四）；如九月十日記晨間大霧，他走進濃霧之中，「越向前走，霧越發的濃，剛走過，後面的路又給霧包了，眞是前不見古人後不見來者，不識前路又斷了後路」（頁四九）；如九月十九日記森林，「密菁滅徑，深草蔽蹊，溪岸容足，則攀條附幹而行；逼仄難通，則涉水溯流而進。蜿蜒迴旋，五步殊境，十步異世，迷而不返，樂而忘歸」（頁八五）等，作者溶入大自然後，得到的是甚麼呢？是「我的生命更加晶瑩了」；是「給人無限寧謐的柔和」；是「我每天都很覺滿意」，這「滿意」是他認識了宇宙生命的意義而得到的。在記溪中裸浴的一段，作者說：「洗除外在的一切，還我原本的自我，是何等的享受，何等的痛快！」人生價値自存於「眞我」中，能洗除塵垢，重獲赤子之心，重識自然的永恒。「順著沙漠中的細徑走，芒花高過人頭，在朝陽中，絹綃也似的閃著白釉的彩光，襯著淺藍的天色；說不出的一種輕柔感。若說那裏有天國，這裏應該是天國。論理，天國應該是永恒的，但是那永恒應該是寓於片刻之中的。明淨的天，明淨的地，明淨的陽光，明淨的芒花，明淨的空氣，明淨的一身，明淨的心；這徹上徹下、徹裏徹外的明淨，不是天國是甚麼？這片刻不是永恒是甚麼？」

英國詩人威廉·布雷克的一首小詩說：「一沙一世界，／一花一天堂；／掌中握無限，／剎那在永恒。」陳冠學先生的這段敍述不就是布雷克的小詩中表達的意思嗎？只有明淨的心才能理解「這片刻不是永恒是甚麼？」

在「田園之秋」裏，我們也深深體會到作者的眞摯而深厚的愛，他所關懷的不只是他的「一家六口——包括牛、狗、貓、兩隻鷄」，他也愛田野的小動物和禽鳥；他不僅愛他賴以生活的番薯，他也愛野生的花草；他更愛阡陌間草葉上的雨珠，路上的碎石，潺潺的流溪，巍巍的削壁。我個人很喜歡他拒絕捕雀人向他借用空田張羅雀的那一段（九月二十日）「通常捕雀人借空田，田主很少拒絕的」。但捕雀人「教我窘了半晌，眞不知如何回答他好，要說不好嘛，不近情，要說好嘛，我做不到。最後我只有咬了牙根，跟他說：『老兄，我這兒是有點兒不方便。』捕雀人眼睛瞪得大大的，一直四下的看。『空田裏也沒有什麼妨害的，沒什麼要緊啦！』我不得不尋思片刻，找個什麼理由搪塞。可是有什麼理由好搪塞呢？……『是這樣啦……總之，也不便說明，還是請您老兄委屈委屈！』捕雀人不高興地走了，說不一定他還認爲這空田主人是不可理喻的怪人哩。」然而空田主人就救了幾千隻、甚至萬隻小麻雀的生命。最後作者說：「我和麻雀自小便有著特殊的感情：那晨昏大片的吱喳，滿樹的跳躍，那半個小時纔飛得盡的大景觀，那是我小心靈的一大部分。」敍述單純，文字平實，沒有刻意的誇張，沒有感情的傾吐，而眞情寄於其間，如讀屠格涅夫之散文詩，雖似一餐野莧羹飯，但味若橄欖。

他寫一隻母白頭翁鳥帶著新雛習飛遭遇困難的情景（九月十五日），「母鳥一直在樹枝上喊叫，小鳥在草中哭泣，看也看不見。」「先是急得喈喈，後來竟發生受傷的慘烈聲，裝著跛腳跛翅的樣子，從我的面前半飛半跌，跌到另一方的地面上去，」母鳥爲救雛子時所表現的母愛，必定是有愛心者才能了解得透澈，才能看出「牠們和人類同靈性，一樣是靈性的生物」。作者於敍述外，又加議論，並非「續貂」，爲的是更進一步說明「靈魂的存在」和「物類與人類靈魂是同一的」。今天能在「物類」中見靈性者，恐怕不多了吧。

作者對「山水之戀」也是極深的，而且能體驗自然界的宏偉，不但生敬畏之心，益增其對自然之留連，這留連也是溶入。試看他寫太母山，「看著太母兩千六百公尺的斷崖削壁，只有滿心的讚歎，眞美！世界任何險山奇峯無不被登山家征服過，即連聖母峯也早就失去了她的權威，但登山家還無人敢於動征服太母西側的念頭，兩千六百公尺全線近乎垂直的高度，遠非人類的體力精神力所能到。幾處山褶，清晰的可看到幾乎是垂直的澗水，整條都是白的，與瀑布無異……」作者先聲奪人地說「登山家還無人敢於征服」這太母山，因爲人類的「體力精神力」都無法達到，抽象地敍述這山高於世界任何山峯，再簡描幾筆，太母山的「擎天筆直於海平面，照臨千里」就把你懾住了。面對著它，還會讓你的心存卑念嚒？

「田園之秋」裏能激起讀者興趣的還有對野生鳥類，野生植物的精密觀察和生動記錄，作者雖非博物學者，在這方面卻做得那麼認眞而嚴肅。他也寫人，但不是做爲自然主宰的十分驕橫的人，像前面提到的那個捕雀者，是個殺手，令人生厭，畢竟是少數中的少數。另一方面，作者筆下未受挫折的孩子們，活裏活現，天眞可愛，如「九月四日」所記揀拾遺落的番薯的孩子們，「一臉泥土，個個成了京戲裏的腳色，大花臉、小花臉。臉譜之奇特，眞匪夷所思，可謂創未曾有之奇」，他們吵吵鬧鬧，跑來跳去，一派天眞。讀罷使人覺得並非天下兒童皆爲考試競爭所毀，乃幸事！

寫這類文章，作者慣於發揮一些一己的哲學思想，在這方面，「田園之秋」的作者著墨不多，不過從他的敍述與描寫中，知道這位書生農夫對現在工業文明的抗拒，人欲求幸福，必重返自然。自然中才有「天國」，才有和諧。這不是新思想。歐洲浪漫時期詩人，尤其是華斯華滋，已發揮得淋漓盡致。我國自然派詩人，對自然的精神了解之深邃，更令人欽敬。筆者很久不讀這一類散文了，「四季隨筆」也封在書架之「冬」中，突得「田園之秋」，讀之似曾舊識，促膝相談，眞的，「給人無限寧謐的柔和感」。

附記：文中引文所註頁碼，係前衛出版社印行「田園之秋」者，書於七十二年二月出版。

後記

民國六十九年夏七月，因爲我家失火，而暫時住在向隣居借來的一個小房子裏。有一天，初識不久的年輕朋友林文欽來，讓我寫一本討論當代作家作品的書，當時我答應了，但並沒有認眞地考慮這個工作，因爲我知道自己在短期內不可能有時間寫書。後來我們也曾數度提到這件事，我就想，自從「從大學生到草地人」之後，又曾寫過幾篇作家論，似可結集出版，但因字數不够，終未成事實。最近，因爲寫了論陳映眞的「雲」和「萬商帝君」，結集出版的念頭便又「油然而生」。同林文欽君商量之後，他也欣然同意，書店當局也未多作要求，於是這本書產生了。

書中第一篇「三十年來臺灣的文學論戰」原是爲司徒衞先生主編的「當代中國新文學大系」中「論戰集」寫的序，後來加以修改擴充，在「現代文學」發表，這次再予改寫，使它更較完整。「葉石濤的文學觀」曾在「現代文學」發表。其他「論鍾肇政」、「論洪醒夫」、「論宋澤萊」、「論楊青矗」曾在蔡源煌、吳大成兩兄主編的「中外文學」上發表過。「論楊青矗」原是「七〇年代的使命文學」中的一部分，這篇文章是在一九七八年在臺北舉行的亞洲文學會議上宣讀的一篇英文論文，現在把論楊青矗的部分（也曾收在「中國現代小說的主潮」）抽出，再予修改擴充而成。「論黃春明」一文曾收於「從大學生到草地人」，原題爲「黃春明小說中的人物」，這次再使用它，承蒙沈登恩先生未加猶豫，立卽慷慨允諾，感激萬分。「論陳映眞輓近作品」中的「夜行貨車」部分曾在「中外文學」發表，其他都是新寫成的，在寫這文章時，他的「華盛頓大樓：雲」尙未出版，是根據發表這些文章的雜誌寫的，所引字句，可能不盡相同。「論魏偉琦的小說」有兩篇發表過，論「烙心」是新寫的。魏偉琦女士也屬當代臺灣作家，但她處理的題材不是鄉土文學，畢竟，生活是多方面的，她所寫的人物也是存在於今天的；她雖然已寫過不少小說，但似乎尙未確定寫作的方向，思想與藝術尙未達完美之境，自然我們對她懷有很高的希望。論陳冠學的「田園之秋」曾刊於自立晚報的副刊。於此，我十分感激發表這些文章的刊物的編者，是他們促使我寫成這些文章。

這本書是「從大學生到草地人」的姊妹篇，除了這兩本書中討論的作家，還有很多具有代表性的小說家，我沒有討論到，我在鞭策自己，希望能把這件工作繼續下去。

最後，必須向林文欽致謝，他的誠懇使我永遠不會忘懷。

一九八三年四月末

滄海叢刊書目（一）

國學類

中國學術思想史論叢（一）～（八）	錢　穆　著
現代中國學術論衡	錢　穆　著
兩漢經學今古文平議	錢　穆　著
宋代理學三書隨劄	錢　穆　著
論戴震與章學誠——清代中期學術思想史研究	余英時　著
論語體認	姚式川　著
論語新注	陳冠學　著
西漢經學源流	王葆玹　著
文字聲韻論叢	陳新雄　著
入聲字箋論	陳慧劍　著
楚辭綜論	徐志嘯　著

哲學類

國父道德言論類輯	陳立夫　著
文化哲學講錄（一）～（六）	鄔昆如　著
哲學：理性與信仰	金春峰　著
哲學與思想	王曉波　著
內心悅樂之源泉	吳經熊　著
知識・理性與生命	孫寶琛　著
語言哲學	劉福增　著
哲學演講錄	吳　怡　著
日本近代哲學思想史	江日新　譯
比較哲學與文化（一）、（二）	吳　森　著
從西方哲學到禪佛教——哲學與宗教一集	傅偉勳　著
批判的繼承與創造的發展——哲學與宗教二集	傅偉勳　著
「文化中國」與中國文化——哲學與宗教三集	傅偉勳　著

從創造的詮釋學到大乘佛學——哲學與宗教四集	傅偉勳 著
佛教思想的現代探索——哲學與宗教五集	傅偉勳 著
中國哲學與懷德海	東海大學哲學研究所主編
人生十論	錢穆 著
湖上閒思錄	錢穆 著
晚學盲言（上）、（下）	錢穆 著
愛的哲學	蘇昌美 著
邁向未來的哲學思考	項退結 著
逍遙的莊子	吳怡 著
莊子新注（內篇）	陳冠學 著
莊子的生命哲學	葉海煙 著
墨家的哲學方法	鍾友聯 著
韓非子通論	姚蒸民 著
韓非子析論	謝雲飛 著
韓非子的哲學	王邦雄 著
法家哲學	姚蒸民 著
中國法家哲學	王讚源 著
二程學管見	張永儁 著
王陽明——中國十六世紀的唯心主義哲學家	張君勱 著 江日新 譯
王船山人性史哲學之研究	林安梧 著
西洋百位哲學家	鄔昆如 著
西洋哲學十二講	鄔昆如 著
希臘哲學趣談	鄔昆如 著
中世哲學趣談	鄔昆如 著
近代哲學趣談	鄔昆如 著
現代哲學趣談	鄔昆如 著
思辯錄——思光近作集	勞思光 著
中國十九世紀思想史（上）、（下）	韋政通 著
存有・意識與實踐——熊十力體用哲學之詮釋與重建	林安梧 著
先秦諸子論叢	唐端正 著
先秦諸子論叢（續編）	唐端正 著

周易與儒道墨	張立文 著
孔學漫談	余家菊 著
中國近代新學的展開	張立文 著
哲學與思想 ——胡秋原選集第二卷	胡秋原 著
從哲學的觀點看	關子尹 著
中國死亡智慧	鄭曉江 著
後設倫理學之基本問題	黃慧英 著
道德之關懷	黃慧英 著
異時空裡的知識追逐 ——科學史與科學哲學論文集	傅大為 著

宗教類

天人之際	李杏邨 著
佛學研究	周中一 著
佛學思想新論	楊惠南 著
現代佛學原理	鄭金德 著
絕對與圓融 ——佛教思想論集	霍韜晦 著
佛學研究指南	關世謙 譯
當代學人談佛教	楊惠南編著
從傳統到現代 ——佛教倫理與現代社會	傅偉勳主編
簡明佛學概論	于凌波 著
修多羅頌歌	陳慧劍譯註
禪　話	周中一 著
佛家哲理通析	陳沛然 著
唯識三論今詮	于凌波 著

應用科學類

壽而康講座	胡佩鏘 著

社會科學類

中國古代游藝史 ——樂舞百戲與社會生活之研究	李建民 著
憲法論叢	鄭彥棻 著

憲法論集	林紀東 著
憲法論衡	荊知仁 著
國家論	薩孟武 譯
中國歷代政治得失	錢穆 著
先秦政治思想史	梁啟超原著 賈馥茗標點
當代中國與民主	周陽山 著
我見我思	洪文湘 著
釣魚政治學	鄭赤琰 著
政治與文化	吳俊才 著
中華國協與俠客清流	陶百川 著
世界局勢與中國文化	錢穆 著
海峽兩岸社會之比較	蔡文輝 著
印度文化十八篇	糜文開 著
美國社會與美國華僑	蔡文輝 著
日本社會的結構	福武直原 著 王世雄 譯
文化與教育	錢穆 著
開放社會的教育	葉學志 著
從通識教育的觀點看 ——文明教育和人性教育的反思	何秀煌 著
大眾傳播的挑戰	石永貴 著
傳播研究補白	彭家發 著
「時代」的經驗	汪琪、彭家發 著
新聞與我	楚崧秋 著
書法心理學	高尚仁 著
書法與認知	高尚仁、管慶慧 著
清代科舉	劉兆璸 著
排外與中國政治	廖光生 著
中國文化路向問題的新檢討	勞思光 著
立足臺灣，關懷大陸	韋政通 著
開放的多元社會	楊國樞 著
現代與多元 ——跨學科的思考	周英雄主編
臺灣人口與社會發展	李文朗 著
財經文存	王作榮 著

財經時論　楊道淮　著
經營力的時代　青龍豐作　著；白龍芽　譯
宗教與社會　宋光宇　著
唐宋時期的公園文化　侯迺慧　著

史地類

古史地理論叢　錢穆　著
歷史與文化論叢　錢穆　著
中國史學發微　錢穆　著
中國歷史研究法　錢穆　著
中國歷史精神　錢穆　著
中華郵政史　張翊　著
憂患與史學　杜維運　著
與西方史家論中國史學　杜維運　著
清代史學與史家　杜維運　著
中西古代史學比較　杜維運　著
歷史與人物　吳相湘　著
歷史人物與文化危機　余英時　著
共產國際與中國革命　郭恒鈺　著
共產世界的變遷——四個共黨政權的比較　吳玉山　著
俄共中國革命祕檔（一九二〇～一九二五）　郭恒鈺　著
俄共中國革命祕檔（一九二六）　郭恒鈺　著
聯共、共產國際與中國（1920～1925）　第一卷　李玉貞　譯
民族主義與近代中國思想　羅志田　著
抗日戰史論集　劉鳳翰　著
盧溝橋事變　李雲漢　著
歷史講演集　張玉法　著
老臺灣　陳冠學　著
臺灣史與臺灣人　王曉波　著
清史論集　陳捷先　著
黃　帝　錢穆　著
孔子傳　錢穆　著
宋儒風範　董金裕　著
弘一大師新譜　林子青　著

精忠岳飛傳	李　安　著
鄭彥棻傳	馮成榮　著
張公難先之生平	李飛鵬　著
唐玄奘三藏傳史彙編	釋光中　編
一顆永不隕落的巨星	釋光中　著
新亞遺鐸	錢　穆　著
困勉強狷八十年	陶百川　著
困強回憶又十年	陶百川　著
我的創造・倡建與服務	陳立夫　著
我生之旅	方　治　著
逝者如斯	李孝定　著
結網編	黃清連　著

語文類

文學與音律	謝雲飛　著
中國文字學	潘重規　著
中國聲韻學	潘重規、陳紹棠　著
魏晉南北朝韻部之演變	周祖謨　著
詩經研讀指導	裴普賢　著
莊子及其文學	黃錦鋐　著
管子述評	湯孝純　著
離騷九歌九章淺釋	繆天華　著
北朝民歌	譚潤生　著
陶淵明評論	李辰冬　著
鍾嶸詩歌美學	羅立乾　著
杜甫作品繫年	李辰冬　著
唐宋詩詞選——詩選之部	巴壺天　編
唐宋詩詞選——詞選之部	巴壺天　編
清真詞研究	王支洪　著
苕華詞與人間詞話述評	王宗樂　著
優游詞曲天地	王熙元　著
月華清	樸　月　著
梅花引	樸　月　著
元曲六大家	應裕康、王忠林　著

四說論叢	羅　盤　著
紅樓夢的文學價值	羅德湛　著
紅樓夢與中華文化	周汝昌　著
紅樓夢研究	王關仕　著
紅樓血淚史	潘重規　著
微觀紅樓夢	王關仕　著
中國文學論叢	錢　穆　著
牛李黨爭與唐代文學	傅錫壬　著
迦陵談詩二集	葉嘉瑩　著
西洋兒童文學史	葉詠琍　著
一九八四	George Orwell原著 劉紹銘　譯
文學原理	趙滋蕃　著
文學新論	李辰冬　著
文學圖繪	周慶華　著
分析文學	陳啟佑　著
學林尋幽 ——見南山居論學集	黃慶萱　著
與君細論文	黃慶萱　著
中西文學關係研究	王潤華　著
魯迅小說新論	王潤華　著
比較文學的墾拓在臺灣	古添洪、陳慧樺編著
從比較神話到文學	古添洪、陳慧樺主編
現代文學評論	亞　菁　著
現代散文新風貌（修訂新版）	楊昌年　著
現代散文欣賞	鄭明娳　著
葫蘆・再見	鄭明娳　著
實用文纂	姜超嶽　著
增訂江皋集	吳俊升　著
孟武自選文集	薩孟武　著
藍天白雲集	梁容若　著
野草詞	韋瀚章　著
野草詞總集	韋瀚章　著
李韶歌詞集	李　韶　著
石頭的研究	戴　天　著
寫作是藝術	張秀亞　著

讀書與生活	琦　　君　著
文開隨筆	糜 文 開　著
文開隨筆續編	糜 文 開　著
印度文學歷代名著選（上)、(下)	糜 文 開編譯
城市筆記	也　　斯　著
留不住的航渡	葉 維 廉　著
三十年詩	葉 維 廉　著
歐羅巴的蘆笛	葉 維 廉　著
移向成熟的年齡 ——1987～1992 詩	葉 維 廉　著
一個中國的海	葉 維 廉　著
尋索：藝術與人生	葉 維 廉　著
從現象到表現 ——葉維廉早期文集	葉 維 廉　著
解讀現代・後現代 ——文化空間與生活空間的思索	葉 維 廉　著
紅葉的追尋	葉 維 廉　著
山外有山	李 英 豪　著
知識之劍	陳 鼎 環　著
還鄉夢的幻滅	賴 景 瑚　著
大地之歌	大地詩社　編
往日旋律	幼　　柏　著
鼓瑟集	幼　　柏　著
耕心散文集	耕　　心　著
女兵自傳	謝 冰 瑩　著
詩與禪	孫 昌 武　著
禪境與詩情	李 杏 邨　著
文學與史地	任 遵 時　著
抗戰日記	謝 冰 瑩　著
給青年朋友的信（上)、(下)	謝 冰 瑩　著
冰瑩書柬	謝 冰 瑩　著
我在日本	謝 冰 瑩　著
大漢心聲	張 起 鈞　著
人生小語（一）～（八）	何 秀 煌　著
人生小語（一）(彩色版)	何 秀 煌　著
記憶裡有一個小窗	何 秀 煌　著

回首叫雲飛起	羊令野 著
康莊有待	向陽 著
湍流偶拾	繆天華 著
文學之旅	蕭傳文 著
文學邊緣	周玉山 著
文學徘徊	周玉山 著
無聲的臺灣	周玉山 著
種子落地	葉海煙 著
向未來交卷	葉海煙 著
不拿耳朵當眼睛	王讚源 著
古厝懷思	張文貫 著
材與不材之間	王邦雄 著
劫餘低吟	法天 著
忘機隨筆 ——卷一・卷二・卷三・卷四	王覺源 著
過　客	莊因 著
詩情畫意 ——明代題畫詩的詩畫對應內涵	鄭文惠 著
文學與政治之間 ——魯迅・新月・文學史	王宏志 著
洛夫與中國現代詩	費勇 著
老舍小說新論	王潤華 著
交織的邊緣 ——政治和性別	康正果 著
還原民間 ——文學的省思	陳思和 著
窗外有棵相思	逯耀東 著
出門訪古早	逯耀東 著

藝術類

音樂人生	黃友棣 著
樂圃長春	黃友棣 著
樂苑春回	黃友棣 著
樂風泱泱	黃友棣 著
樂境花開	黃友棣 著
樂浦珠還	黃友棣 著

音樂伴我遊	趙　琴　著
談音論樂	林聲翕　著
戲劇編寫法	方　寸　著
戲劇藝術之發展及其原理	趙如玲　著
與當代藝術家的對話	葉維廉　著
藝術的興味	吳道文　著
根源之美	莊　申編著
扇子與中國文化	莊　申　著
從白紙到白銀（上）、（下） ——清末廣東書畫創作與收藏史	莊　申　著
畫壇師友錄	黃苗子　著
水彩技巧與創作	劉其偉　著
繪畫隨筆	陳景容　著
素描的技法	陳景容　著
建築鋼屋架結構設計	王萬雄　著
建築基本畫	陳榮美、楊麗黛　著
中國的建築藝術	張紹載　著
室內環境設計	李琬琬　著
雕塑技法	何恆雄　著
生命的倒影	侯淑姿　著
文物之美 ——與專業攝影技術	林傑人　著
清代玉器之美	宋小君　著